ALDOUS HUXLEY

UN MUNDO FELIZ

PLAZA & JANES EDITORES, S. A.

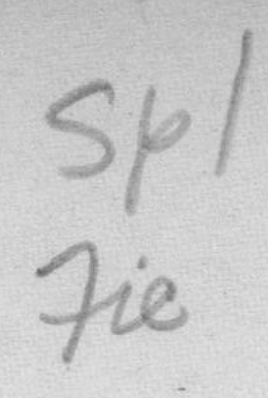

Título original:

Brave new world

Traducción de

Ramón Hernández

Diseño de la colección y portada de

Jordi Sánchez

Cuarta edición: Abril, 1991

Printed in Spain — Impreso en España

ISBN: 84-01-42235-3 — Depósito Legal: B. 12.953 - 1991

Impreso en Litografía Rosés, S. A. — Cobalto, 7-9 — Barcelona

Les utopies apparaissent comme bien plus réalisables qu'on le croyait autrefois. Et nous nous trouvons actuellement devant une question bien autrement angoissante: Comment éviter leur réalisation définitive...? Les utopies sont réalisables. La vie marche vers les utopies. Et peut-être un siècle nouveau commence-t-il, un siècle où les intellectuels et la classe cultivée reveront aux moyens d'éviter les utopies et de retourner à une société non utopique, moins «parfaite» et plus libre.

NICOLAS BERDIAEFF

PRÓLOGO

El remordimiento crónico, y en ello están acordes todos los moralistas, es un sentimiento sumamente indeseable. Si has obrado mal, arrepiéntete, enmienda tus yerros en lo posible y encamina tus esfuerzos a la tarea de comportarte mejor la próxima vez. Pero en ningún caso debes entregarte a una morosa meditación sobre tus faltas. Revolcarse en el fango no es la mejor manera de limpiarse.

También el arte tiene su moral, y muchas de las reglas de esta moral son las mismas que las de la ética corriente, o al menos análogas a ellas. El remordimiento, por ejemplo, es tan indeseable en relación con nuestra creación artística como en relación con las malas acciones. En el futuro, la maldad debe ser perseguida, reconocida, y, en lo posible, evitada. Llorar sobre los errores literarios de veinte años atrás, intentar enmendar una obra fallida para darle la perfección que no logró en su primera ejecución, perder los años de la madurez en el intento de corregir los pecados artísticos cometidos y legados por esta persona ajena que fue uno mismo en la juventud, todo ello, sin duda, es vano y fútil. De aquí que este nuevo UN MUNDO FELIZ sea exactamente igual al viejo. Sus defectos como obra de arte son considerables; mas para corregirlos debería haber vuelto a escribir el libro, y al hacerlo, como un hombre mayor, como otra persona que soy, probablemente hubiese soslayado no sólo algunas de las faltas de la obra, sino también algunos de los méritos que poseyera originalmente. Así, resistiéndome a la tentación de revolcarme en los remordimientos artísticos, prefiero dejar tal como está lo bueno y lo malo del libro y pensar en otra cosa.

Sin embargo, creo que sí merece la pena, al menos, citar el más grave defecto de la novela, que es el siguiente. Al Salvaje se le ofrecen sólo dos alternativas: una vida insensata en Utopía, o la vida de un primitivo en un poblado indio, una vida más humana en algunos aspectos, pero en otros casi igualmente extravagante y anormal. En la época en que este libro fue escrito, esta idea de que a los hombres se les ofrece el libre albedrío para elegir entre la locura de una parte y la insania de otra, se me antojaba divertida y la consideraba como posiblemente cierta. Sin embargo, en atención a los efectos dramáticos, a menudo se permite al Salvaje hablar más racionalmente de lo que su educación entre los miembros practicantes de una religión, que es una mezcla del culto a la fertilidad y de la ferocidad de los «Penitentes», le hubiese permitido hacerlo en realidad. Ni siquiera su conocimiento de Shakespeare basta para justificar sus expresiones. Y al final, naturalmente, se les hace abandonar la cordura, su *Penitentismo* nativo recobra la autoridad sobre él, y el Salvaje acaba en una autotortura de maniático y un suicidio de desesperación. «Y así, después de todo, murieron miserablemente», con gran satisfacción por parte del divertido y pirrónico esteta que era el autor de la fábula.

Actualmente no siento deseos de demostrar que la cordura es imposible. Por el contrario, aunque sigo estando no menos tristemente seguro de que en el pasado la cordura es un fenómeno muy raro, estoy convencido de que cabe alcanzarla y me gustaría verla en acción más a menudo. Por haberlo dicho en varios libros míos recientes, y, sobre todo, por haber compilado una antología de lo que los cuerdos han dicho sobre la cordura y sobre los medios por los cuales puede lograrse, un eminente crítico académico ha dicho de mí que constituyo un triste síntoma del fracaso de una clase intelectual en tiempos de crisis. Supongo que ello implica que el profesor y sus colegas constituyen otros tantos alegres síntomas de éxito. Los bienhechores de la Humanidad merecen ser honrados y recordados perpetuamente. Construyamos un Panteón para profesores. Podríamos levantarlo entre las ruinas de una de las ciudades destruidas de Europa o el Japón; sobre la entrada del osario yo colocaría una inscripción, en letras de dos metros de altura, con estas simples palabras: «Consagrado a la memoria de los Educadores del Mundo. SI MONUMENTUM REQUIRIS CIRCUMSPICE.»

Pero volviendo al futuro... Si ahora tuviera que volver a escribir este libro, ofrecería al Salvaje una tercera alternativa. Entre los cuernos utópico y primitivo de este dilema, yacería la posibilidad de la cordura, una posibilidad ya realizada, hasta cierto punto, en una comunidad de desterrados o refugiados del MUNDO FELIZ, que viviría en una especie de Reserva. En esta comunidad, la economía sería descentralista y al estilo de Henry George, y la política kropotkiniana y cooperativista. La ciencia y la tecnología serían empleadas como si, lo mismo que el Sabbath, hubiesen sido creadas para el hombre, y no (como en la actualidad) el hombre debiera adaptarse y esclavizarse a ellas. La religión sería la búsqueda consciente e inteligente del Fin Último del hombre, el conocimiento unitivo del Tao o Logos inmanente, la trascendente Divinidad de Brahma. Y la filosofía de la vida que prevalecería sería una especie de Alto Utilitarismo, en el cual el principio de la Máxima Felicidad sería supeditado al principio del Fin Último, de modo que la primera pregunta a formular y contestar en toda contingencia de la vida sería: «¿Hasta qué punto este pensamiento o esta acción contribuye o se interfiere con el logro, por mi parte y por parte del mayor número posible de otros individuos, del Fin Último del hombre?»

Educado entre los primitivos, el Salvaje (en esta hipotética nueva versión del libro) no sería trasladado a Utopía hasta después de que hubiese tenido oportunidad de adquirir algún conocimiento de primera mano acerca de la naturaleza de una sociedad compuesta de individuos que cooperan libremente, consagrados al logro de la cordura. Con estos cambios, UN MUNDO FELIZ poseería una perfección artística y (si cabe emplear una palabra tan trascendente en relación con una obra de ficción) filosófica, de la cual, en su forma actual, evidentemente carece.

Pero UN MUNDO FELIZ es un libro acerca del futuro, y, aparte sus cualidades artísticas o filosóficas, un libro sobre el futuro puede interesarnos solamente si sus profecías parecen destinadas, verosímilmente, a realizarse. Desde nuestro punto de mira actual, quince años más abajo en el plano inclinado de la Historia moderna, ¿hasta qué punto parecen plausibles sus pronósticos? ¿Qué ha ocurrido en este doloroso intervalo que confirme o invalide las previsiones de 1931?

Inmediatamente se nos revela un gran y obvio fallo de previsión. UN MUNDO FELIZ no contiene referencia alguna a la fisión nuclear. Y, realmente, es raro que no la contenga; porque las posibilidades de la energía atómica eran ya tema de conversaciones populares algunos años antes de que este libro fuese escrito. Mi viejo amigo Robert Nichols incluso había escrito una comedia de éxito sobre este tema, y recuerdo que también yo lo había mencionado en una narración publicada antes de 1930. Así, pues, como decía, es muy extraño que los cohetes y helicópteros del siglo VII de Nuestro Ford no sean movidos por núcleos desintegrados. Este fallo no puede excusarse; pero sí cabe explicarlo fácilmente. El tema de UN MUNDO FELIZ no es el progreso de la ciencia en cuanto afecta a los individuos humanos. Los logros de la física, la química y la mecánica se dan, tácitamente, por sobrentendidos. Los únicos progresos científicos que se describen específicamente son los que entrañan la aplicación a los seres humanos de los resultados de la futura investigación en biología, psicología y fisiología. La liberación de la energía atómica constituye una gran revolución en la Historia humana, pero no es (a menos que nos volemos a nosotros mismos en pedazos poniendo así punto final a la Historia) la última revolución ni la más profunda.

Esta revolución realmente revolucionaria deberá lograrse, no en el mundo externo, sino en las almas y en la carne de los seres humanos. Viviendo como vivió en un período revolucionario, el marqués de Sade hizo uso con gran naturalidad de esta teoría de las revoluciones con el fin de racionalizar su forma peculiar de insania. Robespierre había logrado la forma más superficial de revolución: la política. Yendo un poco más lejos, Babeuf había intentado la revolución económica. Sade se consideraba a sí mismo como un apóstol de la revolución auténticamente revolucionaria, más allá de la mera política y de la economía, la revolución de los hombres, las mujeres y los niños individuales, cuyos cuerpos debían en adelante pasar a ser propiedad sexual común de todos, y cuyas mentes debían ser lavadas de todo pudor natural, de todas las inhibiciones, laboriosamente adquiridas, de la civilización tradicional. Entre sadismo y revolución realmente revolucionaria no hay, naturalmente, una conexión necesaria o inevitable. Sade era un loco, y la meta más o menos consciente de su revolución eran el caos y la destrucción universales. Las personas que gobiernan el MUNDO FELIZ pueden no ser cuerdas (en lo que podríamos llamar el sentido absoluto de la palabra), pero no son locos de atar, y su meta no es la anarquía, sino la estabilidad social. Para lograr esta estabilidad llevan a cabo, por medios científicos, la revolución final, personal, realmente revolucionaria.

En la actualidad nos hallamos en la primera fase de lo que quizá sea la penúltima revolución. Su próxima fase puede ser la guerra atómica, en cuyo caso no vale la pena de que nos preocupemos por las profecías sobre el futuro. Pero cabe en lo posible que tengamos la cordura suficiente, si no para dejar de luchar unos con otros, al menos para comportarnos tan racionalmente como lo hicieron nuestros antepasados del siglo XVIII. Los horrores inimaginables de la Guerra de los Treinta Años enseñaron realmente una lección a los hombres, y durante más de cien años los políticos y generales de Europa resistieron conscientemente la tentación de emplear sus recursos militares hasta los límites de la destrucción o (en la mayoría de los casos) para seguir luchando hasta la total aniquilación del enemigo. Hubo agresores, desde luego, ávidos de provecho y de gloria; pero hubo también conservadores, decididos a toda costa a conservar intacto su mundo. Durante los últimos treinta años no ha habido conservadores; sólo ha habido radicales nacionalistas de derecha y radicales nacionalistas de izquierda. El último hombre de Estado conservador fue el quinto marqués de Lansdowne; y cuando escribió una carta a *The Times* sugiriendo que la Primera Guerra Mundial debía terminar con un compromiso, como habían terminado la mayoría de las guerras del siglo XVIII, el director de aquel diario, otrora conservador, se negó a publicarla. Los radicales nacionalistas no salieron con la suya, con las consecuencias que todos conocemos: bolchevismo, fascismo, inflación, depresión, Hitler, la Segunda Guerra Mundial, la ruina de Europa y todos los males imaginables menos el hambre universal.

Suponiendo, pues, que seamos capaces de aprender tanto de Hiroshima como nuestros antepasados de Magdeburgo, podemos esperar un período, no de paz, ciertamente, pero sí de guerra limitada y sólo parcialmente ruinosa. Durante este período cabe suponer que la energía nuclear estará sujeta al yugo de los usos industriales. El resultado de ello será, evidentísimamente, una serie de cambios económicos y sociales sin precedentes en cuanto a su rapidez y radicalismo. Todas las formas de vida humana actuales estarán periclitadas y será preciso improvisar otras nuevas formas adecuadas al hecho —no humano— de la energía atómica. Procusto moderno, el científico nuclear preparará el lecho en el cual deberá yacer la Humanidad; y si la Humanidad no se adapta al mismo..., bueno, será una pena para la Humanidad. Habrá que forcejear un poco y practicar alguna amputación, la misma clase de forcejeos y de amputaciones que se están produciendo desde que la ciencia aplicada se lanzó a la carrera; sólo que esta vez, serán mucho más drásticos que en el pasado. Estas operaciones, muy lejos de ser indoloras, serán dirigidas por gobiernos totalitarios sumamente centralizados. Será inevitable; porque el futuro inmediato es probable que se parezca al pasado inmediato, y en el pasado inmediato los rápidos cambios tecnológicos, que se produjeron en una economía de producción masiva y entre una población predominantemente no propietaria, han tendido siempre a producir un confusionismo social v económico. Para luchar contra la confusión el poder ha sido centralizado y se han incrementado las prerrogativas del Gobierno. Es probable que todos los Gobiernos del mundo sean más o menos enteramente totalitarios, aun antes de que se logre domesticar la energía atómica; y parece casi seguro que lo serán durante el proceso de domesticación de dicha energía y después del mismo.

Desde luego, no hay razón alguna para que el nuevo totalitarismo se parezca al antiguo. El Gobierno, por medio de porras y piquetes de ejecución, hambre artificialmente provocada, encarcelamientos en masa y deportación también en masa no es solamente inhumano (a nadie, hoy día, le importa demasiado este hecho); se ha comprobado que es ineficaz, y en una época de tecnología avanzada la ineficacia es un pecado contra el Espíritu Santo. Un Estado totalitario realmente eficaz sería aquel en el cual los jefes políticos todopoderosos y su ejército de colaboradores pudieran gobernar una población de esclavos sobre los cuales no fuese necesario ejercer coerción alguna por cuanto amarían su servidumbre. Inducirles a amarla es la tarea asignada en los actuales Estados totalitarios a los Ministerios de Propaganda, los directores de los periódicos y los maestros de escuela. Pero sus métodos todavía son toscos y acientíficos. La antigua afirmación de los jesuitas, según los cuales si se encargaban de la educación del niño podían responder de las opiniones religiosas del hombre, fue dictada más por el deseo que por la realidad de los hechos. Y el pedagogo moderno probablemente es menos eficiente en cuanto a condicionar los reflejos de sus alumnos de lo que lo fueron los reverendos padres que educaron a Voltaire. Los mayores triunfos de la propaganda se han logrado, no haciendo algo, sino impidiendo que ese algo se haga. Grande es la verdad, pero más grande todavía, desde un punto de vista práctico, el silencio sobre la verdad. Por el simple procedimiento de no mencionar ciertos temas, de bajar lo que Mr. Churchill llama un «telón de acero» entre las masas y los hechos o argumentos que los jefes políticos consideran indeseables, la propaganda totalitarista ha influido en la opinión de manera mucho más eficaz de lo que lo hubiese conseguido mediante las más elocuentes denuncias y las más convincentes refutaciones lógicas. Pero el silencio no basta. Si se quiere evitar la persecución, la liquidación y otros síntomas de fricción social, es preciso que los aspectos positivos de la propaganda sean tan eficaces como los negativos. Los más importantes Proyectos Manhattan del futuro serán vastas encuestas patrocinadas por los gobiernos sobre lo que los políticos y los científicos que intervendrán en ellas llamarán «el problema de la felicidad»; en otras palabras, el problema de lograr que la gente ame su servidumbre. Su seguridad económica, el amor a la servidumbre no puede llegar a existir; en aras a la brevedad, doy por sentado resolver el problema de la seguridad permanente. Pero la seguridad tiende muy rápidamente a darse por sentada. Su logro es una revolución meramente superficial, externa. El amor a la servidumbre sólo puede lograrse como resultado de una revolución profunda, personal, en las mentes y los cuerpos humanos. Para llevar a cabo esta revolución necesitamos, entre otras cosas, los siguientes descubrimientos e inventos. En primer lugar, una técnica mucho más avanzada de la sugestión, mediante el condicionamiento de los infantes y, más adelante, con la ayuda de drogas, tales como la escopolamina. En segundo lugar, una ciencia, plenamente desarrollada, de las diferencias humanas, que permita a los dirigentes gubernamentales destinar a cada individuo dado a su adecuado lugar en la jerarquía social y económica. (Las clavijas redondas en agujeros cuadrados tienden a alimentar pensamientos peligrosos sobre el sistema social y contagiar su descontento a los demás.) En tercer lugar (puesto que la realidad, por utópica que sea, es algo de lo cual la gente siente la necesidad de tomarse vacaciones), un sustitutivo para el alcohol y los demás narcóticos, algo que sea al mismo tiempo menos dañino y más placentero que la ginebra o la heroína. Y finalmente (aunque éste sería un proyecto a largo plazo, que exigiría generaciones de dominio totalitario para llegar a una conclusión satisfactoria), un sistema de eugenesia a prueba de tontos, destinado a estandarizar el producto humano y a facilitar así la tarea de los dirigentes. En UN MUNDO FELIZ esta uniformización del producto humano ha sido llevada a un extremo fantástico, aunque quizá no imposible. Técnica e ideológicamente, todavía estamos muy lejos de los bebés embotellados y los grupos de Bokanovsky de adultos con inteligencia infantil. Pero por los alrededores del año 600 de la Era Fordiana, ¿quién sabe qué puede ocurrir? En cuanto a los restantes rasgos característicos de este mundo más feliz y más estable —los equivalentes del soma, la hipnopedia y el sistema científico de castas—, probablemente no se hallan más que a tres o cuatro generaciones de distancia. Ya hay algunas ciudades americanas en las cuales el número de divorcios iguala al número de bodas. Dentro de pocos años, sin duda alguna, las licencias de matrimonio se expenderán como las licencias para perros, con validez sólo para un período de doce meses, y sin ninguna ley que impida cambiar de perro o tener más de un animal a la vez. A medida que la libertad política y económica disminuye, la libertad sexual tiende, en compensación, a aumentar. Y el dictador (a menos que necesite carne de cañón o familias con las cuales colonizar territorios desiertos o conquistados) hará bien en favorecer esta libertad. En colaboración con la libertad de soñar despiertos bajo la influencia de los narcóticos, del cine y de la radio, la libertad sexual ayudará a reconciliar a sus súbditos con la servidumbre que es su destino.

Sopesándolo todo bien, parece como si la Utopía

se hallara más cerca de nosotros de lo que nadie hubiese podido imaginar hace sólo quince años. Entonces, la situé para dentro de seiscientos años en el futuro. Hoy parece posible que tal horror se implante entre nosotros en el plazo de un solo siglo. Es decir, en el supuesto de que sepamos reprimir nuestros impulsos de destruirnos en pedazos en el entretanto. Ciertamente, a menos que nos decidamos a descentralizar y emplear la ciencia aplicada, no como un fin para el cual los seres humanos deben ser tenidos como medios, sino como el medio para producir una raza de individuos libres, sólo podremos elegir entre dos alternativas: o cierto número de totalitarismos nacionales, militarizados, que tendrán sus raíces en el terror que suscita la bomba atómica (o, si la guerra es limitada, la perpetuación del militarismo); o bien un solo totalitarismo supranacional cuya existencia sería provocada por el caos social que resultaría del rápido progreso tecnológico en general y la revolución atómica en particular, que se desarrollaría, a causa de la necesidad de eficiencia y estabilidad, hasta convertirse en la benéfica tiranía de la Utopía. Usted es quien paga con su dinero, y puede elegir a su gusto.

CAPÍTULO PRIMERO

Un edificio gris, achaparrado, de sólo treinta y cuatro plantas. Encima de la entrada principal las palabras: *Centro de Incubación y Condicionamiento de la Central de Londres,* y, en un escudo, la divisa del Estado Mundial: *Comunidad, Identidad, Estabilidad.*

La enorme sala de la planta baja se hallaba orientada hacia el Norte. Fría a pesar del verano que reinaba en el exterior y del calor tropical de la sala, una luz cruda y pálida brillaba a través de las ventanas buscando ávidamente alguna figura yacente amortajada, alguna pálida forma de académica carne de gallina, sin encontrar más que el cristal, el níquel y la brillante porcelana de un laboratorio. La invernada respondía a la invernada. Las batas de los trabajadores eran blancas, y éstos llevaban las manos embutidas en guantes de goma de un color pálido, como de cadáver. La luz era helada, muerta, fantasmal. Sólo de los amarillos tambores de los microscopios lograba arrancar cierta calidad de vida, deslizándose a lo largo de los tubos y formando una dilatada procesión de trazos luminosos que seguían la larga perspectiva de las mesas de trabajo.

—Y ésta —dijo el director, abriendo la puerta— es la Sala de Fecundación.

Inclinados sobre sus instrumentos, trescientos Fecundadores se hallaban entregados a su trabajo, cuando el director de Incubación y Condicionamiento entró en la sala, sumidos en un absoluto silencio, sólo interrumpido por el distraído canturreo o silboteo solitario de quien se halla concentrado y abstraído en su labor. Un grupo de estudiantes recién ingresados, muy jóvenes, rubicundos e imberbes, seguía con excitación, casi abyectamente, al director, pisándole los talones. Cada uno de ellos llevaba un bloc de notas en el cual, cada vez que el gran hombre hablaba, garrapateaba desesperadamente. Directamente de labios de la ciencia personificada. Era un raro privilegio. El DIC de la central de Londres tenía siempre un gran interés en acompañar personalmente a los nuevos alumnos a visitar los diversos departamentos.

—Sólo para darles una idea general —les explicaba.

Porque, desde luego, alguna especie de idea general debían tener si habían de llevar a cabo su tarea inteligentemente; pero no demasiado grande si habían de ser buenos y felices miembros de la sociedad, a ser posible. Porque los detalles, como todos sabemos, conducen a la virtud y la felicidad, en tanto que las generalidades son intelectualmente males necesarios. No son los filósofos sino los que se dedican a la marquetería y los coleccionistas de sellos los que constituyen la columna vertebral de la sociedad.

—Mañana —añadió, sonriéndoles con campechanía un tanto amenazadora— empezarán ustedes a trabajar en serio. Y entonces no tendrán tiempo para generalidades. Mientras tanto...

Mientras tanto, era un privilegio. Directamente de los labios de la ciencia personificada al bloc de notas. Los muchachos garrapateaban como verdaderos locos.

Alto y más bien delgado, muy erguido, el director se adentró por la sala. Tenía el mentón largo y saliente, y dientes más bien prominentes, apenas cubiertos, cuando no hablaba, por sus labios regordetes, de curvas floreadas. ¿Viejo? ¿Joven? ¿Treinta? ¿Cincuenta? ¿Cincuenta y cinco? Hubiese sido difícil decirlo. En todo caso la cuestión no llegaba siquiera a plantearse; en aquel año de estabilidad, el 632 después de Ford, a nadie se le hubiese ocurrido preguntarlo.

—Empezaré por el principio —dijo el director.

Y los más celosos estudiantes anotaron la intención del director en sus blocs de notas: «Empieza por el principio.»

—Esto —siguió el director, con un movimiento de la mano— son las incubadoras. —Y abriendo una puerta aislante les enseñó hileras y más hileras de tubos de ensayo numerados—. La provisión semanal de óvulos —explicó—. Conservados a la temperatura de la sangre; en tanto que los gametos masculinos —y al decir esto abrió otra puerta— deben ser conservados a treinta y cinco grados de temperatura en lugar de treinta y siete. La temperatura de la sangre esterilizada.

Los moruecos envueltos en termógeno no engendran corderillos.

Sin dejar de apoyarse en las incubadoras, el director ofreció a los nuevos alumnos, mientras los lápices corrían ilegiblemente por las páginas, una breve descripción del moderno proceso de fecundación. Primero habló, naturalmente, de sus prolegómenos quirúrgicos, «la operación voluntariamente sufrida para el bien de la Sociedad, aparte el hecho de que entraña una prima equivalente al salario de seis meses»; prosiguió con unas notas sobre la técnica de conservación de los ovarios extirpados de forma que se conserven en vida y se desarrollen activamente; pasó a hacer algunas consideraciones sobre la temperatura, salinidad y viscosidad óptimas; prendidos y maduros; y, acompañando a sus alumnos a las mesas de trabajo, les enseñó en la práctica cómo se retiraba aquel licor de los tubos de ensayo; cómo se vertía, gota a gota, sobre placas de microscopio especialmente caldeadas; cómo los óvulos que contenía eran inspeccionados en busca de posibles anormalidades, contados y trasladados a un recipiente poroso; cómo (y para ello los llevó al sitio donde se realizaba la operación) este recipiente era sumergido en un caldo caliente que contenía espermatozoos en libertad, a una concentración mínima de cien mil por centímetro cúbico, como hizo constar con insistencia; y cómo, al cabo de diez minutos, el recipiente era extraído del caldo y su contenido volvía a ser examinado; cómo, si algunos de los óvulos seguían sin fertilizar, era sumergido de nuevo y, en caso necesario, una tercera vez; cómo los óvulos fecundados volvían a las incubadoras, donde los Alfas y los Betas permanecían hasta que eran definitivamente embotellados, en tanto que los Gammas, Deltas y Epsilones eran retirados al cabo de sólo treinta y seis horas, para ser sometidos al método de Bokanovsky.

—El método de Bokanovsky —repitió el director.

Y los estudiantes subrayaron estas palabras.

Un óvulo, un embrión, un adulto: la normalidad. Pero un óvulo bokanovskificado prolifera, se subdivide. De ocho a noventa y seis brotes, y cada brote llegará a formar un embrión perfectamente constituido y cada embrión se convertirá en un adulto normal. Una producción de noventa y seis seres humanos donde antes sólo se conseguía uno. Progreso.

—En esencia —concluyó el DIC—, la bokanovskificación consiste en una serie de paros del desarrollo. Controlamos el crecimiento normal, y paradójicamente, el óvulo reacciona echando brotes.

«Reacciona echando brotes.» Los lápices corrían.

El director señaló a un lado. En una ancha cinta que se movía con gran lentitud, un portatubos enteramente cargado se introducía en una vasta caja de metal, de cuyo extremo emergía otro portatubos igualmente repleto. El mecanismo producía un débil zumbido. El director explicó que los tubos de ensayo tardaban ocho minutos en atravesar aquella cámara metálica. Ocho minutos de rayos X era lo máximo que los óvulos podían soportar. Unos pocos morían; de los restantes, los menos aptos se dividían en dos; después a las incubadoras, donde los nuevos brotes empezaban a desarrollarse; luego, al cabo de dos días, se les sometía a un proceso de congelación y se detenía su crecimiento. Dos, cuatro, ocho, los brotes, a su vez, echaban nuevos brotes; después se les administraba una dosis casi letal de alcohol; como consecuencia de ello, volvían a subdividirse —brotes de brotes de brotes— y después se les dejaba desarrollar en paz, puesto que una nueva detención en su crecimiento solía resultar fatal. Pero, a aquellas alturas, el óvulo original se había convertido en un número de embriones que oscilaba entre ocho y noventa y seis, un prodigioso adelanto, hay que reconocerlo, con respecto a la Naturaleza. Mellizos idénticos, pero no en ridículas parejas, o de tres en tres, como en los viejos tiempos vivíparos cuando un óvulo se escindía de vez en cuando, accidentalmente; mellizos por docenas, por veintenas a un tiempo.

—Veintenas —repitió el director; y abrió los brazos como distribuyendo generosas dádivas—. Veintenas.

Pero uno de los estudiantes fue lo bastante estúpido para preguntar en qué consistía la ventaja.

—¡Pero, hijo mío! —exclamó el director, volviéndose bruscamente hacia él—. ¿De veras no lo comprende? ¿No puede *comprenderlo*? —Levantó una mano, con expresión solemne—. El método Bokanovsky es uno de los mayores instrumentos de la estabilidad social.

«Uno de los mayores instrumentos de la estabilidad social.»

Hombres y mujeres estandarizados, en grupos uniformes. Todo el personal de una fábrica podía ser el producto de un solo óvulo bokanovskificado.

—¡Noventa y seis mellizos trabajando en noventa y seis máquinas idénticas! —La voz del director casi temblaba de entusiasmo—. Sabemos muy bien adónde vamos. Por primera vez en la Historia. —Citó la divisa planetaria—: «Comunidad, Identidad, Estabilidad.» —Grandes palabras—. Si pudiéramos bokanovskificar indefinidamente, el problema estaría resuelto.

Resuelto por Gammas en serie, Deltas invariables, Epsilones uniformes. Millones de mellizos idénticos. El principio de la producción en masa aplicado, por fin, a la biología.

—Pero, por desgracia —añadió el director—, *no podemos* bokanovskificar indefinidamente.

Al parecer, noventa y seis era el límite, y setenta y dos un buen promedio. Lo más que podía hacer, a falta de poder realizar aquel ideal, era manufacturar tantos grupos de mellizos idénticos como fuese posible a partir del mismo ovario y con gametos del mismo macho. Y aun esto era difícil.

—Porque, por vías naturales, se necesitan treinta años para que doscientos óvulos alcancen la madurez. Pero nuestra tarea consiste en estabilizar la población en este momento, aquí y ahora. ¿De qué nos serviría producir mellizos con cuentagotas a lo largo de un cuarto de siglo?

Evidentemente, de nada. Pero la técnica de Podsnap había acelerado inmensamente el proceso de la maduración. Ahora cabía tener la seguridad de conseguir como mínimo ciento cincuenta óvulos maduros en dos años. Fecundación y bokanovskificación —es decir, multiplicación por setenta y dos—, aseguraban una producción media de casi once mil hermanos y hermanas en ciento cincuenta grupos de mellizos idénticos; y todo ello en el plazo de dos años.

—Y, en casos excepcionales, podemos lograr que un solo ovario produzca más de quince mil individuos adultos.

Volviéndose hacia un joven rubio y coloradote que en aquel momento pasaba por allá, lo llamó:

—Mr. Foster. ¿Puede decirnos cuál es la marca de un solo ovario, Mr. Foster?

—Dieciséis mil doce en este Centro —contestó Mr. Foster sin vacilar. Hablaba con gran rapidez, tenía unos ojos azules muy vivos, y era evidente que le producía un intenso placer citar cifras—. Dieciséis mil doce, en ciento ochenta y nueve grupos de mellizos idénticos. Pero, desde luego, se ha conseguido mucho más —prosiguió atropelladamente— en algunos centros tropicales. Singapur ha producido a menudo más de dieciséis mil quinientos; y Mombasa ha alcanzado la marca de los diecisiete mil. Claro que tienen muchas ventajas sobre nosotros. ¡Deberían ustedes ver cómo reacciona un ovario de negra a la pituitaria! Es algo asombroso, cuando uno está acostumbrado a trabajar con material europeo. Sin embargo —agregó, riendo (aunque en sus ojos brillaba el fulgor del combate y avanzaba la barbilla retadoramente)—, sin embargo, nos proponemos batirles, si podemos. Actualmente estoy trabajando en un maravilloso ovario Delta-Menos. Sólo cuenta dieciocho meses de antigüedad. Ya ha producido doce mil setecientos hijos, decantados o en embrión. Y sigue fuerte. Todavía les ganaremos.

—¡Éste es el espíritu que me gusta! —exclamó el director, y dio unas palmadas en el hombro de Mr. Foster—. Venga con nosotros y permita a estos muchachos gozar de los beneficios de sus conocimientos de experto.

Mr. Foster sonrió modestamente.

—Con mucho gusto —dijo.

Y siguieron la visita. En la Sala de Envasado reinaba una animación armoniosa y una actividad ordenada. Trozos de peritoneo de cerda, cortados ya a la medida adecuada, subían disparados en pequeños ascensores, procedentes del Almacén de Órganos de los sótanos. Un zumbido, después un chasquido, y las puertas del ascensor se abrían de golpe; el Forrador de Envases sólo tenía que alargar la mano, coger el trozo, introducirlo en el frasco, alisarlo, y antes de que el envase debidamente forrado por el interior se hallara fuera de su alcance, transportado por la cinta sin fin, un zumbido, un chasquido, y otro trozo de peritoneo era disparado desde las profundidades, a punto para ser deslizado en el interior de otro frasco, el siguiente de aquella lenta procesión que la cinta transportaba.

Después de los Forradores había los Matriculadores. La procesión avanzaba; uno a uno, los óvulos pasaban de sus tubos de ensayo a unos recipientes más grandes; diestramente, el forro de peritoneo era cortado, la morula situada en su lugar, vertida la solución salina... y ya el frasco había pasado y les llegaba la vez a los etiquetadores. Herencia, fecha de fertilización, grupo de Bokanovsky al que pertenecía, todos estos detalles pasaban del tubo de ensayo al frasco. Sin anonimato ya, con sus nombres a través de una abertura de la pared, hacia la Sala de Predestinación Social.

—Ochenta y ocho metros cúbicos de fichas —dijo Mr. Foster, satisfecho, al entrar.

—Que contienen *toda* la información de interés —agregó el director.

—Puestas al día todas las mañanas.

—Y coordinadas todas las tardes.

—En las cuales se basan los cálculos.

—Tantos individuos, de tal y tal calidad —dijo Mr. Foster.

—Distribuidos en tales y tales cantidades.

—El óptimo porcentaje de Decantación en cualquier momento dado.

—Permitiendo compensar rápidamente las pérdidas imprevistas.

—Rápidamente —repitió Mr. Foster—. ¡Si supieran ustedes la cantidad de horas extras que tuve que emplear después del último terremoto en el Japón!

Rió de buena gana y movió la cabeza.

—Los Predestinadores envían sus datos a los Fecundadores.

—Quienes les facilitan los embriones que solicitan.

—Y los frascos pasan aquí para ser predestinados concretamente.

—Después de lo cual vuelven a ser enviados al Almacén de Embriones.

—Adonde vamos a pasar ahora mismo.

Y, abriendo una puerta, Mr. Foster inició la marcha hacia una escalera que descendía al sótano.

La temperatura seguía siendo tropical. El grupo penetró en un ambiente iluminado con una luz crepuscular. Dos puertas y un pasadizo con un doble recodo aseguraban al sótano contra toda posible infiltración de la luz.

—Los embriones son como la película fotográfica —dijo Mr. Foster, jocosamente, al tiempo que empujaba la segunda puerta—. Sólo soportan la luz roja.

Y, en efecto, la bochornosa oscuridad en medio de la cual los estudiantes le seguían ahora era visible y escarlata como la oscuridad que se divisa con los ojos cerrados en plena tarde veraniega. Los voluminosos estantes laterales, con sus hileras interminables de botellas, brillaban como cuajados de rubíes, y entre los rubíes se movían los espectros rojos de mujeres y hombres con los ojos purpúreos y todos los síntomas del lupus. El zumbido de la maquinaria llenaba débilmente los aires.

—Deles unas cuantas cifras, Mr. Foster —dijo el director, que estaba cansado de hablar.

A Mr. Foster le encantó darles unas cuantas cifras.

Doscientos veinte metros de longitud, doscientos de anchura y diez de altura. Señaló hacia arriba. Como gallinitas bebiendo agua, los estudiantes levantaron los ojos hacia el elevado techo.

Tres grupos de estantes: a nivel del suelo, primera galería y segunda galería.

La telaraña metálica de las galerías se perdía a lo lejos, en todas direcciones, en la oscuridad. Cerca de ellos, tres fantasmas rojos se hallaban muy atareados descargando damajuanas de una escalera móvil.

La escalera que procedía de la Sala de Predestinación Social.

Cada frasco podía ser colocado en uno de los quince estantes, cada uno de los cuales, aunque a simple vista no se notaba, era un tren que viajaba a razón de trescientos treinta y tres milímetros por hora. Doscientos sesenta y siete días, a ocho metros diarios. Dos mil ciento treinta y seis metros en total. Una vuelta al sótano a nivel del suelo, otra en la primera galería, media en la segunda y, la mañana del día doscientos sesenta y siete, luz de día en la Sala de Decantación. La llamada existencia independiente.

—Pero en el intervalo —concluyó Mr. Foster— nos las hemos arreglado para hacer un montón de cosas con ellos. Ya lo creo, un montón de cosas.

—Este es el espíritu que me gusta —volvió a decir el director—. Demos una vueltecita. Cuénteselo usted todo, Mr. Foster.

Y Mr. Foster se lo contó todo.

Les habló del embrión que se desarrollaba en su lecho de peritoneo. Les dio a probar el rico sucedáneo de la sangre con que se alimentaba. Les explicó por qué había de estimularlo con placentina y tiroxina. Les habló del extracto de *corpus luteum*. Les enseñó las mangueras por medio de las cuales dicho extracto era inyectado automáticamente cada doce metros, desde cero hasta 2.040. Habló de las dosis gradualmente crecientes de pituitaria administradas durante los noventa y seis metros últimos del recorrido. Describió la circulación materna artificial instalada en cada frasco, en el metro ciento doce, les enseñó el depósito de sucedáneo de la sangre, la bomba centrífuga que mantenía al líquido en movimiento por toda la placenta y lo hacía pasar a través del pulmón sintético y el filtro de los desperdicios. Se refirió a la molesta tendencia del embrión a la anemia, a las dosis masivas del extracto de estómago de cerdo y de hígado de potro fetal que, en consecuencia, había que administrar.

Les enseñó el sencillo mecanismo por medio del cual, durante los dos últimos metros de cada ocho, todos los embriones eran sacudidos simultáneamente para que se acostumbraran al movimiento. Aludió a la gravedad del llamado «trauma de la decantación» y enumeró las precauciones que se tomaban para reducir al mínimo, mediante el adecuado entrenamiento del embrión envasado, tan peligroso *shock*. Les habló de las pruebas de sexo llevadas a cabo en los alrededores del metro doscientos. Explicó el sistema de etiquetaje: una T para los varones, un círculo para las hembras, y un signo de interrogación negro sobre fondo blanco para los destinados a hermafroditas.

—Porque, desde luego —dijo Mr. Foster—, en la gran mayoría de los casos la fecundidad no es más que un estorbo. Un solo ovario fértil de cada mil doscientos bastaría para nuestros propósitos. Pero queremos poder elegir a placer. Y, desde luego, conviene siempre dejar un buen margen de seguridad. Por esto permitimos que hasta un treinta por ciento de embriones hembra se desarrollen normalmente. A los demás les administramos una dosis de hormona sexual femenina cada veinticuatro metros durante lo que les queda de trayecto. Resultado: son decantados como hermafroditas, completamente normales en su estructura, excepto —tuvo que reconocer— que tienen una ligera tendencia a echar barba, pero estériles. Con una esterilidad garantizada. Lo cual nos conduce por fin —prosiguió Mr. Foster— fuera del reino de la mera imitación servil de la Naturaleza para pasar al mundo mucho más interesante de la invención humana.

Se frotó las manos. Porque, desde luego, ellos no se limitaban meramente a incubar embriones; cualquier vaca podría hacerlo.

—También predestinamos y condicionamos. Decantamos nuestros críos como seres humanos socializados, como Alfas o Epsilones, como futuros poceros o futuros... —Iba a decir «futuros Interventores Mundiales», pero rectificando a tiempo dijo— ...futuros Directores de Incubadoras.

El director agradeció el cumplido con una sonrisa.

Pasaban en aquel momento por el metro 320 del Estante n.º 11. Un joven Beta-Menos, un mecánico, estaba atareado con un destornillador y una llave inglesa, trabajando en la bomba de sucedáneo de la sangre de una botella que pasaba. Cuando dio vuelta a las tuercas, el zumbido del motor eléctrico se hizo un poco más grave. Bajó más aún, y un poco más... Otra vuelta a la llave inglesa, una mirada al contador de revoluciones, y terminó su tarea. El hombre retrocedió dos pasos en la hilera e inició el mismo proceso en la bomba del frasco siguiente.

—Está reduciendo el número de revoluciones por minuto —explicó Mr. Foster—. El sucedáneo circula más despacio; por consiguiente, pasa por el pulmón a intervalos más largos; por tanto, aporta menos oxígeno al embrión. No hay nada como la escasez de oxígeno para mantener a un embrión por debajo de lo normal.

Y volvió a frotarse las manos.

—¿Y para qué quieren mantener a un embrión por debajo de lo normal? —preguntó un estudiante ingenuo.

—¡Estúpido! —exclamó el director, rompiendo un largo silencio—. ¿No se le ha ocurrido pensar que un embrión de Epsilon debe tener un ambiente Epsilon y una herencia Epsilon también?

Evidentemente, no se le había ocurrido. Quedó abochornado.

—Cuanto más baja es la casta —dijo Mr. Foster—, menos debe escasear el oxígeno. El primer órgano afectado es el cerebro. Después del esqueleto. Al setenta por ciento del oxígeno normal se consiguen enanos. A menos del setenta, monstruos sin ojos. Que no sirven para nada —concluyó Mr. Foster—. En cambio (y su voz adquirió un tono confidencial y excitado), si lograran descubrir una técnica para abreviar el período de maduración, ¡qué gran triunfo, qué gran beneficio para la sociedad! Consideren si no al caballo.

Todos lo consideraron.

—El caballo alcanza la madurez a los siete años; el elefante, a los diez. En tanto que el hombre, a los trece años aún no está sexualmente maduro, y sólo a los veinte alcanza el pleno conocimiento. De ahí la inteligencia humana, fruto de este desarrollo retardado. Pero en los Epsilones —dijo Mr. Foster, muy acertadamente— no necesitamos inteligencia humana.

No la necesitaban, y no la «fabricaban». Pero, aunque la mente de un Epsilon alcanzaba la madurez a los diez años, el cuerpo del Epsilon no era apto para el trabajo hasta los dieciocho. Largos años de madurez superflua y perdida. Si el desarrollo físico pudiera acelerarse hasta que fuera tan rápido, digamos, como el de una vaca, ¡qué enorme ahorro para la comunidad!

—¡Enorme!—murmuraron los estudiantes.

El entusiasmo de Mr. Foster era contagioso.

Después se puso más técnico; habló de una coordinación endocrina anormal que era la causa de que los hombres crecieran tan lentamente, y sostuvo que esta anormalidad se debía a una mutación germinal. ¿Cabía destruir los efectos de esta mutación germinal? ¿Cabía devolver al individuo Epsilon, mediante una técnica adecuada, a la normalidad de los perros y de las vacas? Éste era el problema.

Pilkinton, en Mombasa, había producido individuos sexualmente maduros a los cuatro años y completamente crecidos a los seis y medio. Un triunfo científico. Pero socialmente inútil. Los hombres y las mujeres de seis años eran demasiado estúpidos, incluso para realizar el trabajo de un Epsilon. Y el método era de los del tipo «todo o nada»; o no se lograba modificación alguna, o tal modificación era en todos los sentidos. Todavía estaban luchando por encontrar el compromiso ideal entre adultos de veinte años y de seis. Y hasta entonces sin éxito.

Su ronda a través de la luz crepuscular escarlata les había llevado a la proximidad del metro 170 del Estante 9. A partir de aquel punto, el Estante 9 estaba cerrado, y los frascos realizaban el resto de su viaje en el interior de una especie de túnel, interrumpido de vez en cuando por unas aberturas de dos o tres metros de anchura.

—Condicionamiento con respecto al calor —explicó Mr. Foster.

Túneles calientes alternaban con túneles fríos. El frío se aliaba a la incomodidad en la forma de intensos rayos X. En el momento de su decantación, los embriones sentían horror por el frío. Estaban predestinados a emigrar a los trópicos, a ser mineros, tejedores de seda al acetato o metalúrgico. Más adelante, enseñarían a sus mentes a apoyar el criterio de su cuerpo.

—Nosotros los condicionamos de modo que tiendan hacia el calor —concluyó Mr. Foster—. Y nuestros colegas de arriba les enseñarán a amarlo.

—Y éste —intervino el director sentenciosamente—, éste es el secreto de la felicidad y la virtud: amar lo que uno *tiene* que hacer. Todo condicionamiento tiende a esto: a lograr que la gente ame su inevitable destino social.

En un boquete entre dos túneles, una enfermera introducía una jeringa larga y fina en el contenido gelatinoso de un frasco que pasaba. Los estudiantes y sus guías permanecieron observándola unos momentos.

—Muy bien, Lenina —dijo Mr. Foster cuando, al fin, la joven retiró la jeringa y se incorporó.

La muchacha se volvió sobresaltada. A pesar del lupus y de los ojos de púrpura, se advertía que era excepcionalmente hermosa.

Su sonrisa, roja también, voló hacia él, en una hilera de coralinos dientes.

—Encantadora, encantadora —murmuró el director.

Y, dándole una o dos palmaditas, recibió en correspondencia una sonrisa deferente, a él destinada.

—¿Qué les da? —preguntó Mr. Foster, procurando adoptar un tono estrictamente profesional.

—Lo de siempre: el tifus y la enfermedad del sueño.

—Los trabajadores del trópico empiezan a ser inoculados en el metro 150 —explicó Mr. Foster a los estudiantes—. Los embriones todavía tienen agallas. Inmunizamos al pez contra las enfermedades del hombre futuro. —Luego, volviéndose a Lenina, añadió—: A las cinco menos diez, en el tejado, esta tarde, como de costumbre.

—Encantadora —dijo el director una vez más.

Y, con otra palmadita, se alejó en pos de los otros.

En el estante número 10, hileras de la próxima generación de obreros químicos eran sometidos a un tratamiento para acostumbrarlos a tolerar el plomo, la sosa cáustica, el asfalto, la clorina... El primero de una hornada de doscientos cincuenta mecánicos de cohetes aéreos en embrión pasaba en aquel momento por el metro mil cien del estante 3. Un mecanismo especial mantenía sus envases en constante rotación.

—Para mejorar su sentido del equilibrio —explicó Mr. Foster—. Efectuar reparaciones en el exterior de un cohete en el aire es una tarea complicada. Cuando están de pie, reducimos la circulación hasta casi matarlos, y doblamos el flujo del sucedáneo de la sangre cuando están cabeza abajo. Así aprenden a asociar esta posición con el bienestar; de hecho, sólo son felices de verdad cuando están así. Y ahora —prosiguió Mr. Foster—, me gustaría enseñarles algún condicionamiento interesante para intelectuales Alfa-Más. Tenemos un nutrido grupo de ellos en el estante número 5. Es el nivel de la Primera Galería —gritó a dos muchachos que habían empezado a bajar a la planta—. Están por los alrededores del metro 900 —explicó—. No se puede efectuar ningún condicionamiento intelectual eficaz hasta que el feto ha perdido la cola.

Pero el director había consultado su reloj.

—Las tres menos diez —dijo—. Me temo que no habrá tiempo para los embriones intelectuales. Debemos subir a las Guarderías antes de que los niños despierten de la siesta de la tarde.

Mr. Foster pareció decepcionado.

—Al menos, una mirada a la Sala de Decantación —imploró.

—Bueno, está bien. —El director sonrió con indulgencia—. Pero sólo una ojeada.

CAPÍTULO II

Mr. Foster se quedó en la Sala de Decantación. El DIC y sus alumnos entraron en el ascensor más próximo, que los condujo a la quinta planta.

Guardería infantil. Sala de Condicionamiento Neo-Pavloviano, anunciaba el rótulo de la entrada.

El director abrió una puerta. Entraron en una vasta estancia vacía, muy brillante y soleada, porque toda la pared orientada hacia el Sur era un cristal de parte a parte. Media docena de enfermeras, con pantalones y chaqueta de uniforme, de viscosilla blanca, los cabellos asépticamente ocultos bajo cofias blancas, se hallaban atareadas disponiendo jarrones con rosas en una larga hilera, en el suelo. Grandes jarrones llenos de flores. Millares de pétalos, suaves y sedosos como las mejillas de innumerables querubes, pero de querubes, bajo aquella luz brillante, no exclusivamente rosados y arios, sino también luminosamente chinos y también mexicanos y hasta apopléticos a fuerza de soplar en celestiales trompetas, o pálidos como la muerte, pálidos con la póstuma blancura del mármol.

Cuando el DIC entró, las enfermeras se cuadraron rígidamente.

—Coloquen los libros —ordenó el director.

En silencio, las enfermeras obedecieron la orden. Entre los jarrones de rosas, los libros fueron debidamente dispuestos: una hilera de libros infantiles se abrieron invitadoramente mostrando alguna imagen alegremente coloreada de animales, peces o pájaros.

—Y ahora traigan a los niños.

Las enfermeras se apresuraron a salir de la sala y volvieron al cabo de uno o dos minutos; cada una de ellas empujaba una especie de carrito de té muy alto, con cuatro estantes de tela metálica, en cada uno de los cuales había un crío de ocho meses. Todos eran exactamente iguales (un grupo Bokanovsky evidentemente) y todos vestían de color caqui, porque pertenecían a la casta Delta.

—Pónganlos en el suelo.

Los carritos fueron descargados.

—Y ahora sitúenlos de modo que puedan ver las flores y los libros.

Los chiquillos inmediatamente guardaron silencio, y empezaron a arrastrarse hacia aquellas masas de colores vivos, aquellas formas alegres y brillantes que aparecían en las páginas blancas. Cuando ya se acercaban, el sol palideció un momento, eclipsándose tras una nube. Las rosas llamearon, como a impulsos de una pasión interior; un nuevo y profundo significado pareció brotar de las brillantes páginas de los libros. De las filas de críos que gateaban llegaron pequeños chillidos de excitación, gorjeos y ronroneos de placer.

El director se frotó las manos.

—¡Estupendo! —exclamó—. Ni hecho a propósito.

Los más rápidos ya habían alcanzado su meta. Sus manecitas se tendían, inseguras, palpaban, agarraban, deshojaban las rosas transfiguradas, arrugaban las páginas iluminadas de los libros. El director esperó verles a todos alegremente atareados. Entonces dijo:

—Fíjense bien.

La enfermera jefe, que estaba de pie junto a un cuadro de mandos, al otro extremo de la sala, bajó una pequeña palanca.

Se produjo una violenta explosión. Cada vez más aguda, empezó a sonar una sirena. Timbres de alarma se dispararon locamente.

Los chiquillos se sobresaltaron y rompieron en chillidos; sus rostros aparecían convulsos de terror.

—Y ahora —gritó el director (porque el estruendo era ensordecedor)—, ahora pasaremos a reforzar la lección con un pequeño *shock* eléctrico.

Volvió a hacer una señal con la mano, y la enfermera jefe pulsó otra palanca. Los chillidos de los pequeños cambiaron súbitamente de tono. Había algo casi demencial en los gritos agudos, espasmódicos, que brotaban de sus labios. Sus cuerpecitos se retorcían y cobraban rigidez; sus miembros se agitaban bruscamente, como obedeciendo a los tirones de alambres invisibles.

—Podemos electrificar toda esta zona del suelo —gritó el director, como explicación—. Pero ya basta.

E hizo otra señal a la enfermera.

Las explosiones cesaron, los timbres enmudecieron, y el chillido de la sirena fue bajado de tono hasta reducirse al silencio. Los cuerpecillos rígidos y retorcidos se relajaron, y lo que había sido el sollozo y el aullido de unos niños desatinados volvió a convertirse en el llanto normal del terror que era ordinario.

—Vuelvan a ofrecerles las flores y los libros.

Las enfermeras obedecieron; pero ante la proximidad de las rosas, a la sola vista de las alegres y coloreadas imágenes de los gatitos, los gallos y las ovejas, los niños se apartaron con horror, y el volumen de su llanto aumentó súbitamente.

—Observen —dijo el director, en tono triunfal—. Observen.

Los libros y ruidos fuertes, flores y descargas eléctricas; en la mente de aquellos niños ambas cosas se hallaban ya fuertemente relacionadas entre sí; y al cabo de doscientas repeticiones de la misma o parecida lección formarían ya una unión indisoluble. Lo que el hombre ha unido, la Naturaleza no puede separarlo.

—Crecerán con lo que los psicólogos solían llamar un odio «instintivo» hacia los libros y las flores. Reflejos condicionados definitivamente. Estarán a salvo de los libros y de la botánica para toda su vida. —El director se volvió hacia las enfermeras—. Llévenselos.

Llorando todavía, los niños vestidos de caqui fueron cargados de nuevo en los carritos y retirados de la sala, dejando tras de sí un olor a leche agria y un agradable silencio.

Uno de los estudiantes levantó la mano; aunque comprendía perfectamente que no podía permitirse que los miembros de una casta baja perdieran el tiempo de la comunidad en libros, y que siempre existía el riesgo de que leyeran algo que pudiera, por desdicha, destruir uno de sus reflejos condicionados, sin embargo..., bueno, no podía comprender lo de las flores. ¿Por qué tomarse la molestia de hacer psicológicamente imposible para los Deltas el amor a las flores?

Pacientemente, el DIC se explicó. Si se inducía a los niños a chillar a la vista de una rosa, ello obedecía a una alta política económica. No mucho tiempo atrás (aproximadamente un siglo), los Gammas, los Deltas y hasta los Epsilones habían sido condicionados de modo que les gustaban las flores; las flores en particular, y la naturaleza salvaje en general. El propósito, entonces, estribaba en inducirles a salir al campo en toda oportunidad, con el fin de que consumieran transporte.

—¿Y no consumían transporte? —preguntó el estudiante.

—Mucho —contestó el DIC—. Pero sólo transporte.

Las prímulas y los paisajes, explicó, tienen un grave defecto: son gratuitos. El amor a la Naturaleza no da quehacer a las fábricas. Se decidió abolir el amor a la Naturaleza, al menos entre las castas más bajas; abolir el amor a la Naturaleza, pero no la tendencia a consumir transporte. Porque, desde luego, era esencial que siguieran deseando ir al campo, aunque lo odiaran. El problema residía en hallar una razón económica más poderosa para consumir transporte que la mera afición a las prímulas y los paisajes. Y lo encontraron.

—Condicionamos a las masas de modo que odien el campo —concluyó el director—. Pero simultáneamente las condicionamos para que adoren los deportes campestres. Al mismo tiempo, velamos para que todos los deportes al aire libre entrañen el uso de aparatos complicados. Así, además de transporte, consumen artículos manufacturados. De ahí estas descargas eléctricas.

—Comprendo —dijo el estudiante.

Y presa de admiración, guardó silencio.

El silencio se prolongó; después, aclarándose la garganta, el director empezó:

—Tiempo ha, cuando Nuestro Ford estaba todavía en la Tierra, hubo un chiquillo que se llamaba Reuben Rabinovich. Reuben era hijo de padres de habla polaca. Usted sabe lo que es el polaco, desde luego.

—Una lengua muerta.

—Como el francés y el alemán —agregó otro estudiante, exhibiendo oficiosamente sus conocimientos.

—¿Y «padre»? —preguntó el DIC.

Se produjo un silencio incómodo. Algunos muchachos se sonrojaron. Todavía no habían aprendido a identificar la significativa pero a menudo muy sutil distinción, entre obscenidad y ciencia pura. Uno de ellos, al fin, logró reunir valor suficiente para levantar la mano.

—Los seres humanos antes eran... —vaciló; la sangre se le subió a las mejillas—. Bueno, eran vivíparos.

—Muy bien —dijo el director, en tono de aprobación.

—Y cuando los niños eran decantados...
—Cuando nacían —surgió la enmienda.
—Bueno, pues entonces eran los padres... Quiero decir, no los niños, desde luego, sino los otros.
El pobre muchacho estaba abochornado y confuso.
—En suma —resumió el director—. Los padres eran el padre y la madre. —La obscenidad, que era auténtica ciencia, cayó como una bomba en el silencio de los muchachos, que desviaban las miradas—. Madre —repitió el director en voz alta, para hacerles entrar la ciencia; y, arrellanándose en su asiento, dijo gravemente—: Estos hechos son desagradables, lo sé. Pero la mayoría de los hechos históricos *son* desagradables.
Luego volvió al pequeño Reuben, al pequeño Reuben, en cuya habitación, una noche, por descuido, su padre y su madre (¡lagarto, lagarto!) se dejaron la radio en marcha.
(Porque deben ustedes recordar que en aquellos tiempos de burda reproducción vivípara, los niños eran criados siempre con sus padres y no en los Centros de Condicionamiento del Estado.)
Mientras el chiquillo dormía, de pronto la radio empezó a dar un programa desde Londres y a la mañana siguiente, con gran asombro de sus lagarto y lagarto (los muchachos más atrevidos osaron sonreírse mutuamente) el pequeño Reuben se despertó repitiendo palabra por palabra una larga conferencia pronunciada por aquel curioso escritor antiguo («uno de los poquísimos cuyas obras se han permitido que lleguen hasta nosotros»), George Bernard Shaw, quien hablaba, de acuerdo con la probada tradición de entonces, de su propio genio. Para los... (guiño y risita) del pequeño Reuben, esta conferencia era, desde luego, perfectamente incomprensible, y, sospechando que su hijo se había vuelto loco de repente, enviaron a buscar a un médico. Afortunadamente, éste entendía el inglés, reconoció el discurso que Shaw había radiado la víspera, comprendió el significado de lo ocurrido y envió una comunicación a las publicaciones médicas acerca de ello.
—El principio de la enseñanza durante el sueño, o hipnopedia, había sido descubierto.
El DIC hizo una pausa efectista.
El principio había sido descubierto; pero habían de pasar años, muchos años, antes de que tal principio fuese aplicado con utilidad.
—El caso del pequeño Reuben ocurrió sólo vein-

titrés años después de que Nuestro Ford lanzara al mercado su primer Modelo T. —Al decir estas palabras, el director hizo la señal de la T sobre su estómago, y todos los estudiantes le imitaron reverentemente.

Furiosamente, los estudiantes garrapateaban: «Hipnopedia, empleada por primera vez oficialmente en 214 d. F. ¿Por qué no antes? Dos razones. (a)...»

—Estos primeros experimentos —les decía el DIC— seguían una pista falsa. Los investigadores creían que la hipnopedia podía convertirse en un instrumento de educación intelectual.

Un niño duerme sobre su costado derecho, con el brazo derecho estirado, la mano derecha colgando fuera de la cama. A través de un orificio enrejado, redondo, practicado en el lado de una caja, una voz habla suavemente.

«El Nilo es el río más largo de África y el segundo en longitud de todos los ríos del Globo. Aunque es poco menos largo que el Mississippi, Missouri, el Nilo es el más importante de todos los ríos del mundo en cuanto a la anchura de su cuenca, que se extiende a través de 35 grados de latitud...»

A la mañana siguiente, alguien dice:

—Tommy, ¿sabes cuál es el río más largo de África?

El chiquillo niega con la cabeza:

—Pero, ¿no recuerdas algo que empieza: «El Nilo es el...»?

—El-Nilo-es-el-río-más largo-de-África-y-el-segundo-en-longitud-de-todos-los-ríos-del-Globo... —Las palabras brotan caudalosamente de sus labios—. Aunque-es poco-menos-largo-que...

—Bueno, entonces, ¿cuál es el río más largo de África?

Los ojos aparecen vacíos de expresión.

—No lo sé.

—Pues el Nilo, Tommy.

—¿Cuál es el río más largo del mundo, Tommy?

—No lo sé —solloza.

Este llanto, según explicó el director, desanimó a los primeros investigadores. Los experimentos fueron abandonados. No se volvió a intentar enseñar a los niños, durante el sueño, la longitud del Nilo. Muy acertadamente. No se puede aprender una ciencia a menos que no se sepa de qué se trata.

—Por el contrario, debían haber empezado por la educación *moral* —dijo el director, abriendo la marcha hacia la puerta. Los estudiantes le siguieron, garrapateando desesperadamente mientras caminaban hasta llegar al ascensor—. La educación moral, que nunca, en ningún caso, debe ser racional.

—Silencio, silencio —susurró un altavoz, cuando salieron del ascensor, en la decimocuarta planta, y «Silencio, silencio», repetían incansables los altavoces, situados a intervalos en todos los pasillos. Los estudiantes y hasta el propio director empezaron a caminar automáticamente sobre las puntas de los pies. Sí, ellos eran Alfas, desde luego; pero también los Alfas han sido condicionados. «Silencio, silencio.» El aire todo de la planta decimocuarta vibraba con aquel imperativo categórico.

Unos cincuenta metros recorridos de puntillas los llevaron ante una puerta que el director abrió cautelosamente. Cruzando el umbral, penetraron en la penumbra de un dormitorio cerrado. Ochenta camastros se alineaban junto a la pared. Se oía una respiración regular y ligera, y un murmullo continuo, como de voces muy débiles que susurraban a lo lejos.

En cuanto entraron, una enfermera se levantó y se cuadró ante el director.

—¿Cuál es la lección de esta tarde? —preguntó éste.

—Durante los primeros cuarenta minutos tuvimos Sexo Elemental —contestó la enfermera—. Pero ahora hemos pasado a Conciencia de Clase Elemental.

El director pasó lentamente a lo largo de la extensa hilera de literas. Sonrosados y relajados por el sueño, ochenta niños y niñas yacían, respirando suavemente. Debajo de cada almohada se oía un susurro. El DIC se detuvo, e inclinándose sobre una de las camitas, escuchó atentamente.

—¿Conciencia de Clase Elemental? —dijo el director—. Vamos a hacerlo repetir por el altavoz.

Al extremo de la sala un altavoz sobresalía de la pared. El director se acercó al mismo y pulsó un interruptor.

«...todos visten de color verde —dijo una voz suave pero muy clara, empezando en mitad de una frase—, y los niños Delta visten todos de caqui. ¡Oh, no, yo no quiero jugar con niños Delta! Y los Epsilones todavía son peores. Son demasiado tontos para poder leer o escribir. Además, visten de negro, que es un color asqueroso. Me alegro mucho de ser un Beta.»

Se produjo una pausa: después la voz continuó:

«Los niños Alfas visten de color gris. Trabajan mucho más duramente que nosotros, porque son terriblemente inteligentes. De verdad me alegro muchísimo de ser Beta, porque no trabajo tanto. Y, además, nosotros somos mucho mejores que los Gammas y los Deltas. Los Gammas son tontos. Todos visten de color verde, y los niños Delta visten todos de caqui. ¡Oh, no, yo no quiero jugar con niños Delta! Y los Epsilones todavía son peores. Son demasiado tontos para...»

El director volvió a cerrar el interruptor. La voz enmudeció. Sólo su desvaído fantasma siguió susurrando desde debajo de las ochenta almohadas.

—Todavía se lo repetirán cuarenta o cincuenta veces antes de que despierten, y lo mismo en la sesión del jueves, y otra vez el sábado. Ciento veinte veces, tres veces por semana, durante treinta meses. Después de lo cual pueden pasar a una lección más adelantada.

Rosas y descargas eléctricas, el caqui de los Deltas y una vaharada de asafétida, indisolublemente relacionados entre sí antes de que el niño sepa hablar. Pero el condicionamiento sin palabras es algo tosco y burdo; no puede hacer distinciones más sutiles, no puede inculcar las formas de comportamiento más complejas. Para esto se precisan las palabras, pero palabras sin razonamiento. En suma, la hipnopedia.

—La mayor fuerza socializadora y moralizadora de todos los tiempos.

Los estudiantes lo anotaron en sus pequeños blocs. Directamente de labios de la ciencia personificada.

El director volvió a accionar el interruptor.

«...terriblemente inteligentes —estaba diciendo la voz suave, insinuante e incansable—. De verdad, me alegro muchísimo de ser Beta, porque...»

No precisamente como gotas de agua, a pesar de que el agua, es verdad, puede agujerear el más duro granito; más bien como gotas de lacre fundido, gotas que se adhieren, que se incrustan, que se incorporan a aquello encima de lo cual caen, hasta que, finalmente, la roca se convierte en un solo bloque escarlata.

—Hasta que, al fin, la mente del niño se transforma en esas sugestiones, y la suma de estas sugestiones es la mente del niño. Y no sólo la mente del niño, sino también la del adulto, a lo largo de toda su vida. La mente que juzga, que desea, que decide... formada por estas sugestiones. ¡Y estas sugestiones son *nuestras* sugestiones! —casi gritó el director exaltado—. ¡Sugestiones del Estado! —Descargó un puñetazo encima de una mesa—. De ahí se sigue que...

Un rumor lo indujo a volverse.

—¡Oh, Ford! —exclamó, en otro tono—. He despertado a los niños.

CAPÍTULO III

Fuera, en el jardín, era la hora del recreo. Desnudos bajo el cálido sol de junio, seiscientos o setecientos niños y niñas corrían de acá para allá lanzando agudos chillidos y jugando a la pelota, o permanecían sentados silenciosamente, entre las matas floridas, en parejas o en grupos de tres. Los rosales estaban en flor, dos ruiseñores entonaban un soliloquio en la espesura, y un cuco desafinaba un poco entre los tilos. El aire vibraba con el zumbido de las abejas y los helicópteros.

El director y los alumnos permanecieron algún tiempo contemplando a un grupo de niños que jugaban a la Pelota Centrífuga. Veinte de ellos formaban círculo alrededor de una torre de acero cromado. Había que arrojar la pelota a una plataforma colocada en lo alto de la torre; entonces la pelota caía por el interior de la misma hasta llegar a un disco que giraba velozmente, y salía disparada al exterior por una de las numerosas aberturas practicadas en la armazón de la torre. Y los niños debían atraparla.

—Es curioso —musitó el director, cuando se apartaron del lugar—, es curioso pensar que hasta en los tiempos de Nuestro Ford la mayoría de los juegos se jugaban sin más aparatos que una o dos pelotas, unos pocos palos y a veces una red. Imaginen la locura que representa permitir que la gente se entregue a juegos complicados que en nada aumentan el consumo. Pura locura. Actualmente los Interventores no aprueban ningún nuevo juego, a menos que pueda demostrarse que exige cuando menos tantos aparatos como el más complicado de los juegos ya existentes. —Se interrumpió espontáneamente—. He aquí un grupito encantador —dijo, señalando.

En una breve extensión de césped, entre altos grupos de brezos mediterráneos, dos chiquillos, un niño de unos siete años y una niña que quizá tendría un año más, jugaban —gravemente y con la atención concentrada de unos científicos empeñados en una labor de investigación— a un rudimentario juego sexual.

—¡Encantador, encantador! —replicó el DIC, sentimentalmente.

—Encantador —convinieron los muchachos, cortésmente.

Pero su sonrisa tenía cierta expresión condescendiente: hacía muy poco tiempo que habían abandonado aquellas diversiones infantiles, demasiado poco para poder contemplarlas sin cierto desprecio. ¿Encantador? No eran más que un par de chiquillos haciendo el tonto; nada más. Chiquilladas.

—Siempre pienso... —empezó el director en el mismo tono sensiblero.

Pero lo interrumpió un llanto bastante agudo.

De unos matorrales cercanos emergió una enfermera que llevaba cogido de la mano un niño que lloraba. Una niña, con expresión ansiosa, trotaba pisándole los talones.

—¿Qué ocurre? —preguntó el director.

La enfermera se encogió de hombros.

—No tiene importancia —contestó—. Sólo que este chiquillo parece bastante reacio a unirse en el juego erótico corriente. Ya lo había observado dos o tres veces. Y ahora vuelve a las andadas. Empezó a llorar y...

—Honradamente —intervino la chiquilla de aspecto ansioso—, yo no quise hacerle ningún daño. Es la pura verdad.

—Claro que no, querida —dijo la enfermera, tranquilizándola—. Por esto —prosiguió, dirigiéndose de nuevo al director— lo llevo a presencia del Superintendente Ayudante de Psicología. Para ver si hay en él alguna anormalidad.

—Perfectamente —dijo el director—. Llévelo allá. Tú te quedas aquí, chiquilla —agregó, mientras la enfermera se alejaba con el niño, que seguía llorando—. ¿Cómo te llamas?

—Polly Trostky.

—Un nombre muy bonito, como tú —dijo el director—. Anda, ve a ver si encuentras otro niño con quien jugar.

La niña echó a correr hacia los matorrales y se perdió de vista.

—¡Exquisita criatura! —dijo el director, mirando en la dirección por donde había desaparecido; y volviéndose después hacia los estudiantes, prosiguió—: Lo que ahora voy a decirles puede parecer increíble. Pero cuando no se está acostumbrado a la Historia, la mayoría de los hechos del pasado parecen increíbles.

Y les comunicó la asombrosa verdad. Durante un largo período de tiempo, antes de la época de Nuestro Ford, y aun durante algunas generaciones subsiguientes, los juegos eróticos entre chiquillos habían sido considerados como algo anormal (estallaron sonoras risas); y no sólo anormal sino realmente inmoral (¡No!), y, en consecuencia, estaban rigurosamente prohibidos.

Una expresión de asombrosa incredulidad apareció en los rostros de sus oyentes. ¿Era posible que prohibieran a los pobres chiquillos divertirse? No podían hacerlo.

—Hasta a los adolescentes se les prohibía —siguió el DIC—; a los adolescentes como ustedes...

—¡Es imposible!

—Dejando aparte un poco de autoerotismo subrepticio y la homosexualidad, nada estaba permitido.

—*¿Nada?*

—En la mayoría de los casos, hasta que tenían más de veinte años.

—¿Veinte años? —repitieron como un eco, los estudiantes, en un coro de incredulidad.

—Veinte —repitió a su vez el director—. Ya les dije que les parecería increíble.

—Pero, ¿qué pasaba? —preguntaron los muchachos—. ¿Cuáles eran los resultados?

—Los resultados eran terribles.

Una voz grave y resonante había intervenido inesperadamente en la conversación.

Todos se volvieron. A la vera del pequeño grupo se hallaba un desconocido, un hombre de estatura media y cabellos negros, nariz ganchuda, labios rojos y regordetes, y ojos oscuros, que parecían taladrar.

—¡Terribles! —repitió.

En aquel momento, el DIC se hallaba sentado en uno de los bancos de acero y caucho convenientemente esparcidos por todo el jardín; pero a la vista del desconocido saltó sobre sus pies y corrió a su encuentro, con las manos abiertas, sonriendo con todos sus dientes, efusivo.

—¡Interventor! ¡Qué inesperado placer! Muchachos, ¿en qué piensan ustedes? Les presento al interventor; es Su Fordería Mustafá Mond.

En las cuatro mil salas del Centro, los cuatro mil relojes eléctricos dieron simultáneamente las cuatro. Voces etéreas sonaban por los altavoces:

—Cesa el primer turno del día... Empieza el segundo turno del día... Cesa el primer turno del día.

En el ascensor, camino de los vestuarios, Henry Foster y el Director Ayudante de Predestinación daban la espalda intencionadamente a Bernard Marx, de la Oficina Psicológica, procurando evitar toda relación con aquel hombre de mala fama.

En el Almacén de Embriones, el débil zumbido y chirrido de las máquinas todavía estremecía el aire escarlata. Los turnos podían sucederse; una cara roja, luposa, podía ceder el lugar a otra; mayestáticamente y para siempre, los trenes seguían reptando con su carga de futuros hombres y mujeres.

Lenina Crowne se dirigió hacia la puerta.

¡Su Fordería Mustafá Mond! A los estudiantes casi se les salían los ojos de la cabeza. ¡Mustafá Mond! ¡El Interventor Residente de la Europa Occidental! ¡Uno de los Diez Interventores Mundiales! Uno de los Diez... y se sentó en el banco, con el DIC, e iba a quedarse, a quedarse, sí, y hasta a dirigirles la palabra... ¡Directamente de labios del propio Ford!

Dos chiquillos morenos emergieron de unos matorrales cercanos, les miraron un momento con ojos muy abiertos y llenos de asombro, y luego volvieron a sus juegos entre las hojas.

—Todos ustedes recuerdan —dijo el Interventor, con su voz fuerte y grave—, todos ustedes recuerdan, supongo, aquella hermosa e inspirada frase de Nuestro Ford; «La Historia es una patraña —repitió lentamente—, una patraña.»

Hizo un ademán con la mano, y fue como si con un visible plumero hubiese quitado un poco el polvo; y el polvo era Harappa, era Ur de Caldea; y algunas telarañas, y las telarañas eran Tebas y Babilonia, y Cnosos y Micenas. Otro movimiento del plumero y desaparecieron Ulises, Job, Júpiter, Gautana y Jesús. Otro plumerazo v fueron aniquiladas aquellas viejas motas de suciedad que se llamaron Atenas, Roma, Jerusalén y el Celeste Imperio. Otro, y el lugar donde había estado Italia quedó desierto. Otro, y desaparecieron las catedrales. Otro, otro, y fuera con el *Rey Lear* y los *Pensamientos* de Pascal. Otro, ¡y basta de

Pasión! Otro ¡y basta de *Réquiem*! Otro, ¡y basta de *Sinfonía*!; otro plumerazo y...

—¿Irás al sensorama esta noche, Henry? —preguntó el Predestinador Ayudante—. Me han dicho que el Filme del «Alhambra» es estupendo. Hay una escena de amor sobre una alfombra de piel de oso; dicen que es algo maravilloso. Aparecen reproducidos todos los pelos del oso. Unos efectos táctiles asombrosos.

—Por esto no se les enseña Historia —decía el Interventor—. Pero ahora ha llegado el momento

El DIC le miró con inquietud. Corrían extraños rumores acerca de viejos libros prohibidos ocultos en un arca de seguridad en el despacho del Interventor. Biblias, poesías... ¡Ford sabía tantas cosas!

Mustafá Mond captó su mirada ansiosa, y las comisuras de sus rojos labios se fruncieron irónicamente.

—Tranquilícese, director —dijo en leve tono de burla—. No voy a corromperlos.

El DIC quedó abrumado de confusión.

Los que se sienten despreciados procuran aparecer despectivos. La sonrisa que apareció en el rostro de Bernard Marx era ciertamente despreciativa. ¡Todos los pelos del oso! ¡Vaya!

—Haré todo lo posible por ir —dijo Henry Foster.

Mustafá Mond se inclinó hacia delante y agitó el dedo índice hacia ellos.

—Basta que intenten comprenderlo —dijo, y su voz provocó un extraño escalofrío en los diafragmas de sus oyentes—. Intenten comprender el efecto que producía tener una madre vivípara.

De nuevo aquella palabra obscena. Pero esta vez a ninguno se le ocurrió siquiera la posibilidad de sonreír.

—Intenten imaginar lo que significaba «vivir con la propia familia».

Lo intentaron; pero, evidentemente, sin éxito.

—¿Y saben ustedes lo que era un «hogar»?

Todos movieron negativamente la cabeza.

Emergieron de su sótano oscuro y escarlata, Lenina Crowne subió diecisiete pisos, torció a la derecha al salir del ascensor, avanzó por un largo pasillo y, abriendo la puerta del Vestuario Femenino, se zambulló en un caos ensordecedor de brazos, senos y ropa interior. Torrentes de agua caliente caían en un centenar de bañeras o salían borboteando de ellas por los desagües. Zumbando y silbando, ochenta máquinas para masaje —que funcionaban a base de vacío y vibración— amasaban simultáneamente la carne firme y tostada por el sol de ochenta soberbios ejemplares femeninos que hablaban todos a voz en grito. Una máquina de Música Sintética susurraba un solo de supercorneta.

—Hola, Fanny —dijo Lenina a la muchacha que tenía el perchero y el armario junto al suyo.

Fanny trabajaba en la Sala de Envasado y se llamaba también Crowne de apellido. Pero como entre los dos mil millones de habitantes del planeta debían repartirse sólo diez mil nombres, esta coincidencia nada tenía de sorprendente.

Lenina tiró de sus cremalleras —hacia abajo la de la chaqueta, hacia abajo, con ambas manos, las dos cremalleras de los pantalones, y hacia abajo también para la ropa interior—, y, sin más que las medias y los zapatos, se dirigió hacia el baño.

Hogar, hogar... Unos pocos cuartitos, superpoblados por un hombre, una mujer periódicamente embarazada, y una turbamulta de niños y niñas de todas las edades. Sin aire, sin espacio; una prisión no esterilizada; oscuridad, enfermedades y malos olores. (La evocación que el Interventor hizo del hogar fue tan vívida que uno de los muchachos, más sensibles que los demás, palideció ante la mera descripción del mismo y estuvo a punto de marearse.)

Lenina salió del baño, se secó con la toalla, cogió un largo tubo flexible incrustado en la pared, apuntó con él a su pecho, como si se dispusiera a suicidarse, y oprimió el gatillo. Una oleada de aire caliente la cubrió con finísimos polvos de talco. Ocho diferentes perfumes y agua de Colonia se hallaban a su disposición con sólo maniobrar los pequeños grifos situados en el borde del lavabo. Lenina abrió el tercero de la izquierda, se perfumó con esencia de

Chipre, y, llevando en la mano los zapatos y las medias, salió a ver si estaba libre alguno de los aparatos de masaje.

Y el hogar era tan mezquino psíquicamente como físicamente. Psíquicamente, era una conejera, un estercolero, lleno de fricciones a causa de la vida en común, hediondo a fuerza de emociones. ¡Cuántas intimidades asfixiantes, cuán peligrosas, insanas y obscenas relaciones entre los miembros del grupo familiar! Como una maniática, la madre se preocupaba constantemente por los hijos (*sus* hijos...), se preocupaba por ellos como una gata por sus pequeños; pero como una gata que supiera hablar, una gata que supiera decir: «Nene mío, nene mío» una y otra vez. «Nene mío, y, ¡oh, oh, en mi pecho, sus manitas, su hambre, y ese placer mortal e indecible! Hasta que al fin mi niño duerme, mi niño se ha dormido con una gota de blanca leche en la comisura de su boca. Mi hijito duerme...»

—Sí —dijo Mustafá Mond, moviendo la cabeza—, con razón se estremecen ustedes.

—¿Con quién saldrás esta noche? —preguntó Lenina, volviendo de su masaje con un resplandor rosado, como una perla iluminada desde dentro.

—Con nadie.

Lenina arqueó las cejas, asombrada.

—Últimamente no me he encontrado muy bien —explicó Fanny—. El doctor Wells me aconsejó tomar Sucedáneo de Embarazo.

—¡Pero si sólo tienes diecinueve años! El primer Sucedáneo de Embarazo no es obligatorio hasta los veintiuno.

—Ya lo sé, mujer. Pero hay personas a quienes les conviene empezar antes. El doctor Wells me dijo que las morenas de pelvis ancha, como yo, deberían tomar el primer Sucedáneo de Embarazo a los diecisiete. De modo que en realidad llevo dos años de retraso y no de adelanto.

Abrió la puerta de su armario y señaló la hilera de cajas y ampollas etiquetadas del primer estante.

«Jarabe de Corpus Luteum.» Lenina leyó los nombres en voz alta. «Ovalina fresca, garantizada; fecha de caducidad: 1 de agosto de 632 d. F. Extracto de glándulas mamarias: tómese tres veces al día, antes de las comidas, con un poco de agua. Placentina; inyectar 5 cc. cada tres días (intravenosa)...»

—¡Huy! —estremecióse Lenina—. ¡Con lo poco que me gustan las intravenosas! ¿Y a ti?

—Tampoco me gustan. Pero cuando son para nuestro bien...

Fanny era una muchacha particularmente juiciosa.

Nuestro Ford —o Nuestro Freud, como, por alguna razón inescrutable, decidió llamarse él mismo cuando hablaba de temas psicológicos—, Nuestro Freud fue el primero en revelar los terribles peligros de la vida familiar. El mundo estaba lleno de padres, y, por consiguiente, estaba lleno de miseria; lleno de madres, y, por consiguiente, de todas las formas de perversión, desde el sadismo hasta la castidad; lleno de hermanos, hermanas, tíos, tías y, por ende, lleno de locura y de suicidios.

—Y sin embargo, entre los salvajes de Samoa, en ciertas islas de la costa de Nueva Guinea...

El sol tropical relucía como miel caliente sobre los cuerpos desnudos de los chiquillos que retozaban promiscuamente entre las flores de hibisco. El hogar estaba en cualquiera de las veinte casas con tejado de hojas de palmera. En las Trobiands, la concepción era obra de los espíritus ancestrales; nadie había oído hablar jamás de «padre».

—Los extremos se tocan —dijo el Interventor—. Por la sencilla razón de que fueron creados para tocarse.

—El doctor Wells dice que una cura de tres meses a base de Sucedáneo de Embarazo mejorará mi salud durante los tres o cuatro años próximos.

—Espero que esté en lo cierto —dijo Lenina—. Pero, Fanny, ¿de veras quieres decir que durante estos tres meses se supone que no vas a...?

—¡Oh, no, mujer! Sólo durante una o dos semanas, y nada más. Pasaré la noche en el club, jugando al Bridge Musical. Supongo que tú sí saldrás, ¿no?

Lenina asintió con la cabeza.

—¿Con quién?

—Con Henry Foster.

—¿Otra vez? —El rostro afable, un tanto lunar, de Fanny cobró una expresión de asombro dolido y reprobador—. ¡No me digas que todavía sales con Henry Foster!

Madres y padres, hermanos y hermanas. Pero había también maridos, mujeres, amantes. Había también monogamia y romanticismo.

—Aunque probablemente ustedes ignoren lo que es todo esto —dijo Mustafá Mond.

Los estudiantes asintieron.

Familia, monogamia, romanticismo. Exclusivismo en todo, en todo una concentración del interés, una estrecha canalización del impulso y la energía.

—Cuando lo cierto es que todo el mundo pertenece a todo el mundo —concluyó el Interventor, citando el proverbio hipnopédico.

Los estudiantes volvieron a asentir, con énfasis, aprobando una afirmación que sesenta y dos mil repeticiones en la oscuridad les habían obligado a aceptar, no sólo como cierta sino como axiomática, evidente, absolutamente indiscutible.

—Bueno, al fin y al cabo —protestó Lenina— sólo hace unos cuatro meses que salgo con Henry.

—¡*Sólo* cuatro meses! ¡Me gusta! Y lo que es peor —prosiguió Fanny, señalándola con un dedo acusador— es que en todo este tiempo no ha habido en tu vida nadie, excepto Henry, ¿verdad?

Lenina se sonrojó violentamente; pero sus ojos y el mismo tono de su voz siguieron desafiando a su amiga.

—No, nadie más —contestó, casi con truculencia—. Y no veo por qué debería haber habido alguien más.

—¡Vaya! ¡La niña no ve por qué! —repitió Fanny, como dirigiéndose a un invisible oyente situado detrás del hombro izquierdo de Lenina. Luego, cambiando bruscamente de tono, añadió—: En serio. La verdad es que creo que deberías andar con cuidado. Está muy mal eso de seguir así con el mismo hombre. A los cuarenta o cuarenta y cinco años, todavía... Pero, ¡a tu edad, Lenina! No, no puede ser. Y sabes muy bien que el DIC se opone firmemente a todo lo que sea demasiado intenso o prolongado...

—Imaginen un tubo que encierra agua a presión. —Los estudiantes se lo imaginaron—. Practico en el mismo un solo agujero —dijo el Interventor—. ¡Qué hermoso chorro!

Lo agujereó veinte veces. Brotaron veinte mezquinas fuentecitas.

«Hijo mío. Hijo mío...»

«¡Madre!»

La locura es contagiosa.

«Amor mío, mi único amor, preciosa, preciosa...»

Madre, monogamia, romanticismo... La fuente brota muy alta; el chorro surge con furia, espumeante. La necesidad tiene una sola salida. Amor mío, hijo mío. No es extraño que aquellos pobres premodernos estuviesen locos y fuesen desdichados y miserables. Su mundo no les permitía tomar las cosas con calma, no les permitía ser juiciosos, virtuosos, felices. Con madres y amantes, con prohibiciones para cuya obediencia no habían sido condicionados, con las tentaciones y los remordimientos solitarios, con todas las enfermedades y el dolor eternamente aislante, no es de extrañar que sintieran intensamente las cosas, y sintiéndolas así (y, peor aún, en soledad, en un aislamiento individual sin esperanza), ¿cómo podían ser estables?

—Claro que no tienes necesidad de dejarle. Pero sal con algún otro de vez en cuando. Esto basta. Él va con otras muchachas, ¿no es verdad?

Lenina lo admitió.

—Claro que sí. Henry Foster es un perfecto caballero, siempre correcto. Además, tienes que pensar en el director. Ya sabes que es muy quisquilloso...

Asintiendo con la cabeza, Lenina dijo:

—Esta tarde me ha dado una palmadita en el trasero.

—¿Lo ves? —Fanny se mostraba triunfal—. Esto te demuestra qué es lo que importa por encima de todo. El convencionalismo más estricto.

—Estabilidad —dijo el Interventor—, estabilidad. No cabe civilización alguna sin estabilidad social. Y no hay estabilidad social sin estabilidad individual.

Su voz sonaba como una trompeta. Escuchándole, los estudiantes se sentían más grandes, más ardientes.

La máquina gira, gira, y debe seguir girando siempre. Si se para, es la muerte. Un millar de millones se arrastraban por la corteza terrestre. Las ruedas empezaron a girar. En ciento cincuenta años llegaron a los dos mil millones. Párense todas las ruedas. Al cabo de ciento cincuenta semanas de nuevo hay sólo mil millones; miles y miles de hombres y mujeres han perecido de hambre.

Las ruedas deben girar continuamente, pero no al azar. Debe haber hombres que las vigilen, hombres tan seguros como las mismas ruedas en sus ejes, hombres cuerdos, obedientes, estables en su contentamiento.

Si gritan «Hijo mío, madre mía, mi único amor»; si chillan de dolor, deliran de fiebre, sufren a causa de la vejez y la pobreza... ¿cómo pueden cuidar de las ruedas? Y si no pueden cuidar de las ruedas... Sería muy difícil enterrar o quemar los cadáveres de millares y millares y millares de hombres y mujeres.

—Y al fin y al cabo —el tono de voz de Fanny era un arrullo—, no veo que haya nada doloroso o desagradable en el hecho de tener a uno o dos hombres además de Henry. Teniendo en cuenta todo esto, *deberías* ser un poco más promiscua...

—Estabilidad —insistió el Interventor—, estabilidad. La necesidad primaria y última. Estabilidad. De ahí todo esto.

Con un movimiento de la mano señaló los jardines, el enorme edificio del Centro de Condicionamiento, los niños desnudos semiocultos en la espesura o corriendo por los prados.

Lenina movió negativamente la cabeza.

—No sé por qué —musitó— últimamente no me he sentido muy bien dispuesta a la promiscuidad. Hay momentos en que una no debe. ¿Nunca lo has sentido así, Fanny?

Fanny asintió con simpatía y comprensión.

—Pero es preciso hacer un esfuerzo —dijo sentenciosamente—, es preciso tomar parte en el juego. Al fin y al cabo, todo el mundo pertenece a todo el mundo.

—Sí, todo el mundo pertenece a todo el mundo

—repitió Lenina lentamente; y, suspirando, guardó silencio un momento; después, cogiendo la mano de Fanny, se la estrechó ligeramente—. Tienes toda la razón, Fanny. Como siempre. Haré ese esfuerzo.

Los impulsos coartados se derraman, y el derrame es sentimiento, el derrame es pasión, el derrame es incluso locura; ello depende de la fuerza de la corriente, y de la altura y la resistencia del dique. La corriente que no es detenida por ningún obstáculo fluye suavemente, bajando por los canales predestinados hasta producir un bienestar tranquilo.

El embrión está hambriento; día tras día, la bomba de sucedáneo de la sangre gira a ochocientas revoluciones por minuto. El niño decantado llora; inmediatamente aparece una enfermera con un frasco de secreción externa. Los sentimientos proliferan en el intervalo de tiempo entre el deseo y su consumación. Abreviad este intervalo, derribad esos viejos diques innecesarios.

—¡Afortunados muchachos! —dijo el Interventor—. No se ahorraron esfuerzos para hacer que sus vidas fuesen emocionalmente fáciles, para preservarles, en la medida de lo posible, de toda emoción.

—¡Ford está en su viejo carromato! —murmuró el DIC—. Todo marcha bien en el mundo.

—¿Lenina Crowne? —dijo Henry Foster, repitiendo la pregunta del Predestinador Ayudante mientras cerraba la cremallera de sus pantalones—. Es una muchacha estupenda. Maravillosamente neumática. Me sorprende que no la hayas poseído.

—La verdad es que no comprendo cómo pudo ser —dijo el Predestinador Ayudante—. Pero lo haré. En la primera ocasión.

Desde su lugar, en el extremo opuesto de la nave del vestuario, Bernard Marx oyó lo que decían y palideció.

—Si quieres que te diga la verdad —dijo Lenina—, lo cierto es que empiezo a aburrirme un poco a fuerza de no tener más que a Henry día tras día. —Se puso la media de la pierna izquierda—. ¿Conoces a Bernard Marx? —preguntó en un tono, cuya excesiva indiferencia era evidentemente forzada.

Fanny pareció sobresaltada.
—No me digas que...
—¿Por qué no? Bernard es un Alfa-Más. Además, me pidió que fuera a una de las Reservas para Salvajes con él. Siempre he deseado ver una Reserva para Salvajes.
—Pero, ¿y su mala fama?
—¿Qué me importa su reputación?
—Dicen que no le gusta el Golf de Obstáculos.
—Dicen, dicen... —se burló Lenina.
—Además, se pasa casi todo el tiempo solo, *solo*.
En la voz de Fanny sonaba una nota de horror.
—Bueno, en todo caso no estará tan solo cuando esté conmigo. No sé por qué todo el mundo lo trata tan mal. Yo lo encuentro muy agradable.
Sonrió para sí; ¡cuán absurdamente tímido se había mostrado Bernard! Asustado casi como si ella fuese un Interventor Mundial y él un mecánico Gamma-Menos.

—Consideren sus propios gustos —dijo Mustafá Mond—. ¿Ha encontrado jamás alguno de ustedes un obstáculo insalvable?
La pregunta fue contestada con un silencio negativo.
—¿Alguno de ustedes se ha visto jamás obligado a esperar largo tiempo entre la conciencia de un deseo y su satisfacción?
—Bueno... —empezó uno de los muchachos; y vaciló.
—Hable —dijo el DIC—. No haga esperar a Su Fordería.
—Una vez tuve que esperar casi cuatro semanas antes de que la muchacha que yo deseaba me permitiera ir con ella.
—¿Y sintió usted una fuerte emoción?
—¡Horrible!
—Horrible; exactamente —dijo el Interventor—. Nuestros antepasados eran tan estúpidos y cortos de miras que cuando aparecieron los primeros reformadores y ofrecieron librarles de estas horribles emociones, no quisieron ni escucharles.

—Hablan de ella como si fuese un trozo de carne. —Bernard rechinó los dientes—. La he probado, no la he probado. Como un cordero. La rebajan a la categoría de cordero, ni más ni menos. Ella dijo que lo pensaría y que me contestaría esta semana. ¡Oh, Ford, Ford, Ford!

Sentía deseos de acercarse a ellos y pegarles en la cara, duro, fuerte una y otra vez.

—De veras, te aconsejo que la pruebes —decía Henry Foster.

—¡Es tan feo! —dijo Fanny.

—Pues a mí me gusta su aspecto.

—¡Y tan *bajo*!

Fanny hizo una mueca; la poca estatura era típica de las castas bajas.

—Yo lo encuentro muy simpático —dijo Lenina—. Me hace sentir deseos de mimarlo. ¿Entiendes? Como a un gato.

Fanny estaba sorprendida y disgustada.

—Dicen que alguien cometió un error cuando todavía estaba envasado; creyó que era un Gamma y puso alcohol en su ración de sucedáneo de la sangre. Por esto es tan canijo.

—¡Qué tonterías!

Lenina estaba indignada.

—La enseñanza mediante el sueño estuvo prohibida en Inglaterra. Había allí algo que se llamaba Liberalismo. El Parlamento, suponiendo que ustedes sepan lo que era, aprobó una ley que la prohibía. Se conservan los archivos. Hubo discursos sobre la libertad, a propósito de ello. Libertad para ser ineficiente y desgraciado. Libertad para ser una clavija redonda en un agujero cuadrado.

—Pero, mi querido amigo, con mucho gusto, te lo aseguro. Con mucho gusto. —Henry Foster dio una palmada al hombro del Predestinador Ayudante—. Al fin y al cabo, todo el mundo pertenece a todo el mundo.

«Cien repeticiones tres noches por semana, durante cuatro años —pensó Bernard Marx, que era especialista en hipnopedia—. Sesenta y dos mil cuatrocientas repeticiones crean una verdad. ¡Idiotas!»

—O el sistema de Castas. Constantemente propuesto, constantemente rechazado. Existía entonces la llamada democracia. Como si los hombres fuesen iguales no sólo fisicoquímicamente.

—Bueno, lo único que puedo decir es que aceptaré su invitación.

Bernard los odiaba, los odiaba. Pero eran dos, y eran altos y fuertes.

—La Guerra de los Nueve Años empezó en el año 141 d. F.

—Aunque fuese verdad lo de que le pusieron alcohol en el sucedáneo de la sangre.

—Cosa que, simplemente, no puedo creer —concluyó Lenina.

—El estruendo de catorce mil aviones avanzando en formación abierta. Pero en la Kurfurstendamm y en el Huitième Arrondissement, la explosión de las bombas de ántrax apenas produce más ruido que el de una bolsa de papel al estallar.

—Porque *quiero* ver una Reserva de Salvajes.

—$CH\ C\ H\ (NO)_2 + Hg\ (CNO)_2 =$ ¿a qué? Un enorme agujero en el suelo, un montón de ruinas, algunos trozos de carne y de mucus, un pie, con la bota puesta todavía, que vuela por los aires y aterriza, ¡plas!, entre los geranios, los geranios rojos... ¡Qué espléndida floración aquel verano!

—No tienes remedio, Lenina; te dejo por lo que eres.

—La técnica rusa para infectar las aguas era particularmente ingeniosa.

De espaldas, Fanny y Lenina siguieron vistiéndose en silencio.

—La Guerra de los Nueve Años, el gran Colapso Económico. Había que elegir entre Dominio Mundial o destrucción. Entre estabilidad y...

—Fanny Crowne también es una chica estupenda —dijo el Predestinador Ayudante.

En las Guarderías, la lección de Conciencia de Clase Elemental había terminado, y ahora las voces se encargaban de crear futura demanda para la futura producción industrial. «Me gusta volar —murmuraban—, me gusta volar, me gusta tener vestidos nuevos, me gusta...»

—El liberalismo, desde luego, murió de ántrax. Pero las cosas no pueden hacerse por la fuerza.

—No tan neumática como Lenina. Ni mucho menos.

—Pero los vestidos viejos son feísimos —seguía diciendo el incansable murmullo—. Nosotros siempre tiramos los vestidos viejos. Tirarlos es mejor que remendarlos, tirarlos es mejor que remendarlos, tirarlos es mejor...

—Gobernar es legislar, no pegar. Se gobierna con el cerebro y las nalgas, nunca con los puños. Por ejemplo, había la obligación de consumir, el consumo obligatorio...

—Bueno, ya estoy —dijo Lenina; pero Fanny seguía muda y dándole la espalda—. Hagamos las paces, querida Fanny.

—Todos los hombres, las mujeres y los niños eran obligados a consumir un tanto al año. En beneficio de la industria. El único resultado...

—Tirarlos es mejor que remendarlos. A más remiendos, menos dinero; a más remiendos, menos dinero; a más remiendos...

—Cualquier día —dijo Fanny, con énfasis dolorido— vas a meterte en un lío.

—La oposición consciente en gran escala. Cualquier cosa con tal de no consumir. Retorno a la Naturaleza.

—Me gusta volar, me gusta volar.

—¿Estoy bien? —preguntó Lenina.
Llevaba una chaqueta de tela de acetato verde botella, con puños y cuello de viscosa verde.

—Ochocientos partidarios de la Vida Sencilla fueron liquidados por las ametralladoras en Golders Green.

—Tirarlos es mejor que remendarlos, tirarlos es mejor que remendarlos.

Luego se produjo la matanza del Museo Británico. Dos mil fanáticos de la cultura gaseados con sulfuro de dicloretil.

Un gorrito de jockey verde y blanco sombreaba los ojos de Lenina; sus zapatos eran de un brillante color verde, y muy lustrosos.

—Al fin —dijo Mustafá Mond—, los Interventores comprendieron que el uso de la fuerza era inútil. Los métodos más lentos, pero infinitamente más seguros, de la Ectogenesia, el condicionamiento neopavloviano y la hipnopedia...

Y alrededor de la cintura, Lenina llevaba una cartuchera de sucedáneo de cuero verde, montada en plata, completamente llena (puesto que Lenina no era hermafrodita) de productos anticoncepcionales reglamentarios.

—Al fin se emplearon los descubrimientos de Pfitzner y Kawaguchi. Una propaganda intensiva contra la reproducción vivípara...

—¡Perfecta...! —gritó Fanny, entusiasmada. Nunca podía resistirse mucho rato al hechizo de Lenina—. ¡Qué cinturón Maltusiano tan *mono*!

—Coordinaba con una campaña contra el Pasado; con el cierre de los museos, la voladura de los monumentos históricos (afortunadamente la mayoría de ellos ya habían sido destruidos durante la Guerra de los Nueve Años); con la supresión de todos los libros publicados antes del año 150 d. F...

—No cejaré hasta conseguir uno igual —dijo Fanny.

—Había una cosa que llamaban «pirámides», por ejemplo.

—Mi vieja bandolera de charol...

—Y un tipo llamado Shakespeare. Claro que ustedes no han oído hablar jamás de estas cosas.

—Es una auténtica desgracia, mi bandolera.

—Éstas son las ventajas de una educación realmente científica.

—A más remiendos, menos dinero; a más remiendos, menos...

—La introducción del primer modelo T de Nuestro Ford...

—Hace ya cerca de tres meses que lo llevo...

—...fue elegida como fecha de iniciación de la nueva Era.

—Tirarlos es mejor que remendarlos; tirarlos es mejor...

—Había una cosa, como antes dije, llamada Cristianismo.

—Tirarlos es mejor que remendarlos.

—La moral y la filosofía del subconsumo...

—Me gustan los vestidos nuevos, me gustan los vestidos nuevos, me gustan...

—Tan esenciales cuando había subproducción; pero en una época de máquinas y de fijación del nitrógeno, era un auténtico crimen contra la sociedad.

—Me lo regaló Henry Foster.

—Se cortó el remate de todas las cruces y quedaron convertidos en T. Había también una cosa llamada Dios.

—Es verdadera imitación de tafilete.

—Ahora tenemos el Estado Mundial. Y las fiestas del Día de Ford, y los Cantos de la Comunidad, y los Servicios de Solidaridad.

«¡Ford, cómo los odio!», pensaba Bernard Marx.

—Había una cosa llamada Cielo; sin embargo, solían beber enormes cantidades de alcohol.

«Como carne; exactamente lo mismo que si fuera carne.»

—Había una cosa llamada «alma» y otra llamada «inmortalidad».

—Pregúntale a Henry dónde lo consiguió.

—Pero solían tomar morfina y cocaína.

«Y lo peor del caso es que ella es la primera en considerarse como simple carne.»

—En el año 178 d. F., se subvencionó a dos mil farmacólogos y bioquímicos...

—Parece malhumorado —dijo el Predestinador Ayudante, señalando a Bernard Marx.

—Seis años después se producía ya comercialmente la droga perfecta.

—Vamos a tirarle de la lengua.

—Eufórica, narcótica, agradablemente alucinante.

—Estás melancólico, Marx. —La palmada en la espalda lo sobresaltó. Levantó los ojos. Era aquel bruto de Henry Foster—. Necesitas un gramo de *soma.*

—Todas las ventajas del cristianismo y del alcohol; y ninguno de sus inconvenientes.

«¡Ford, me gustaría matarle!» Pero no hizo más que decir: «No, gracias», al tiempo que rechazaba el tubo de tabletas que le ofrecía.

.—Uno puede tomarse unas vacaciones de la realidad siempre que se le antoje, y volver de las mismas sin siquiera un dolor de cabeza o una mitología.

—Tómalo —insistió Henry Foster—, tómalo.

—La estabilidad quedó prácticamente asegurada.

—Un solo centímetro cúbico cura diez sentimientos melancólicos —dijo el Predestinador Ayudante, citando una frase de sabiduría hipnopédica.

—Sólo faltaba conquistar la vejez.

—¡Al cuerno! —gritó Bernard Marx.

—¡Qué picajoso!

—Hormonas gonadales, transfusión de sangre joven, sales de magnesio...

—Y recuerda que un gramo es mejor que un terno.

Y los dos salieron, riendo.

—Todos los estigmas fisiológicos de la vejez han sido abolidos. Y con ellos, naturalmente...

—No se te olvide preguntarle lo del cinturón Maltusiano —dijo Fanny.

—...Y con ellos, naturalmente, todas las peculiaridades mentales del anciano. Los caracteres permanecen constantes a través de toda la vida.

—...dos vueltas de Golf de Obstáculos que terminar antes de que oscurezca. Tengo que darme prisa.

—Trabajos, juegos... A los sesenta años nuestras fuerzas son exactamente las mismas que a los diecisiete. En la Antigüedad, los viejos solían renunciar, retirarse, entregarse a la religión, pasarse el tiempo leyendo, pensando... *¡Pensando!*

«¡Idiotas, cèrdos!», se decía Bernard Marx, mientras avanzaba por el pasillo en dirección al ascensor.

En la actualidad el progreso es tal que los ancianos trabajan, los ancianos cooperan, los ancianos no tienen tiempo ni ocios que no puedan llenar con el placer, ni un solo momento para sentarse y pensar; y si por desgracia se abriera alguna rendija de tiempo en la sólida sustancia de sus distracciones, siempre queda el *soma*, el delicioso *soma*, medio gramo para una tarde de asueto, un gramo para un fin de semana, dos gramos para un viaje al bello Oriente, tres para una oscura eternidad en la luna; y vuelven cuando se sienten ya al otro lado de la grieta, a salvo en la tierra firme del trabajo y la distracción cotidianos, pasando de sensorama a sensorama, de muchacha a muchacha neumática, de Campo de Golf Electromagnético a...

—¡Fuera, chiquilla! —gritó el DIC, enojado—. ¡Fuera, peque! ¿No veis que el Interventor está atareado? ¡Id a hacer vuestros juegos eróticos a otra parte!

—¡Pobres chiquillos! —dijo el Interventor.

Lenta, majestuosamente, con un débil zumbido de maquinaria, los trenes seguían avanzando, a razón de trescientos treinta y tres milímetros por hora. En la rojiza oscuridad centelleaban innumerables rubíes.

CAPÍTULO IV

1

El ascensor estaba lleno de hombres procedentes de los Vestuarios Alfa, y la entrada de Lenina provocó muchas sonrisas y cabezadas amistosas. Lenina era una chica muy popular, y, en una u otra ocasión, había pasado alguna noche con casi todos ellos.

«Buenos muchachos —pensaba Lenina Crowne, al tiempo que correspondía a sus saludos—. ¡Encantadores! Sin embargo, hubiese preferido que George Edzel no tuviera las orejas tan grandes. Quizá le habían administrado una gota de más de paratiroides en el metro 328.» Y mirando a Benito Hoover no podía menos de recordar que era demasiado peludo cuando se quitó la ropa.

Al volverse, con los ojos un tanto entristecidos por el recuerdo de la rizada negrura de Benito, vio en un rincón el cuerpecillo canijo y el rostro melancólico de Bernard Marx.

—¡Bernard! —exclamó, acercándose a él—. Te buscaba.

Su voz sonó muy clara por encima del zumbido del ascensor. Los demás se volvieron con curiosidad.

—Quería hablarte de nuestro plan de Nuevo México.

Por el rabillo del ojo vio que Benito Hoover se quedaba boquiabierto de asombro. «¡No me sorprendería que esperara que le pidiera para ir con él otra vez!», se dijo Lenina. Luego, en voz alta, y con más valor todavía, prosiguió:

—Me *encantaría* ir contigo toda una semana en julio. —En todo caso, estaba demostrando públicamente su infidelidad para con Henry. Fanny debería aprobárselo, aunque se tratara de Bernard—. Es decir, si todavía sigues deseándome —acabó Lenina dirigiéndole la más deliciosamente significativa de sus sonrisas.

Bernard se sonrojó intensamente. «¿Por qué?», se preguntó Lenina, asombrada pero al mismo tiempo conmovida por aquel tributo a su poder.

—¿No sería mejor hablar de ello en cualquier otro sitio? —tartajeó Bernard, mostrándose terriblemente turbado.

«Como si le hubiese dicho alguna inconveniencia —pensó Lenina—. No se mostraría más confundido si le hubiese dirigido una broma sucia, si le hubiese preguntado quién es su madre, o algo por el estilo.»

—Me refiero a que..., con toda esta gente por aquí...

La carcajada de Lenina fue franca y totalmente ingenua.

—¡Qué divertido eres! —dijo; y de veras lo encontraba divertido—. Espero que cuando menos me avises con una semana de antelación —prosiguió en otro tono—. Supongo que tomaremos el Cohete Azul del Pacífico. ¿Despega de la Torre de Charing-T? ¿O de Hampstead?

Antes de que Bernard pudiera contestar, el ascensor se detuvo.

—¡Azotea! —gritó una voz estridente.

El ascensorista era una criatura simiesca, que lucía la túnica negra de un semienano Epsilon-Menos.

—¡Azotea!

El ascensorista abrió las puertas de par en par. La cálida gloria de la luz de la tarde le sobresaltó y le obligó a parpadear.

—¡Oh, azotea! —repitió, como en éxtasis. Era como si, súbita y alegremente, hubiese despertado de un sombrío y anonadante sopor—. ¡Azotea!

Con una especie de perruna y expectante adoración levantó la cara para sonreír a sus pasajeros.

Entonces sonó un timbre, y desde el techo del ascensor un altavoz empezó, muy suave, pero imperiosamente a la vez, a dictar órdenes...

—Baja —dijo—. Baja. Planta decimoctava. Baja, baja. Planta decimoctava. Baja, ba...

El ascensorista cerró de golpe las puertas, pulsó un botón e inmediatamente se sumergió de nuevo en la luz crepuscular del ascensor; la luz crepuscular de su habitual estupor.

En la azotea reinaban la luz y el calor. La tarde veraniega vibraba al paso de los helicópteros que cruzaban los aires; y el ronroneo más grave de los cohetes aéreos que pasaban veloces, invisibles, a través del cielo brillante, era como una caricia en el aire suave.

Bernard Marx hizo una aspiración profunda. Levantó los ojos al cielo, miró luego hacia el horizonte azul y finalmente al rostro de Lenina.

—¡Qué hermoso!

Su voz temblaba ligeramente.

—Un tiempo perfecto para el Golf de Obstáculos —contestó Lenina—. Y ahora, tengo que irme corriendo, Bernard. Henry se enfada si le hago esperar. Avísame la fecha con tiempo.

Y, agitando la mano, Lenina cruzó corriendo la espaciosa azotea en dirección a los cobertizos. Bernard se quedó mirando el guiño fugitivo de las medias blancas, las atezadas rodillas que se doblaban en la carrera con vivacidad, una y otra vez, y la suave ondulación de los ajustados cortos pantalones de pana bajo la chaqueta verde botella. En su rostro aparecía una expresión dolorida.

—¡Estupenda chica! —dijo una voz fuerte y alegre detrás de él.

Bernard se sobresaltó y se volvió en redondo. El rostro regordete y rojo de Benito Hoover le miraba sonriendo, desde arriba, sonriendo con manifiesta cordialidad. Todo el mundo sabía que Benito tenía muy buen carácter. La gente decía de él que hubiese podido pasar toda la vida sin tocar para nada el *soma*. La malicia y los malos humores por los cuales los demás debían tomarse vacaciones nunca lo afligieron. Para Benito, la realidad era siempre alegre y sonriente.

—¡Y neumática, además! ¡Y cómo! —Luego, en otro tono, prosiguió—: Pero diría que estás un poco melancólico. Lo que tú necesitas es un gramo de *soma*. —Hurgando en el bolsillo derecho de sus pantalones, Benito sacó un frasquito—. Un solo centímetro cúbico cura diez pensam... Pero, ¡eh!

Bernard, súbitamente, había dado media vuelta y se había marchado corriendo.

Benito se quedó mirándolo. «¿Qué demonios le pasa a ese tipo?», se preguntó, y, moviendo la cabeza, decidió que lo que contaban de que alguien había introducido alcohol en el sucedáneo de la sangre del muchacho debía de ser cierto. «Le afectó el cerebro, supongo.»

Volvió a guardarse el frasco de *soma*, y sacando un paquete de goma de mascar a base de hormona sexual, se llevó una pastilla a la boca y, masticando, se dirigió hacia los cobertizos.

Henry Foster ya había sacado su aparato del cobertizo, y, cuando Lenina llegó, estaba sentado en la cabina del piloto, esperando.

—Cuatro minutos de retraso —fue todo lo que dijo.

Puso en marcha los motores y accionó los mandos del helicóptero. El aparato ascendió verticalmente en el aire. Henry aceleró; el zumbido de la hélice se agudizó, pasando del moscardón a la avispa, y de la avispa al mosquito; el velocímetro indicaba que ascendían a una velocidad de casi dos kilómetros por minuto. Londres se empequeñecía a sus pies. En pocos segundos, los enormes edificios de tejados planos se convirtieron en un plantío de hongos geométricos entre el verdor de parques y jardines. En medio de ellos, un hongo de tallo alto, más esbelto, la Torre de Charing-T, que levantaba hacia el cielo un disco de reluciente cemento armado.

Como vagos torsos de fabulosos atletas, enormes nubes carnosas flotaban en el cielo azul, por encima de sus cabezas. De una de ellas salió de pronto un pequeño insecto escarlata, que caía zumbando.

—Ahí está el Cohete Rojo —dijo Henry— que llega de Nueva York. Lleva siete minutos de retraso —agregó—. Es escandalosa la falta de puntualidad de esos servicios atlánticos.

Retiró el pie del acelerador. El zumbido de las palas situadas encima de sus cabezas descendió una octava y media, volviendo a pasar de la abeja al moscardón, y sucesivamente al abejorro, al escarabajo volador y al ciervo volante. El movimiento ascensional del aparato se redujo; un momento después se hallaban inmóviles, suspendidos en el aire. Henry movió una palanca y sonó un chasquido. Lentamente al principio, después cada vez más de prisa hasta que se formó una niebla circular ante sus ojos, la hélice situada delante de ellos empezó a girar. El viento producido por la velocidad horizontal silbaba cada vez más agudamente en los estayes. Henry no apartaba los ojos del contador de revoluciones; cuando la aguja alcanzó la señal de los mil doscientos, detuvo la hélice del helicóptero. El aparato tenía el suficiente impulso hacia delante para poder volar sostenido solamente por sus alas.

Lenina miró hacia abajo a través de la ventanilla situada en el suelo, entre sus pies. Volaban por encima de la zona de seis kilómetros de parque que separaba Londres central de su primer anillo de suburbios satélites. El verdor aparecía hormigueante de vida, de una vida que la visión desde lo alto hacía aparecer achatada. Bosques de torres de Pelota Centrífuga brillaban entre los árboles.

—¡Qué horrible es el color caqui! —observó Lenina, expresando en voz alta los prejuicios hipnopédicos de su propia casta.

Los edificios de los Estudios de Sensorama de Houslow cubrían siete hectáreas y media. Cerca de ellos, un ejército negro y caqui de obreros se afanaba revitrificando la superficie de la Gran Carretera del Oeste. Cuando pasaron volando por encima de ellos, estaban vaciando un gigantesco crisol portátil. La piedra fundida se esparcía en una corriente de incandescencias cegadoras por la superficie de la carretera; las apisonadoras de amianto iban y venían; tras un camión de riego debidamente aislado, el vapor se levantaba en nubes blancas.

En Brentford, la factoría de la Corporación de Televisión parecía una pequeña ciudad.

—Deben de relevarse los turnos —dijo Lenina.

Como áfidis y hormigas, las muchachas Gammas, color verde hoja, y los negros semienanos pululaban alrededor de las entradas, o formaban cola para ocupar sus asientos en los tranvías monorraíles. Betas-Menos de color de mora iban y venían entre la multitud.

Diez minutos después se hallaban en Stoke Poges y habían empezado su primera partida de Golf de Obstáculos.

2

Bernard cruzó la azotea con los ojos bajos casi todo el tiempo, o desviándolos inmediatamente si por azar tropezaban con alguna criatura humana. Era como un hombre perseguido, pero perseguido por enemigos que no deseaba ver, porque sabía que los vería todavía más hostiles de lo que había supuesto, lo que le haría sentirse más culpable y más irremediablemente solo.

«¡Ese antipático de Benito Hoover!» Y, sin embargo, el muchacho no había tenido mala intención. Lo cual, en cierta manera, empeoraba aún más las cosas. Los que le querían bien se comportaban lo mismo que los que le querían mal. Hasta Lenina le hacía sufrir. Bernard recordaba aquellas semanas de tímida indecisión, durante las cuales había esperado, deseado o desesperado de no tener jamás el valor suficiente para declarársele. ¿Se atrevería a correr el riesgo de ser humillado por una negativa despectiva? Pero si Lenina le decía que sí, ¡qué éxtasis el suyo! Bien, ahora Lenina ya le había dado el sí, y, sin embargo, Bernard seguía sintiéndose desdichado, desdichado porque Lenina había juzgado que aquella tarde era estupenda para jugar al Golf de Obstáculos, porque se había alejado corriendo para reunirse con Henry Foster, porque lo había considerado a él divertido por el hecho de no querer discutir sus asuntos más íntimos en público. En suma, desdichado porque Lenina se había comportado como cualquier muchacha inglesa sana y virtuosa debía comportarse, y no de otra manera anormal.

Bernard abrió la puerta de su cobertizo y llamó a una pareja de ociosos ayudantes Delta-Menos para que sacaran su aparato a la azotea. El personal de los cobertizos pertenecía a un mismo Grupo Bokanovsky, y los hombres eran mellizos, igualmente bajos, morenos y feos. Bernard les dio las órdenes pertinentes en el tono áspero, arrogante y hasta ofensivo de quien no se siente demasiado seguro de su superioridad. Para Bernard, tener tratos con miembros de castas inferiores, resultaba siempre una experiencia sumamente dolorosa. Por la causa que fuera (y las murmuraciones acerca de la mezcla de alcohol en sus dosis de sucedáneo de sangre probablemente eran ciertas, porque un accidente siempre es posible), el físico de Bernard apenas era un poco mejor que el del promedio de Gammas. Era ocho centímetros más bajo que el patrón Alfa, y proporcionalmente menos corpulento. El contacto con los miembros de las castas inferiores le recordaba siempre dolorosamente su insuficiencia física. «Yo soy yo, y desearía no serlo.» La conciencia que tenía de sí mismo era muy aguda y dolorosa. Cada vez que se descubría a sí mismo mirando horizontalmente y no de arriba abajo a la cara de un Delta, se sentía humillado. ¿Le trataría aquel ser con el respeto debido a su casta? La incógnita lo atormentaba. No sin razón. Porque los Gammas, los Deltas y los Epsilones habían sido condicionados de modo que asociaran la masa corporal con la superioridad social. De hecho, un débil prejuicio hipnopédico en favor de las personas voluminosas era universal. De ahí las risas de las mujeres a las cuales hacía proposiciones, y las bromas de sus iguales entre los hombres. Las burlas le hacían sentirse como un forastero; y, sintiéndose como un forastero, se comportaba como tal, cosa que aumentaba el desprecio y la hostilidad que suscitaban sus defectos físicos. Lo cual, a su vez, acrecentaba su sensación de soledad y extranjería. Un temor crónico a ser desairado le inducía a eludir la compañía de sus iguales, y a mostrarse excesivamente consciente de su dignidad en cuanto se refería a sus inferiores. ¡Cuán amargamente envidiaba a hombres como Henry Foster y Benito Hoover!

Perezosamente, o así por lo menos se lo pareció a él, y a regañadientes, los mellizos sacaron su avión a la azotea.

—¡De prisa! —dijo Bernard, irritado.

Uno de los hombres lo miró. ¿Era una especie de bestial irrisión lo que Bernard captó en aquellos ojos grises sin expresión?

—¡De prisa! —gritó más fuerte.

Y en su voz sonó una desagradable ronquera.

Subió al avión y, un minuto después, volaba en dirección Sur, hacia el río.

Las diversas Oficinas de Propaganda y la Escuela de Ingeniería Emocional se albergaban en un mismo edificio de sesenta plantas, en Fleet Street. En los sótanos y en los pisos bajos se hallaban las prensas y las redacciones de los tres grandes diarios londinenses: *El Radio Horario,* el periódico de las clases altas, la *Gazeta Gamma,* verde pálido, y *El Espejo Delta,* impreso en papel caqui y exclusivamente con palabras de una sola sílaba. Después venían las Oficinas de Propaganda por Televisión, por Sensorama, y por Voz y Música Sintéticas, respectivamente: veintidós pisos de oficinas. Encima de éstos se hallaban los laboratorios de investigación y las salas almohadilladas en las cuales los Escritores de Pistas Sonoras y los Compositores Sintéticos realizaban su delicada labor. Los dieciocho pisos superiores estaban ocupados por la Escuela de Ingeniería Emocional.

Bernard aterrizó en la azotea de la Casa de la Propaganda y se apeó de su aparato.

—Llama a Mr. Helmholtz Watson —ordenó al portero Gamma-Más— y dile que Mr. Bernard Marx le espera en la azotea.

Se sentó y encendió un cigarrillo.

Helmholtz Watson estaba escribiendo cuando le llegó el mensaje.

—Dile que voy inmediatamente —contestó. Y colgó el receptor. Después, volviéndose hacia su secretaria, prosiguió en el mismo tono oficial e impersonal—: Usted se ocupará de retirar mis cosas.

E ignorando la luminosa sonrisa de la muchacha, se levantó y se dirigió hacia la puerta.

Era un hombre corpulento, de pecho abombado, espaldas anchas, macizo, y, sin embargo, rápido en sus movimientos, ágil, flexible. La fuerte y bien redondeada columna de su cuello sostenía una cabeza muy bien formada. Tenía los cabellos negros y rizados, y los rasgos faciales muy marcados. Su apostura era agresiva, enfática; era guapo, y, como su secretaria nunca se cansaba de repetir, era, centímetro a centímetro, el prototipo de Alfa-Más. Profesor en la Escuela de Ingeniería Emocional (Departamento de Escritura), en los intervalos de sus actividades profesorales ejercía como Ingeniero de Emociones. Escribía regularmente para *El Radio Horario*, componía guiones para el Sensorama, y tenía un certero instinto para los *slogans* y las aleluyas hipnopédicas.

«Competente» era el veredicto de sus superiores. Y, moviendo la cabeza y bajando significativamente la voz, añadían: «Quizá demasiado competente.»

Sí, un tanto demasiado; tenían razón. Un exceso mental había producido en Helmholtz Watson efectos muy similares a los que en Bernard Marx eran el resultado de un defecto físico. Su inferioridad ósea y muscular había aislado a Bernard de sus semejantes, y aquella sensación de «separación», que era, en relación con los *standards* normales, un exceso mental, se convirtió a su vez en causa de una separación más acusada.

Lo que hacía a Helmholtz tan incómodamente consciente de su propio yo y de su soledad era su desmedida capacidad. Lo que los dos hombres tenían en común era el conocimiento de que eran individuos. Pero en tanto que la deficiencia física de Bernard había producido en él, durante toda su vida, aquella conciencia de ser «diferente», Helmholtz Watson no se había dado cuenta hasta fecha muy reciente de su superioridad mental y de su consiguiente diferenciación con respecto a la gente que le rodeaba. Aquel campeón de pelota sobre pista móvil, aquel amante infatigable (se decía que había tenido seiscientas cuarenta amantes diferentes en menos de cuatro años), aquel admirable miembro de comité, que se llevaba bien con todo el mundo, había comprendido súbitamente que el deporte, las mujeres y las actividades comunales se hallaban, en lo que a él se refería, únicamente en segundo término. En el fondo le interesaba otra cosa. Pero, ¿qué? Éste era el problema que Bernard había ido a discutir con él, o mejor, puesto que Helmholtz llevaba siempre todo el peso de la conversación, a escuchar cómo, una vez más, lo discutía su amigo.

Tres muchachas encantadoras de la Oficina de Propaganda mediante la Voz Sintética le cortaron el paso cuando salió del ascensor.

—Querido Helmholtz, ven con nosotras a una cena campestre en Exmoor.

—No, no.

Lo rodeaban, implorándole. Pero Helmholtz movió la cabeza y se abrió paso.

—No, no.

—No invitamos a ningún hombre.

Pero Helmholtz no se dejó convencer ni siquiera por esta deliciosa perspectiva.

—No —repitió—. Tengo que hacer.

Y siguió avanzando resueltamente. Las muchachas lo siguieron. Y hasta que hubo subido al avión de Bernard no abandonaron la persecución.

—¡Esas mujeres! —exclamó, al tiempo que el aparato ascendía en los aires—. ¡Esas mujeres! —Movió la cabeza y frunció el ceño—. ¡Son terribles!

Bernard, hipócritamente, se mostró de acuerdo, aunque en el fondo no hubiese deseado otra cosa que poder tener tantas amigas como Helmholtz y con idéntica facilidad. De pronto, se sintió impulsado a vanagloriarse.

—Me llevaré a Lenina Crowne a Nuevo México conmigo —dijo en un tono que quería parecer indiferente.

—¿Sí? —dijo Helmholtz, sin el menor interés. Y, tras una breve pausa, prosiguió—: Desde hace una o dos semanas he dejado los comités y las muchachas. No puedes imaginarte el alboroto que ello ha producido en la Escuela. Y, sin embargo, creo que ha merecido la pena. Los efectos... —Vaciló—. Bueno, son curiosos, muy curiosos.

Una deficiencia física puede producir una especie de exceso mental. Al parecer, el proceso era reversible. Un exceso mental podía producir, en bien de sus propios fines, la voluntaria ceguera y sordera de la soledad deliberada, la impotencia artificial del ascetismo.

El resto del breve vuelo transcurrió en silencio. Cuando llegaron y se hubieron acomodado en los divanes neumáticos de la habitación de Bernard, Helmholtz reanudó su disquisición.

Hablando muy lentamente, preguntó:

—¿No has tenido nunca la sensación de que dentro de ti había algo que sólo esperaba que le dieras una oportunidad para salir al exterior? ¿Una especie de energía adicional que no empleas, como el agua que se desploma por una cascada en lugar de caer a través de las turbinas?

Y miró a Bernard interrogadoramente.

—¿Te refieres a todas las emociones que uno podría sentir si las cosas fuesen de otro modo?

Helmholtz movió la cabeza.

—No es esto exactamente. Me refiero a un sentimiento extraño que experimento de vez en cuando, el sentimiento de que tengo algo importante que decir y de que estoy capacitado para decirlo; sólo que no sé de qué se trata y no puedo emplear mi capacidad. Si hubiese alguna otra manera de escribir... O alguna otra cosa sobre la cual escribir... —Guardó silencio unos instantes, y, al fin, prosiguió—: Soy muy experto en la creación de frases; encuentro esa clase de palabras que le hacen saltar a uno como si se hubiese sentado en un alfiler, que parecen nuevas y excitantes aun cuando se refieran a algo que es hipnopédicamente obvio. Pero esto no me basta. No basta que las frases sean buenas; también debe ser bueno lo que se hace con ellas.

—Pero lo que tú escribes es útil, Helmholtz.

—Para lo que está destinado, sí. —Se encogió de hombros Helmholtz—. Pero su destino, ¡es tan poco trascendente! No son cosas importantes. Y yo tengo la sensación de que podría hacer algo mucho más importante. Sí, y más intenso, más violento. Pero, ¿qué? ¿Qué se puede decir, que sea más importante? ¿Y cómo se puede ser violento tratando de las cosas que esperan que uno escriba? Las palabras pueden ser como los rayos X, si se emplean adecuadamente: pasan a través de todo. Las lees y te traspasan. Ésta es una de las cosas que intento enseñar a mis alumnos: a escribir de manera penetrante. Pero, ¿de qué sirve que te penetre un artículo sobre un Canto de Comunidad, o la última mejora en los órganos de perfumes? Además, ¿es posible hacer que las palabras sean penetrantes como los rayos X, más potentes cuando se escribe acerca de cosas como éstas? ¿Cabe decir algo acerca de nada? A fin de cuentas, éste es el problema.

—¡Silencio! —dijo Bernard—. Creo que hay alguien en la puerta —susurró.

Helmholtz se puso en pie, cruzó la estancia de puntillas, y con un movimiento rápido y brusco abrió la puerta de par en par. Naturalmente, no había nadie.

—Lo siento —dijo Bernard, sintiéndose en ridículo—. Supongo que estoy un poco nervioso. Cuando la gente empieza a sospechar de uno, acabas por sospechar también de todos.

Se pasó una mano por los ojos, suspiró y su voz se hizo quejumbrosa. Se justificaba.

—Si supieras todo lo que he tenido que aguantar últimamente... —dijo, casi llorando; y la marea ascendente de su autocompasión era como si se hubiese derrumbado la presa de un embalse—. ¡Si lo supieras!

Helmholtz le escuchaba con cierta sensación de incomodidad. «¡Pobrecillo Bernard!», se dijo. Pero al mismo tiempo se sentía avergonzado por su amigo. Bernard debía dar muestras de tener un poco más de orgullo.

CAPÍTULO V

1

Hacia las ocho de la noche la luz empezó a disminuir. Los altavoces de la torre del Edificio del Club de Stoke Poges anunciaron con voz atenorada, más aguda de lo normal, en el hombre, el cierre de los campos de golf. Lenina y Henry abandonaron su partida y se dirigieron hacia el Club. De las instalaciones del Trust de Secreciones Internas y Externas llegaban los mugidos de los millares de animales que proporcionaban, con sus hormonas y su leche, la materia prima necesaria para la gran factoría de Farham Royal.

Un incesante zumbido de helicópteros llenaba el aire teñido de luz crepuscular. Cada dos minutos y medio, un timbre y unos silbidos anunciaban la marcha de uno de los trenes monorraíles ligeros que llevaban a los jugadores de golf de casta inferior de vuelta a la metrópoli.

Lenina y Henry subieron a su aparato y despegaron. A doscientos cincuenta metros de altura, Henry redujo las revoluciones de la hélice y permanecieron suspendidos durante uno o dos minutos sobre el paisaje que iba disipándose. El bosque de Burham Beeches se extendía como una gran laguna de oscuridad hacia la brillante ribera del firmamento occidental. Escarlatas en el horizonte, los restos de la puesta de sol palidecían, pasando por el color anaranjado, amarillo más arriba, y finalmente verde pálido, acuoso. Hacia el Norte, más allá y por encima de los árboles, la fábrica de Secreciones Internas y Externas resplandecía con un orgulloso brillo eléctrico que procedía de todas las ventanas de sus veinte plantas. Saliendo de la bóveda de cristal, un tren iluminado se lanzó al exterior. Siguiendo su rumbo Sudeste a través de la oscura llanura, sus miradas fueron atraídas por los majestuosos edificios del Crematorio de Slough. Con vistas a la seguridad de los aviones que circulaban de noche, sus cuatro altas chimeneas aparecían totalmente iluminadas y coronadas con señales de peligro pintadas en color rojo. Eran un excelente mojón.

—¿Por qué las chimeneas tienen esa especie de balcones alrededor? — preguntó Lenina.

—Recuperación del fósforo —explicó Henry telegráficamente—. En su camino ascendente por la chimenea, los gases pasan por cuatro tratamientos distintos. El $P_2 O_5$ antes se perdía cada vez que había una cremación. Actualmente se recupera más del noventa y ocho por ciento del mismo. Más de kilo y medio por cada cadáver de adulto. En total, casi cuatrocientas toneladas de fósforo anuales, sólo en Inglaterra. —Henry hablaba con orgullo, gozando de aquel triunfo como si hubiese sido suyo propio—. Es estupendo pensar que podemos seguir socialmente útiles aun después de muertos. Que ayudamos al crecimiento de las plantas.

Mientras tanto, Lenina había apartado la mirada y ahora la dirigía perpendicularmente a la estación del monorraíl.

—Sí, es estupendo —convino—. Pero resulta curioso que los Alfas y Betas no hagan crecer más las plantas que esos asquerosos Gammas, Deltas y Epsilones de aquí.

—Todos los hombres son fisicoquímicamente iguales —dijo Henry sentenciosamente—. Además, hasta los Epsilones ejecutan servicios indispensables.

—Hasta los Epsilones...

Lenina recordó súbitamente una ocasión en que, siendo todavía una niña, en la escuela se había despertado en plena noche y se había dado cuenta, por primera vez, del susurro que acosaba todos sus sueños. Volvió a ver el rayo de luz de luna, la hilera de camitas blancas; oyó de nuevo la voz suave, suave, que decía (las palabras seguían presentes, no olvidadas, inolvidables después de tantas repeticiones nocturnas): «Todo el mundo trabaja para todo el mundo. No podemos prescindir de nadie. Hasta los Epsilones son útiles. No podríamos pasar sin los Epsilones. Todo el mundo trabaja para todo el mundo. No podemos prescindir de nadie...» Lenina recordaba su primera impresión de temor y de sorpresa; sus reflexiones durante media hora de desvelo; y después, bajo la influencia de aquellas repeticiones interminables, la gradual sedación de la mente, la suave aproximación del sueño...

—Supongo que a los Epsilones no les importa ser Epsilones —dijo en voz alta.

—Claro que no. Es imposible. Ellos no saben en qué consiste ser otra cosa. A nosotros sí nos importaría, naturalmente. Pero nosotros fuimos condicionados de otra manera. Además, partimos de una herencia diferente.

—Me alegro de no ser una Epsilon —dijo Lenina, con acento de gran convicción.

—Y si fueses una Epsilon —dijo Henry— tu condicionamiento te induciría a alegrarte igualmente de no ser una Beta o un Alfa.

Puso en marcha la hélice delantera y dirigió el aparato hacia Londres. Detrás de ellos, a poniente, los tonos escarlata y anaranjado casi estaban totalmente marchitos, una oscura faja de nubes había ascendido por el cielo. Cuando volaban por encima del Crematorio, el aparato saltó hacia arriba, impulsado por la columna de aire caliente que surgía de las chimeneas, para volver a bajar bruscamente cuando penetró en la corriente de aire frío inmediato.

—¡Maravillosa montaña rusa! —exclamó Lenina riendo complacida.

Pero el tono de Henry, por un momento, fue casi melancólico.

—¿Sabes en qué consiste esta montaña rusa? —dijo—. Es un ser humano que desaparece definitivamente. Esto era ese chorro de aire caliente. Sería curioso saber quién había sido, si hombre o mujer, Alfa o Epsilon... —Suspiró, y después, con voz decididamente alegre, concluyó—: En todo caso, de una cosa podemos estar seguros, fuese quien fuese, fue feliz en vida. Todo el mundo es feliz actualmente.

—Sí, ahora todo el mundo es feliz —repitió Lenina como un eco.

Había oído repetir estas mismas palabras ciento cincuenta veces cada noche durante doce años.

Después de aterrizar en la azotea de la casa de apartamentos de Henry, de cuarenta plantas, en Westminster, pasaron directamente al comedor. En él, en alegre y ruidosa compañía, dieron cuenta de una cena excelente. Con el café sirvieron *soma*. Lenina tomó dos tabletas de medio gramo, y Henry, tres. A las nueve y veinte cruzaron la calle en dirección al recién inaugurado cabaret de la Abadía de Westminster. Era una noche casi sin nubes, sin luna y estrellas; pero, afortunadamente, Lenina y Henry no se dieron cuenta de este hecho más bien deprimente. Los anuncios luminosos, en efecto, impedían la visión de las tinieblas exteriores. *Calvin Stopes y sus Dieciséis Saxofonistas.* En la fachada de la nueva Abadía, las letras gigantescas destellaban acogedoramente. *El mejor órgano de colores y perfumes. Toda la Música Sintética más reciente.*

Entraron. El aire parecía cálido y casi irrespirable a fuerza del olor de ámbar gris y madera de sándalo. En el techo abovedado del vestíbulo, el órgano de color había pintado momentáneamente una puesta de sol tropical. Los Dieciséis Saxofonistas tocaban una vieja canción de éxito: *No hay en el mundo un Frasco como mi querido Frasquito.* Cuatrocientas parejas bailaban un *five-step* sobre el suelo brillante, pulido. Lenina y Henry se sumaron pronto a los que bailaban. Los saxofones maullaban como gatos melódicos bajo la luna, gemían en tonos agudos, atenorados, como en plena agonía. Con gran riqueza de sones armónicos, su trémulo coro ascendía hacia un clímax cada vez más alto, más fuerte, hasta que al final, con un gesto de la mano, el director daba suelta a la última nota estruendosa de música etérea y borraba de la existencia a los dieciséis músicos, meramente humanos. Un trueno en *la bemol mayor.* Luego, seguía una deturgescencia gradual del sonido y de la luz, un *diminuendo* que se deslizaba poco a poco, en cuartos de tono, bajando, bajando, hasta llegar a un acorde dominante susurrado débilmente, que persistía (mientras los ritmos de cinco por cuatro seguían sosteniendo el pulso, por debajo), cargando los segundos ensombrecidos por una intensa expectación. Y, al fin, la expectación llegó a su término. Se produjo un amanecer explosivo, y, simultáneamente, los dieciséis rompieron a cantar:

¡Frasco mío, siempre te he deseado!
Frasco mío, ¿por qué fui decantado?
El cielo es azul dentro de ti,
y reina siempre el buen tiempo; porque
no hay en el mundo ningún Frasco
que a mi querido Frasco pueda compararse.

Pero mientras seguían el ritmo, junto con las otras cuatrocientas parejas, alrededor de la pista de la Abadía de Westminster, Lenina y Henry bailaban ya en otro mundo... el mundo cálido abigarrado, infinitamente agradable, de las vacaciones del *soma.* ¡Cuán amables, guapos y divertidos eran todos! *¡Frasco mío, siempre te he deseado!* Pero Lenina y Henry tenían ya lo que deseaban... En aquel preciso momento, se hallaban dentro del frasco, a salvo, en su interior, gozando del buen tiempo y del cielo perennemente azul. Y cuando, exhaustos, los Dieciséis dejaron los saxofones y el aparato de Música Sintética empezó a reproducir las lentas creaciones en *Blues* Maltusianos lentos, Lenina y Henry hubieran podido ser dos embriones mellizos que girasen juntos entre las olas de un océano embotellado de sucedáneo de la sangre.

—Buenas noches, queridos amigos. Buenas noches, queridos amigos... —Los altavoces velaban sus órdenes bajo una cortesía campechana y musical—. Buenas noches, queridos amigos...

Obedientemente, con todos los demás, Lenina y Henry salieron del edificio. Las deprimentes estrellas habían avanzado un buen trecho en su ruta celeste. Pero aunque el muro aislante de los anuncios luminosos se había desintegrado ya en gran parte, los dos jóvenes conservaron su feliz ignorancia de la noche.

Ingerida media hora antes del cierre, aquella segunda dosis de *soma* había levantado un muro impenetrable entre el mundo real y sus mentes. Metidos en su frasco ideal, cruzaron la calle; igualmente enfrascados subieron en el ascensor al cuarto de Henry, en la planta número veintiocho. Y, a pesar de seguir «enfrascada» y de aquel segundo gramo de *soma,* no se olvidó de tomar las precauciones anticoncepcionales reglamentarias. Años de hipnopedia intensiva, y, de los doce años a los dieciséis, ejercicios maltusianos tres veces por semana, habían llegado a hacer tales precauciones casi automáticas e inevitables como el parpadeo.

—Esto me recuerda —dijo al salir del cuarto de baño— que Fanny Crowne quiere saber dónde encontraste esa cartuchera de sucedáneo de cuero verde que me regalaste.

2

Un jueves sí y otro no, Bernard tenía su día de Servicio y Solidaridad. Después de cenar temprano en el Aphroditaeum (del cual Helmholtz había sido elegido miembro de acuerdo con la Regla 2.ª), se despidió de su amigo, y, llamando un taxi en la azotea, ordenó al conductor que volara hacia la Cantoría Comunal de Fordson. El aparato ascendió unos doscientos metros, luego puso rumbo hacia el Este, y, al dar la vuelta, apareció ante los ojos de Bernard, gigantesca y hermosa, la Cantoría.

«¡Maldita sea, llego tarde!», exclamó Bernard para sí cuando echó una ojeada al Big Henry, el reloj de la Cantoría. Y, en efecto, mientras pagaba el importe de la carrera, el Big Henry dio la hora. «Ford» cantó una inmensa voz de bajo a través de las trompetas de oro. «Ford, Ford, Ford...» nueve veces. Bernard se dirigió corriendo hacia el ascensor.

El gran auditórium para las celebraciones del Día de Ford y otros Cantos Comunitarios masivos se hallaba en la parte más baja del edificio. Encima de esta sala enorme se hallaban, cien en cada planta, las siete mil salas utilizadas para los Grupos de Solidaridad para sus servicios bisemanales. Bernard bajó al piso treinta y tres, avanzó apresuradamente por el pasillo y se detuvo, vacilando un instante, ante la puerta de la sala número 3.210; después, tomando una decisión, abrió la puerta y entró.

Gracias a Ford, no era el último. Tres sillas de las doce dispuestas en torno a una mesa circular permanecían desocupadas. Bernard se deslizó hasta la más cercana, procurando llamar la atención lo menos posible, y disponiéndose a mostrar un ceño fruncido a los que llegarían después.

Volviéndose hacia él, la muchacha sentada a su izquierda le preguntó:

—¿A qué has jugado esta tarde? ¿A Obstáculos o Electromagnético?

Bernard la miró (¡Ford!, era Morgana Rotschild), y, sonrojándose, tuvo que reconocer que no había jugado ni a lo uno ni a lo otro. Morgana le miró asombrada. Y siguió un penoso silencio.

Después, intencionadamente, se volvió de espaldas

y se dirigió al hombre sentado a su derecha, de aspecto más deportivo.

«Buen principio para un Servicio de Solidaridad», pensó Bernard, compungido, y previó que volvería a fracasar en sus intentos de comunión con sus compañeros. ¡Si al menos se hubiese concedido tiempo para echar una ojeada a los reunidos, en lugar de deslizarse hacia la silla más próxima! Hubiera podido sentarse entre Fifi Bradlaugh y Joanna Diesel. Y en lugar de hacerlo así había tenido que sentarse precisamente al lado de Morgana. *¡Morgana!* ¡Ford! ¡Aquellas cejas negras de la muchacha! ¡O aquella ceja, mejor, porque las dos se unían encima de la nariz! ¡Ford! Y a su derecha estaba Clara Deterding. Cierto que las cejas de Clara no se unían en una sola. Pero, realmente, era *demasiado* neumática. En tanto que Fifi y Joanna estaban muy bien. Regordetas, rubias, no demasiado altas... ¡Y aquel patán de Tom Kawaguchi había tenido la suerte de poder sentarse entre ellas!

La última en llegar fue Sarojini Engels.

—Llega usted tarde —dijo el presidente del Grupo con severidad—. Que no vuelva a ocurrir.

El presidente se levantó, hizo la señal de la T y, poniendo en marcha la música sintética, dio suelta al suave e incansable redoblar de los tambores y al coro de instrumentos —casiviento y supercuerda— que repetía con estridencia, una y otra vez, la breve e inevitablemente pegadiza melodía del Primer Himno de Solidaridad. Una y otra vez, y no era ya el oído el que captaba el ritmo, sino el diafragma; el quejido y estridor de aquellas armonías repetidas obsesionaba, no ya la mente, sino las suspirantes entrañas de compasión.

El presidente hizo otra vez la señal de la T y se sentó. El servicio había empezado. Las tabletas de *soma* consagradas fueron colocadas en el centro de la mesa. La copa del amor llena de *soma* en forma de helado de fresa pasó de mano en mano, con la fórmula: «Bebo por mi aniquilación.» Luego, con el acompañamiento de la orquesta sintética, se cantó el Primer Himno de Solidaridad.

Ford, somos doce; haz de nosotros uno solo,
como gotas en el Río Social;
haz que corramos juntos, rápidos
como tu brillante carraca.

Doce estrofas suspirantes. Después la copa del amor pasó de mano en mano por segunda vez. Ahora la fórmula era: «Bebo por el Ser Más Grande.» Todos bebieron. La música sonaba, incansable. Los tambores redoblaron. El clamor y el estridor de las armonías se convertían en una obsesión en las entrañas fundidas. Cantaron el Segundo Himno de Solidaridad:

¡Ven, oh Ser Más Grande, Amigo Social,
a aniquilar a los Doce-en-Uno!
Deseamos morir, porque cuando morimos
nuestra vida más grande apenas ha empezado.

Otras doce estrofas. A la sazón el *soma* empezaba ya a producir efectos. Los ojos brillaban, las mejillas ardían, la luz interior de la benevolencia universal asomaba a todos los rostros en forma de sonrisas felices, amistosas. Hasta Bernard se sentía un poco conmovido. Cuando Morgana Rotschild se volvió y le dirigió una sonrisa radiante, él hizo lo posible por corresponderle. Pero la ceja, aquella ceja negra, única, ¡ay!, seguía existiendo. Bernard no podía ignorarla; no podía, por mucho que se esforzara. Su emoción, su fusión con los demás no había llegado lo bastante lejos. Tal vez si hubiera estado sentado entre Fifi y Joanna... Por tercera vez la copa del amor hizo la ronda. «Bebo por la inminencia de su Advenimiento», dijo Morgana Rotschild, a quien, casualmente, había correspondido iniciar el rito circular. Su voz sonó fuerte, llena de exultación. Bebió y pasó la copa a Bernard. «Bebo por la inminencia de su Advenimiento», repitió éste en un sincero intento de sentir que el Advenimiento era inminente; pero la ceja única seguía obsesionándole, y el Advenimiento, en lo que a él se refería, estaba terriblemente lejano. Bebió y pasó la copa a Clara Deterding. «Volveré a fracasar —se dijo—. Estoy seguro.» Pero siguió haciendo todo lo posible por mostrar una sonrisa radiante.

La copa del amor había dado ya la vuelta. Levantando la mano, el presidente dio una señal; el coro rompió a cantar el Tercer Himno de Solidaridad:

¿No sientes cómo llega el Ser Más Grande?
¡Alégrate, y, al alegrarte, muere!
¡Fúndete en la música de los tambores!
Porque yo soy tú y tú eres yo.

A cada nuevo verso aumentaba en intensidad la excitación de las voces. El presidente alargó la mano, y de pronto una Voz, una Voz fuerte y grave, más musical que cualquier otra voz meramente humana, más rica, más cálida, más vibrante de amor, de deseo, y de compasión, una voz maravillosa, misteriosa, sobrenatural habló desde un punto situado por encima de sus cabezas. Lentamente, muy lentamente, dijo: «¡Oh, Ford, Ford, Ford!» en una escala que descendía y disminuía gradualmente. Una sensación de calor irradió, estremecedora, desde el plexo solar a todos los miembros de cada uno de los cuerpos de los oyentes; las lágrimas asomaron en sus ojos; sus corazones, sus entrañas, parecían moverse en su interior, como dotados de vida propia... «¡Ford!», se fundían... «¡Ford!», se disolvían... Después, en otro tono, súbitamente, provocando un sobresalto, la Voz trompeteó: «¡Escuchad! ¡Escuchad!» Todos escucharon. Tras una pausa, la voz bajó hasta convertirse en un susurro, pero un susurro en cierto modo más penetrante que el grito más estentóreo. «Los pies del Ser Más Grande», prosiguió la Voz. El susurro casi expiró. «Los pies del Ser Más Grande están en la escalera.» Y volvió a hacerse el silencio; y la expectación, momentáneamente relajada, volvió a hacerse tensa, cada vez más tensa, casi hasta el punto de desgarramiento. Los pies del Ser Más Grande... ¡Oh, sí, los oían, oían sus pisadas, bajando suavemente la escalera, acercándose progresivamente por la invisible escalera! Los pies del Ser Más Grande. Y, de pronto, se alcanzó el punto de desgarramiento. Con los ojos y los labios abiertos, Morgana Rotschild saltó sobre sus pies.

—¡Lo oigo! —gritó—. ¡Lo oigo!

—¡Viene! —chilló Sarojini Engels.

—¡Sí, viene, lo oigo!

Fifi Bradlaugh y Tom Kawaguchi se levantaron.

—¡Oh, oh, oh! —exclamó Joanna.

—¡Viene! —exclamó Jim Bokanovsky.

El presidente se inclinó hacia delante, y, pulsando un botón, soltó un delirio de címbalos e instrumentos de metal, una fiebre de tantanes.

—¡Oh, ya viene! —chilló Clara Deterding—. ¡Ay! Y fue como si la degollaran.

Comprendiendo que le tocaba el turno de hacer algo, Bernard también se levantó de un salto y gritó:

—¡Lo oigo; ya viene!

Pero no era verdad. No había oído nada, y no creía que llegara nadie. Nadie, a pesar de la música a pesar de la exaltación creciente. Pero agitó los brazos y chilló como el mejor de ellos; y cuando los demás empezaron a sacudirse, a herir el suelo con los pies y arrastrarlos, los imitó debidamente.

Empezaron a bailar en círculo, formando una procesión, cada uno con las manos en las caderas del bailarín que le precedía; vueltas y más vueltas, gritando al unísono, llevando el ritmo de la música con los pies y dando palmadas en las nalgas que estaban delante de ellos. Doce pares de manos palmeando como una sola; doce traseros resonando como uno solo. Doce como uno solo, doce como uno solo. «Lo oigo; lo oigo venir.» La música aceleró su ritmo; los pies golpeaban más de prisa, y las palmadas rítmicas se sucedían con mas velocidad. Y, de pronto, una voz de bajo sintético soltó como un trueno las palabras que anunciaban la próxima unión y la consumación final de la solidaridad, el advenimiento del Doce-en-Uno, la encarnación del Ser Más Grande. «Orgía-Porfía» cantaba, mientras los tantanes seguían con su febril tabaleo.

Orgía-Porfía, Ford y diversión,
besad a las chicas y hacedlas Uno.
Los chicos o la una con las chicas en paz;
la Orgía-Porfía libertad os da.

«Orgía-Porfía...» Los bailarines recogieron el estribillo litúrgico. «Orgía-Porfía, Ford y diversión, besad a las chicas y hacedlas Uno...» Y mientras cantaban, las luces empezaron a oscurecerse lentamente, y al tiempo que cedía su intensidad, se hacían más cálidas, más ricas, más rojas, hasta que al fin bailaban a la escarlata luz crepuscular de un Almacén de Embriones. «Orgía-Porfía...» En las tinieblas fetales, color de sangre, los bailarines siguieron circulando un rato, llevando el ritmo infatigable con pies y manos. «Orgía-Porfía...» Después el círculo osciló, se rompió, y cayó desintegrado parcialmente en el anillo de divanes que rodeaban —en círculos concéntricos— la mesa y sus sillas planetarias. «Orgía-Porfía...» Tiernamente la grave Voz arrullaba y zureaba; y en el rojo crepúsculo era como si una enorme paloma negra se cerniese, benévola, por encima de los bailarines, ahora en posición supina o prona.

Se hallaban de pie en la azotea; el Big Henry acababa de dar las once. La noche era apacible y cálida.

—Fue maravilloso, ¿verdad? —dijo Fifi Bradlaugh—. ¿Verdad que fue maravilloso?

Miró a Bernard con expresión de éxtasis, pero de un éxtasis en el cual no había vestigios de agitación o excitación. Porque estar excitado es estar todavía insatisfecho.

—¿No te pareció maravilloso? —insistió, mirando fijamente a la cara de Bernard con aquellos ojos que lucían con un brillo sobrenatural.

—¡Oh, sí, lo encontré maravilloso! —mintió Bernard.

Y desvió la mirada; la visión de aquel rostro transfigurado era a la vez una acusación y un irónico recordatorio de su propio aislamiento. Bernard se sentía ahora tan desdichadamente aislado como cuando había empezado el Servicio; más aislado a causa de su vaciedad no llenada, de su saciedad mortal. Separado y fuera de la armonía, en tanto que los otros se fundían en el Ser Más Grande.

—Maravilloso de verdad —repitió.

Pero no podía dejar de pensar en la ceja de Morgana.

CAPITULO VI

1

«Raro, raro, raro.» Éste era el veredicto de Lenina sobre Bernard Marx. Tan raro, que en el curso de las siguientes semanas se había preguntado más de una vez si no sería preferible cambiar de parecer en cuanto a lo de las vacaciones en Nuevo México, y marcharse al Polo Norte con Benito Hoover. Lo malo era que Lenina ya conocía el Polo Norte; había estado allá con George Edzel el pasado verano, y lo que era peor, lo había encontrado sumamente triste. Nada que hacer y el hotel sumamente anticuado: sin televisión en los dormitorios, sin órgano de perfumes, sólo un poco de música sintética infecta, y nada más que veinticinco pistas móviles para los doscientos huéspedes. No, decididamente no podría soportar otra visita al Polo Norte. Además, en América sólo había estado una vez. Y en muy malas condiciones. Un simple fin de semana en Nueva York, en plan de economías. ¿Había ido con Jean-Jacques Habibullah o con Bokanovsky Jones? Ya no se acordaba. En todo caso, no tenía la menor importancia. La perspectiva de volar de nuevo hacia el Oeste, y por toda una semana, era muy atractiva. Además, pasarían al menos tres días en una Reserva para Salvajes. En todo el Centro sólo media docena de personas habían estado en el interior de una Reserva para Salvajes. En su calidad de psicólogo Alfa-Beta, Bernard era uno de los pocos hombres que ella conocía, que podía obtener permiso para ello. Para Lenina, era aquélla una oportunidad única. Y, sin embargo, tan única era también la rareza de Bernard, que la muchacha había vacilado en aprovecharla, y hasta había pensado correr el riesgo de volver al Polo Norte con el simpático Benito. Cuando menos, a Benito podía considerársele perfectamente normal. En tanto que Bernard...

«Le pusieron alcohol en el sucedáneo.» Ésta era la explicación de Fanny para toda excentricidad. Pero Henry, con quien, una noche, mientras estaban juntos en cama, Lenina había discutido apasionadamente sobre su nuevo amante, Henry había comparado al pobre Bernard a un rinoceronte.

—Es imposible domesticar a un rinoceronte —había dicho Henry en su estilo breve y vigoroso—. Hay hombres que son casi como los rinocerontes; no responden adecuadamente al condicionamiento. ¡Pobres diablos! Bernard es uno de ellos. Afortunadamente para él es excelente su profesión. De lo contrario, el director lo hubiera expulsado. Sin embargo —agregó, consolándola—, lo considero completamente inofensivo.

Completamente inofensivo; sí, tal vez. Pero también muy inquietante. En primer lugar, su manía de hacerlo todo en privado. Lo cual, en la práctica, significaba no hacer nada en absoluto. Porque, ¿qué podía hacerse en privado? (Aparte, desde luego, de acostarse; pero no se podía pasar todo el tiempo así.) Sí, ¿qué se *podía* hacer? Muy poca cosa. La primera tarde que salieron juntos hacía un tiempo espléndido. Lenina había sugerido un baño en el Club Rural Torquay, seguido de una cena en el Oxford Union. Pero Bernard dijo que habría demasiada gente. ¿Y un partido de Golf Electromagnético en Saint Andrews? Nueva negativa. Bernard consideraba que el Golf Electromagnético era una pérdida de tiempo.

—Pues, ¿para qué es el tiempo, si no? —preguntó Lenina, un tanto asombrada.

Por lo visto, para pasear por el Distrito de Los Lagos; porque esto fue lo que Bernard propuso. Aterrizar en la cumbre de Skiddaw y pasear un par de horas por los brezales.

—Solo contigo, Lenina.

—Pero, Bernard, estaremos solos toda la noche.

Bernard se sonrojó y desvió la mirada.

—Quiero decir solos para poder hablar —murmuró.

—¿Hablar? Pero, ¿de qué?

¡Andar y hablar! ¡Vaya extraña manera de pasar una tarde!

Al fin Lenina lo convenció, muy a regañadientes, y volaron a Amsterdam para presenciar los cuartos de final del Campeonato Femenino de Lucha de pesos pesados.

—Con una multitud —rezongó Bernard—. Como de costumbre.

Permaneció obstinadamente sombrío toda la tarde; no quiso hablar con los amigos de Lenina (de los cuales se encontraron a docenas en el bar de helados de *soma,* en los descansos); y a pesar de su mal humor se negó rotundamente a aceptar el medio gramo de helado de fresa que Lenina le ofrecía con insistencia.

—Prefiero ser yo mismo —dijo Bernard—. Yo y desdichado, antes que cualquier otro y jocundo.

—Un gramo a tiempo ahorra nueve —dijo Lenina, exhibiendo su sabiduría hipnopédica.

Bernard apartó con impaciencia la copa que le ofrecía.

—Vamos, no pierdas los estribos —dijo Lenina—. Recuerda que un solo centímetro cúbico cura diez sentimientos melancólicos.

—¡Calla, por Ford, de una vez! —gritó Bernard.

Lenina se encogió de hombros.

—Siempre es mejor un gramo que un terno —concluyó con dignidad.

Y se tomó el helado.

Cruzando el Canal, camino de vuelta, Bernard insistió en detener la hélice impulsora y en permanecer suspendidos sobre el mar, a unos treinta metros de las olas. El tiempo había empeorado; se había levantado viento del Sudoeste y el cielo aparecía nuboso.

—Mira —le ordenó Bernard.

—Lo encuentro horrible —dijo Lenina, apartándose de la ventanilla. La horrorizó el huidizo vacío de la noche, el oleaje negro, espumoso, del mar a sus pies, y la pálida faz de la luna, macilenta y triste entre las nubes en fuga—. Pongamos la radio en seguida.

Lenina alargó la mano hacia el botón de mando situado en el tablero del aparato y lo conectó al azar.

—...el cielo es azul en tu interior —cantaban en trémolo dieciséis voces en falsete—, el tiempo es siempre...

Luego un hipo, y el silencio. Bernard había cortado la corriente.

—Quiero poder mirar el mar en paz —dijo—. Con este ruido espantoso ni siquiera se puede mirar.

—Pero, ¡si es precioso! Yo no quiero mirar.

—Pues yo sí —insistió Bernard—. Me hace sentirme como si... —vaciló, buscando palabras para expresarse—, como si fuese más *yo*, ¿me entiendes? Más yo mismo, y menos como una parte de algo más. No sólo como una célula del cuerpo social. ¿Tú no lo sientes así, Lenina?

Pero Lenina estaba llorando.

—Es horrible, es horrible —repetía una y otra vez—. ¿Cómo puedes hablar así? ¿Cómo puedes decir que no quieres ser una parte del cuerpo social? Al fin y al cabo, todo el mundo trabaja para todo el mundo. No podemos prescindir de nadie. Hasta los Epsilones...

—Sí, ya lo sé —dijo Bernard, burlonamente—. «Hasta los Epsilones son útiles.» Y yo también. ¡Ojalá no lo fuera!

Lenina se escandalizó ante aquella exclamación blasfema.

—¡Bernard! —protestó, dolida y asombrada—. ¿Cómo puedes decir esto?

—¿Cómo puedo decirlo? —repitió Bernard en otro tono, meditabundo—. No, el verdadero problema es: «¿Por qué no puedo decirlo?» O, mejor aún, puesto que, en realidad, sé perfectamente por qué, ¿qué sensación experimentaría si pudiera, si fuese libre, si no me hallara esclavizado por mi condicionamiento?

—Pero, Bernard, dices unas cosas horribles.

—¿Es que tú no deseas ser libre, Lenina?

—No sé qué quieres decir. Yo soy libre. Libre de divertirme cuanto quiera. Hoy día todo el mundo es feliz.

Bernard rió.

—Sí, «hoy día todo el mundo es feliz». Eso es lo que ya les decimos a los niños a los cinco años. Pero ¿no te gustaría tener la libertad de ser feliz... de otra manera? A tu modo, por ejemplo; no a la manera de todos,

—No comprendo lo que quieres decir —repitió Lenina. Después, volviéndose hacia él, imploró—: ¡Oh!, volvamos ya, Bernard. No me gusta nada todo esto.

—¿No te gusta estar conmigo?

—Claro que sí, Bernard. Pero este lugar es horrible.

—Pensé que aquí estaríamos más... *juntos,* con sólo el mar y la luna por compañía. Más juntos que entre la muchedumbre y hasta que en mi cuarto. ¿No lo comprendes?

—No comprendo nada —dijo Lenina con decisión, determinada a conservar intacta su incomprensión—. Nada. —Y prosiguió en otro tono—: Y lo que menos comprendo es por qué no tomas *soma* cuando se te ocurren esta clase de ideas. Si lo tomaras olvidarías todo esto. Y en lugar de sentirte desdichado serías feliz. *Muy feliz* —repitió.

Y sonrió, a pesar de la confusa ansiedad que había en sus ojos, con una expresión que pretendía ser picarona y voluptuosa.

Bernard la miró en silencio, gravemente, sin responder a aquella invitación implícita. A los pocos segundos, Lenina apartó la vista, soltó una risita nerviosa, se esforzó por encontrar algo que decir y no lo encontró. El silencio se prolongó.

Cuando, por fin, Bernard habló, lo hizo con voz débil y fatigada.

—De acuerdo —dijo—; regresemos.

Y pisando con fuerza el acelerador, lanzó el aparato a toda velocidad, ganando altura, y al alcanzar los mil doscientos metros puso en marcha la hélice propulsora. Volaron en silencio uno o dos minutos. Después, súbitamente, Bernard empezó a reír. De una manera extraña, en opininón de Lenina; pero, aun así, no podía negarse que era una carcajada.

—¿Te encuentras mejor? —se aventuró a preguntar Lenina.

Por toda respuesta, Bernard retiró una mano de los mandos, y, rodeándola con un brazo, empezó a acariciarle los senos.

«Gracias a Ford —se dijo Lenina— ya está repuesto.»

Media hora más tarde se hallaba de vuelta en las habitaciones de Bernard. Éste tragó de golpe cuatro tabletas de *soma,* puso en marcha la radio y la televisión y empezó a desnudarse.

—Bueno —dijo Lenina con intencionada picardía

cuando se encontraron de nuevo en la azotea, el día siguiente por la tarde—: ¿Te divertiste ayer?

Bernard asintió con la cabeza. Subieron al avión. Una breve sacudida, y partieron.

—Todos dicen que soy muy neumática —dijo Lenina, meditativamente, dándose unas palmaditas en los muslos.

—Muchísimo.

Pero en los ojos de Bernard había una expresión dolida. «Como carne», pensaba.

Lenina lo miró con cierta ansiedad.

—Pero no me encuentras *demasiado* llenita, ¿verdad?

Bernard denegó con la cabeza. «Exactamente igual que carne.»

—¿Me encuentras al punto?

Otra afirmación muda de Bernard.

—¿En todos los aspectos?

—Perfecta —dijo Bernard, en voz alta.

Y para sus adentros: «Ésta es la opinión que tiene de sí misma. No le importa ser como la carne.»

Lenina sonrió triunfalmente. Pero su satisfacción había sido prematura.

—Sin embargo —prosiguió Bernard tras una breve pausa—, hubiese preferido que todo terminara de otra manera.

—¿De otra manera? ¿Podría terminarse de otra?

—Yo no quería que acabáramos acostándonos —especificó Bernard.

Lenina se mostró asombrada.

—Quiero decir, no en seguida, no el primer día.

—Pero, entonces, ¿qué...?

Bernard empezó a soltar una serie de tonterías incomprensibles y peligrosas. Lenina hizo todo lo posible por cerrar los oídos de su mente; pero de vez en cuando una que otra frase se empeñaba en hacerse oír: «...probar el efecto que produce detener los propios impulsos», le oyó decir. Fue como si aquellas palabras tocaran un resorte de su mente.

—«No dejes para mañana la diversión que puedes tener hoy» —dijo Lenina gravemente.

—Doscientas repeticiones, dos veces por semana, desde los catorce años hasta los dieciséis y medio —se limitó a comentar Bernard. Su alocada charla prosiguió—. Quiero saber lo que es la pasión —oyó Lenina, de sus labios—. Quiero sentir algo con fuerza.

—«Cuando el individuo siente, la comunidad se resiente» —citó Lenina.

—Bueno, ¿y por qué no he de poder resentirme un poco?

—¡Bernard!

Pero Bernard no parecía avergonzado.

—Adultos intelectualmente y durante las horas de trabajo —prosiguió—, y niños en lo que se refiere a los sentimientos y los deseos.

—Nuestro Ford amaba a los niños.

Sin hacer caso de la interrupción, Bernard prosiguió:

—El otro día se me ocurrió de pronto que había de ser posible ser un adulto en todo momento.

—Lo comprendo.

El tono de Lenina era firme.

—Ya lo sé. Y por esto nos acostamos juntos ayer, como niños, en lugar de obrar como adultos, y esperar.

—Pero fue divertido —insistió Lenina—. ¿No es verdad?

—¡Oh, sí, divertidísimo! —contestó Bernard.

Pero había en su voz un tono tan doloroso, tan amargo, que Lenina sintió de pronto que se esfumaba toda la sensación de triunfo. Tal vez, a fin de cuentas, Bernard la encontraba demasiado gorda.

—Ya te lo dije —comentó Fanny, por toda respuesta, cuando Lenina se lo confió—. Eso es el alcohol que le pusieron en el sucedáneo.

—Sin embargo —insistió Lenina—, me gusta. Tiene unas manos preciosas. Y mueve los hombros de una manera muy atractiva. —Suspiró—. Pero preferiría que no fuese tan raro.

2

Deteniéndose un momento ante la puerta del despacho del director, Bernard tomó aliento y se cuadró, preparándose para enfrentarse con el disgusto y la desaprobación que estaba seguro de encontrar en el interior. Luego llamó y entró.

—Vengo a pedirle su firma para un permiso, director —dijo con tanta naturalidad como le fue posible...

Y dejó el papel encima de la mesa.

El director le lanzó una mirada agria. Pero en la cabecera del documento aparecía el sello del Despacho del Interventor Mundial, y al pie del mismo la firma vigorosa, de gruesos trazos de Mustafá Mond. Por consiguiente, todo estaba en orden. El director no podía negarse. Escribió sus iniciales —dos pálidas letras al pie de la firma de Mustafá Mond —y se disponía, sin comentarios, a devolver el papel a Bernard, cuando casualmente sus ojos captaron algo que aparecía escrito en el texto del permiso.

—¿Se va a la Reserva de Nuevo México? —dijo.

Y el tono de su voz, así como la manera en que miró a Bernard, expresaba una especie de asombro lleno de agitación.

Sorprendido ante la sorpresa de su superior, Bernard asintió. Sobrevino un silencio.

El director, frunciendo el ceño, se arrellanó en su asiento.

—¿Cuánto tiempo hará de ello? —dijo, más para sí mismo que dirigiéndose a Bernard—. Veinte años, creo. Casi veinticinco. Tendría su edad, más o menos...

Suspiró y movió la cabeza.

Bernard se sentía sumamente violento. ¡Un hombre tan convencional, tan escrupulosamente correcto como el director, incurrir en una incongruencia! Ello le hizo sentir deseos de ocultar el rostro, de salir corriendo de la estancia. No porque hallara nada intrínsecamente censurable en que la gente hablara del pasado remoto; aquél era uno de los tantos prejuicios hipnopédicos de los que Bernard (al menos eso creía él) se había librado por completo. Lo que le violentaba era el hecho de saber que el director lo desaprobaba... lo desaprobaba, y, sin embargo, había incurrido en el pecado de hacer lo que estaba prohibido. ¿A qué compulsión interior habría obedecido? A pesar de la incomodidad que experimentaba, Bernard escuchaba atentamente.

—Tuve la misma idea que usted —decía el director—. Quise echar una ojeada a los salvajes. Logré un permiso para Nuevo México y fui a pasar allí mis vacaciones veraniegas. Con la muchacha con la que iba a la sazón. Era una Beta-Menos, y me parece —cerró un momento los ojos—, me parece que era rubia. En todo caso, era neumática, particularmente neumática; esto sí lo recuerdo. Bueno, fuimos allá, vimos a los salvajes, paseamos a caballo, etc. Y después, casi el último día de mi permiso..., después..., bueno, la chica se perdió. Habíamos ido a caballo a una de aquellas asquerosas montañas, con un calor horrible y opresivo, y después de comer fuimos a dormir una siesta. Al menos yo lo hice. Ella debió de salir a pasear sola. En todo caso, cuando me desperté la chica no estaba. Y en aquel momento estallaba una tormenta encima de nosotros, la más fuerte que he visto en mi vida. Llovía a cántaros, tronaba y relampagueaba; los caballos se soltaron y huyeron al galope; al intentar atraparlos, caí y me herí en la rodilla, de modo que apenas podía andar. Sin embargo, empecé a buscar a la chica, llamándola a gritos una y otra vez. Ni rastro de ella. Después pensé que debía haberse marchado sola al refugio. Así, pues, me arrastré como pude por el valle, siguiendo el mismo camino por donde habíamos venido. La rodilla me dolía horriblemente, y había perdido mis raciones de *soma*. Tuve que andar horas. No llegué al refugio hasta pasada la medianoche. Y la chica no estaba; no estaba —repitió el director. Siguió un silencio—. Bueno —prosiguió, al fin—, al día siguiente se organizó una búsqueda. Pero no la encontramos. Debió de haber caído por algún precipicio; o acaso la devoraría algún león de las montañas. Sábelo Ford. Fue algo horrible. En aquel entonces me trastornó profundamente. Más de lo lógico, lo confieso. Porque, al fin y al cabo, aquel accidente hubiese podido ocurrirle a cualquiera; y, desde luego, el cuerpo social persiste aunque sus células cambien. —Pero aquel consuelo hipnopédico no parecía muy eficaz.

Y el director se sumió en un silencio evocador.

—Debió de ser un golpe terrible para usted —dijo Bernard, casi con envidia.

Al oír su voz, el director se sobresaltó con una sensación de culpabilidad, y recordó dónde estaba; lanzó una mirada a Bernard, y, rehuyendo la de sus ojos, se sonrojó violentamente; volvió a mirarle con súbita desconfianza, herido en su dignidad.

—No vaya a pensar —dijo— que sostuviera ninguna relación indecorosa con aquella muchacha. Nada emocional, nada excesivamente prolongado. Todo fue perfectamente sano y normal. —Tendió el permiso a Bernard—. No sé por qué le habré dado la lata con esta anécdota trivial. —Enfurecido consigo mismo por haberle revelado un secreto tan vergonzoso, descargó su furia en Bernard. Ahora la expresión de sus ojos era francamente maligna—. Deseo aprovechar esta oportunidad, Mr. Marx —prosiguió—, para decirle que no estoy en absoluto satisfecho de los informes que recibo acerca de su comportamiento en las horas de asueto. Usted dirá que esto no me incumbe. Pero sí me incumbe. Debo pensar en el buen nombre de este Centro. Mis trabajadores deben hallarse por encima de toda sospecha, especialmente los de las castas altas. Los Alfas son condicionados de modo que no *tengan forzosamente* que ser infantiles en su comportamiento emocional. Razón de más para que realicen un esfuerzo especial para adaptarse. Su deber estriba en ser infantiles, aun en contra de sus propias inclinaciones. Por esto, Mr. Marx, debo dirigirle esta advertencia —la voz del director vibraba con una indignación que ahora era ya justiciera e impersonal, viva expresión de la desaprobación de la propia infracción de las normas del decoro infantil—: si siguen llegando quejas sobre su comportamiento, solicitaré su transferencia a algún Sub-Centro, a ser posible en Islandia. Buenos días.

Y, volviéndose bruscamente en su silla, cogió la pluma y empezó a escribir.

«Esto le enseñará», se dijo. Pero estaba equivocado. Porque Bernard salió de su despacho cerrando de golpe la puerta tras de sí, crecido, exultante ante el pensamiento de que se hallaba solo, enzarzado en una lucha heroica contra el orden de las cosas; animado por la embriagadora conciencia de su significación e importancia individual. Ni siquiera la amenaza de un castigo le desanimaba; más bien constituía para él un estimulante. Se sentía lo bastante fuerte para resistir y soportar el castigo, lo bastante fuerte hasta para enfrentarse con Islandia. Y esta confianza era mayor cuanto que, en realidad, estaba íntimamente convencido de que no debería enfrentarse con nada de aquello. A la gente no se la traslada por cosas como aquéllas. Islandia no era más que una amenaza. Una amenaza sumamente estimulante. Avanzando por el pasillo, Bernard no pudo contener su deseo de silbotear una canción.

Por la noche, en su entrevista con Watson, su versión de la charla sostenida con el director cobró visos de heroicidad.

—Después de lo cual —concluyó—, me limité a decirle que podía irse al Pasado sin Fin, y salí del despacho. Y esto fue todo.

Miró a Helmholtz Watson con expectación, esperando su simpatía, su admiración. Pero Helmholtz no dijo palabra, y permaneció sentado, con los ojos fijos en el suelo.

Apreciaba a Bernard; le agradecía el hecho de ser el único de sus conocidos con quien podía hablar de cosas que presentía que eran importantes. Sin embargo, había cosas, en Bernard, que le parecían odiosas. Por ejemplo, aquella fanfarronería. Y los estallidos de autocompasión con que la alternaba. Y su deplorable costumbre de mostrarse muy osado *después* de ocurridos los hechos, y de exhibir una gran presencia de ánimo... en ausencia. Odiaba todo esto, precisamente porque apreciaba a Bernard. Los segundos pasaban. Helmholtz seguía mirando al suelo. Y, súbitamente, Bernard, sonrojándose, se alejó.

3

El viaje transcurrió sin el menor incidente. El *Cohete Azul del Pacífico* llegó a Nueva Orleáns con dos minutos y medio de anticipación, perdió cuatro minutos a causa de un tornado en Texas, pero al llegar a los 95° de longitud Oeste penetró en una corriente de aire favorable y pudo aterrizar en Santa Fe con menos de cuarenta segundos de retraso con respecto a la hora prevista.

—Cuarenta segundos en un vuelo de seis horas y media. No está mal —reconoció Lenina.

Aquella noche durmieron en Santa Fe. El hotel era excelente, incomparablemente mejor, por ejemplo, que el horrible Palacio de la Aurora Boreal en el que Lenina había sufrido tanto el verano anterior. En todas las habitaciones había aire líquido, televisión, masaje por vibración, radio, soluciones de cafeína hirviente, anticonceptivos calientes y ocho clases diferentes de perfumes. Cuando entraron en el vestíbulo, el aparato de música sintética estaba en funcionamiento y no dejaba nada que desear. Un letrero en el ascensor informaba de que en el hotel había sesenta pistas móviles de juego de pelota y que en el parque se podía jugar a golf de Obstáculos y al Electromagnético.

—¡Es realmente estupendo! —exclamó Lenina—. Casi me entran ganas de quedarme aquí. ¡Sesenta pistas móviles...!

—En la Reserva no habrá ni una sola —le advirtió Bernard—. Ni perfumes, ni televisión, ni siquiera agua caliente. Si crees que no podrás resistirlo quédate aquí hasta que yo vuelva.

Lenina se ofendió.

—Claro que puedo resistirlo. Sólo dije que esto es estupendo porque..., bueno, porque el progreso *es* estupendo, ¿no es verdad?

—Quinientas repeticiones una vez por semana desde los trece años a los dieciséis —dijo Bernard, aburrido, como para sí mismo.

—¿Qué decías?

—Dije que el progreso es estupendo. Por esto no debes ir conmigo a la Reserva, a menos que lo desees de veras.

—Pues lo deseo.

—De acuerdo, entonces —dijo Bernard, casi en tono de amenaza.

Su permiso requería la firma del Guardián de la Reserva, a cuyo despacho acudieron debidamente a la mañana siguiente. Un portero negro Epsilon-Menos pasó la tarjeta de Bernard, y casi inmediatamente les hicieron pasar.

El Guardián era un Alfa-Menos, rubio y braquicéfalo, bajo, rubicundo, de cara redonda y anchos hombros, con una voz fuerte y sonora, muy adecuada para enunciar ciencia hipnopédica. Era una auténtica mina de informaciones innecesarias y de consejos que nadie le pedía. En cuanto empezaba, no acababa nunca, con su voz de trueno, resonante...

—...quinientos sesenta mil kilómetros cuadrados divididos en cuatro Sub-Reservas, cada una de ellas rodeada por una valla de cables de alta tensión.

En aquel instante, y aparentemente sin razón alguna, Bernard recordó de pronto que se había dejado abierto el grifo del agua de Colonia de su cuarto de baño, en Londres.

—...alimentada con corriente procedente de la central hidroeléctrica del Gran Cañón...

«Me costará una fortuna cuando vuelva.» Mentalmente, Bernard veía el indicador de su contador de perfume girando incansablemente. «Debo telefonear inmediatamente a Helmholtz Watson.»

—...más de cinco mil kilómetros de valla a sesenta mil voltios.

—No me diga —dijo Lenina, cortésmente, sin tener la menor idea de lo que el Guardián decía, pero aprovechando la pausa teatral que el hombre acababa de hacer.

Cuando el Guardián había iniciado su retumbante peroración, Lenina, disimuladamente, había tragado medio gramo de *soma*, y gracias a ello podía permanecer sentada, serena, pero sin escuchar ni pensar en nada, fijos sus ojos azules en el rostro del Guardián, con una expresión de atención casi extática.

—Tocar la valla equivale a morir instantáneamente —decía el Guardián solemnemente—. No hay posibilidad alguna de fugarse de la Reserva para Salvajes.

La palabra «fugarse» era sugestiva.

—¿Y si fuéramos allá? —sugirió ella, iniciando el ademán de levantarse.

La manecilla negra del contador seguía moviéndose, perforando el tiempo, devorando su dinero.

—No hay fuga posible —repitió el Guardián, indicándole que volviera a sentarse; y, como el permiso aún no estaba firmado, Bernard no tuvo más remedio que obedecer—. Los que han nacido en la Reserva... Porque, recuerde, mi querida señora —agregó, sonriendo obscenamente a Lenina y hablando en un murmullo indecente—, recuerde que en la Reserva los niños todavía nacen, sí, tal como se lo digo, nacen, por nauseabundo que pueda parecernos...

El hombre esperaba que su referencia a aquel tema vergonzoso obligara a Lenina a sonrojarse; pero ésta, estimulada por el *soma,* se limitó a sonreír con inteligencia y a decir:

—No me diga.

Decepcionado, el Guardián reanudó la peroración.

—Los que nacen en la Reserva, repito, están destinados a morir en ella.

Destinados a morir. Un decilitro de agua de Colonia por minuto. Seis litros por hora.

—Tal vez —intervino de nuevo Bernard—, tal vez deberíamos...

Inclinándose hacia delante, el Guardián tamborileó en la mesa con el dedo índice.

—Si ustedes me preguntan cuánta gente vive en la Reserva, les diré que no lo sabemos. Sólo podemos suponerlo.

—No me diga.

—Pues sí se lo digo, mi querida señora.

Seis por veinticuatro... no, serían ya seis por treinta y seis... Bernard estaba pálido y tembloroso de impaciencia. Pero, inexorablemente, la disertación proseguía.

—...Unos sesenta mil indios y mestizos..., absolutamente salvajes... Nuestros inspectores los visitan de vez en cuando... aparte de esto, ninguna comunicación con el mundo civilizado... conservan todavía sus repugnantes hábitos y costumbres... matrimonio, suponiendo que ustedes sepan a qué me refiero; familias... nada de condicionamiento... monstruosas supersticiones... Cristianismo, totemismos y adoración de los antepasados... lenguas muertas, como el zuñí, el español y el atabascano... pumas, puercoespines y otros animales feroces... enfermedades infecciosas... sacerdotes... lagartos venenosos...

—No me diga.

Por fin los soltó. Bernard se lanzó corriendo a un teléfono. De prisa, de prisa; pero le costó tres minutos encontrar a Helmholtz Watson.

—A estas horas ya podríamos estar entre los salvajes —se lamentó—. ¡Maldita incompetencia!

—Toma un gramo de *soma* —sugirió Lenina.

Bernard se negó a ello; prefería su ira. Y, por fin, gracias a Ford, lo logró; sí, allá estaba Helmholtz; Helmholtz, a quien explicó lo que ocurría, y quien prometió ir allá inmediatamente y cerrar el grifo; sí, inmediatamente, pero al mismo tiempo aprovechó la oportunidad para repetirle lo que el DIC había dicho en público la noche anterior.

—¿Cómo? ¿Que busca un sustituto para mí? —La voz de Bernard era agónica—. ¿Así que está decidido? ¿Habló de Islandia? ¿Sí? ¡Ford! ¡Islandia...!

Colgó el receptor y se volvió hacia Lenina. Su rostro aparecía muy pálido, con una expresión muy abatida.

—¿Qué ocurre? —preguntó la muchacha.

—¿Qué ocurre? —Bernard se dejó caer pesadamente en una silla—. Van a enviarme a Islandia.

En el pasado, a menudo se había preguntado qué efecto debía de producir ser objeto (privado de *soma* y sin otros recursos que los interiores) de algún gran proceso, de algún castigo, de alguna persecución; y hasta había deseado el sufrimiento. Apenas hacía una semana, en el despacho del director, se había imaginado a sí mismo resistiendo valerosamente, aceptando estoicamente el sufrimiento sin una sola queja. En realidad, las amenazas del director lo habían exaltado, le habían inducido a sentirse grande, importante. Pero ello —ahora se daba perfecta cuenta— obedecía a que no las había tomado en serio; no había creído ni por un instante que, en el momento de la verdad, el DIC tomara decisión alguna. Pero ahora que, al parecer, las amenazas iban a cumplirse, Bernard estaba aterrado. No quedaba ni rastro de su estoicismo imaginativo, de su valor puramente teórico.

Lenina movió la cabeza.

«El *fue* y el *será* tanto me dan —citó—. Un gramo tomarás y sólo el *es* verás.»

Al fin lo convenció para que se tomara cuatro tabletas de *soma.* Al cabo de cinco minutos, raíces y frutos habían sido abolidos; sólo la flor del presente se abría lozana. Un mensaje del portero les avisó que, siguiendo órdenes del Guardián, un vigilante de la Reserva había acudido en avión y les esperaba en la azotea. Bernard y Lenina subieron inmediatamente. Un ochavón de uniforme verde de Gamma les saludó y procedió a recitar el programa matinal.

Vista panorámica de diez a doce de los principales pueblos, y aterrizaje para almorzar en el Valle de Malpaís. El parador era cómodo, y en el pueblo los salvajes probablemente celebrarían su festival de verano. Sería el lugar más adecuado para pasar la noche.

Ocuparon sus asientos en el avión y despegaron. Diez minutos más tarde cruzaban la frontera que separaba la civilización del salvajismo. Subiendo y bajando por las colinas, cruzando los desiertos de sal o de arena, a través de los bosques y de las profundidades violeta de los cañones, por encima de despeñaderos, picos y mesetas llanas, la valla seguía ininterrumpidamente la línea recta, el símbolo geométrico del propósito humano triunfante. Y al pie de la misma, aquí y allá, un mosaico de huesos blanqueados o una carroña oscura, todavía no corrompida en el atezado suelo, señalaba el lugar donde un ciervo o un voraz zopilote atraído por el tufo de la carroña y fulminado como por una especie de justicia poética, se habían acercado demasiado a los cables aniquiladores.

—Nunca escarmientan —dijo el piloto del uniforme verde, señalando los esqueletos que, debajo de ellos, cubrían el suelo—. Y nunca escarmentarán —agregó riendo.

Bernard también rió; gracias a los dos gramos de *soma,* el chiste, por alguna razón, se le antojó gracioso. Rió, y después, casi inmediatamente, quedó sumido en el sueño, y, durmiendo, fue llevado por encima de Taos y Tesuco; de Namba, Picores y Pojoaque, de Sía y Cochiti, de Laguna, Acoma y la Mesa Encantada, de Cibola v Ojo Caliente, y despertó al fin para encontrar el aparato posado ya en el suelo, Lenina trasladando las maletas a una casita cuadrada, y el ochavón Gamma verde hablando incomprensiblemente con un joven indio.

—Malpaís —anunció el piloto, cuando Bernard se apeó—. Ésta es la hospedería. Y por la tarde habrá danza en el pueblo. Este hombre los acompañará. —Y señaló al joven salvaje de aspecto adusto—. Espero que se diviertan —sonrió—. Todo lo que hacen es divertido. —Con estas palabras, subió de nuevo al aparato y puso en marcha los motores—. Mañana volveré. Y recuerde —agregó tranquilizadoramente, dirigiéndose a Lenina— que son completamente mansos; los salvajes no les harán daño alguno. Tienen la suficiente experiencia de las bombas de gas para saber que no deben hacerles ninguna jugarreta.

Riendo todavía, puso en marcha la hélice del autogiro, aceleró y partió.

CAPÍTULO VII

La altiplanicie era como un navío anclado en un estrecho de polvo leonado. El canal zigzagueaba entre orillas escarpadas, y de un muro a otro corría a través del valle una franja de verdor; el río y sus campos contiguos. En la proa de aquel navío de piedra, en el centro del estrecho, y como formando parte del mismo, se levantaba, como una excrecencia geométrica de la roca desnuda, el pueblo de Malpaís. Bloque sobre bloque, cada piso más pequeño que el inmediato inferior, las altas casas se levantaban como pirámides escalonadas y truncadas en el cielo azul. A sus pies yacían un batiburrillo de edificios bajos y una maraña de muros; en tres de sus lados se abrían sobre el llano sendos precipicios verticales. Unas pocas columnas de humo ascendían verticalmente en el aire inmóvil y se desvanecían en lo alto.

—¡Qué raro es todo esto! —dijo Lenina—. Muy raro. —Era su expresión condenatoria favorita—. No me gusta. Y tampoco me gusta este hombre.

Señaló al guía indio que debía llevarles al pueblo. Tales sentimientos, evidentemente, eran recíprocos; el hombre les precedía y, por tanto, sólo le veían la espalda, pero aun ésta tenía algo de hostil.

—Además —agregó Lenina, bajando la voz—, apesta.

Bernard no intentó negarlo. Siguieron andando.

De pronto fue como si el aire todo hubiese cobrado ritmo, y latiera con el movimiento incansable de la sangre. Allá arriba, en Malpaís, los tambores sonaban: involuntariamente, sus pies se adaptaron al ritmo de aquel misterioso corazón, y aceleraron el paso. El sendero que seguían los llevó al pie del precipicio. Los lados o costados de la gran altiplanicie torreaban por encima de ellos, casi a cien pies de altura.

—Ojalá hubiésemos traído el helicóptero —dijo Lenina, levantando la mirada con enojo ante el muro de roca—. Me fastidia andar. ¡Y, en el suelo, uno se siente tan pequeño, a los pies de una colina!

Cuando estaban en mitad de la ascensión, un águila pasó volando tan cerca de ellos, que sintieron en el rostro la ráfaga de aire frío provocada por sus alas. En una grieta de la roca veíase un montón de huesos. El conjunto resultaba opresivamente extravagante, y el indio despedía un olor cada vez más intenso. Salieron por fin del fondo del barranco a plena luz del sol, la parte superior de la altiplanicie era un llano liso, rocoso.

—Como la Torre de Charing-T —comentó Lenina.

Pero no tuvo ocasión de gozar largo rato del descubrimiento de aquel tranquilizador parecido. El rumor aterciopelado de unos pasos los obligó a volverse. Desnudos desde el cuello hasta el ombligo, con sus cuerpos morenos pintados con líneas blancas («como pistas de tenis de asfalto», diría Lenina más tarde) y sus rostros inhumanos cubiertos de arabescos escarlata, negro y ocre, los indios se acercaban corriendo por el sendero. Llevaban los negros cabellos trenzados con pieles de zorro y franela roja. Pendían de sus hombros sendos mantos de plumas de pavo; y enormes diademas de plumas formaban alegres halos en torno a sus cabezas. A cada paso que daban, sus brazaletes de plata y sus pesados collares de hueso y de cuentas de turquesas entrechocaban y sonaban alegremente. Se aproximaron sin decir palabra, corriendo en silencio con sus pies descalzos con mocasines de piel de ciervo. Uno de ellos empuñaba un cepillo de plumas, el otro llevaba en cada mano lo que a distancia parecían tres o cuatro trozos de cuerda gruesa. Una de las cuerdas se retorcía inquieta, y súbitamente Lenina comprendió que eran serpientes.

—No me gusta —exclamó Lenina—. No me gusta.

Todavía le gustó menos lo que le esperaba a la entrada del pueblo, en donde su guía los dejó solos para entrar a pedir instrucciones. Suciedad, montones de basura, polvo, perros, moscas... Con el rostro distorsionado en una mueca de asco, Lenina, se llevó un pañuelo a la nariz.

—Pero, ¿cómo pueden vivir así? —estalló.

En su voz sonaba un matiz de incredulidad indignada. Aquello no era posible.

Bernard se encogió filosóficamente de hombros.

—Piensa que llevan cinco o seis mil años viviendo así —dijo—. Supongo que a estas alturas ya estarán acostumbrados.

—Pero la limpieza nos acerca a la fordeza —insistió Lenina.

—Sí, y civilización es esterilización —prosiguió Bernard, completando así, en tono irónico, la segunda lección hipnopédica de higiene elemental—. Pero esta gente no ha oído hablar jamás de Nuestro Ford y no está civilizada. Por consiguiente, es inútil que...

—¡Oh, mira! —exclamó Lenina, cogiéndose de su brazo.

Un indio casi desnudo descendía muy lentamente por la escalera de mano de una casa vecina, peldaño tras peldaño, con la temblorosa cautela de la vejez extrema. Su rostro era negro y aparecía muy arrugado, como una máscara de obsidiana. Su boca desdentada se hundía entre sus mejillas. En las comisuras de los labios y a ambos lados del mentón pendían, sobre la piel oscura, unos pocos pelos largos y casi blancos. Los cabellos largos y sueltos colgaban en mechones grises a ambos lados de su rostro. Su cuerpo aparecía encorvado y flaco hasta los huesos, casi descarnado. Bajaba lentamente, deteniéndose en cada peldaño antes de aventurarse a dar otro paso.

—Pero, ¿qué le pasa? —susurró Lenina.

En sus ojos se leía el horror y el asombro.

—Nada; sencillamente, es viejo —contestó Bernard, aparentando indiferencia, aunque no sentía tal.

—¿Viejo? —repitió Lenina—. Pero... también el director es viejo; muchas personas son viejas; pero no son así.

—Porque no les permitimos ser así. Las preservamos de las enfermedades. Mantenemos sus secreciones internas equilibradas artificialmente de modo que conserven la juventud. No permitimos que su equilibrio de magnesio-calcio descienda por debajo de lo que era en los treinta años. Les damos transfusiones de sangre joven. Estimulamos de manera permanente su metabolismo. Por esto no tienen este aspecto. En parte —agregó— porque la mayoría mueren antes de alcanzar la edad de este viejo. Juventud casi perfecta hasta los sesenta años, y después, ¡plas!, el final.

Pero Lenina no le escuchaba. Miraba al viejo,

que seguía bajando lentamente. Al fin, sus pies tocaron el suelo. Y se volvió. Al fondo de las profundas órbitas los ojos aparecían extraordinariamente brillantes, y la miraron un largo momento sin expresión alguna, sin sorpresa, como si Lenina no se hallara presente. Después, lentamente, con el espinazo doblado, el viejo pasó por el lado de ellos y se fue.

—Pero, ¡esto es terrible! —susurró Lenina—. ¡Horrible! No debimos haber venido.

Buscó su ración de *soma* en el bolsillo, sólo para descubrir que, por un olvido sin precedentes, se había dejado el frasco en la hospedería. También los bolsillos de Bernard se hallaban vacíos.

Lenina tuvo que enfrentarse con los horrores de Malpaís sin ayuda alguna. Y los horrores se sucedieron a sus ojos rápidamente, sin descanso. El espectáculo de dos mujeres jóvenes que amamantaban a sus hijos con su pecho la sonrojó y la obligó a apartar el rostro. En toda su vida no había visto jamás indecencia como aquélla. Lo peor era que, en lugar de ignorarlo delicadamente, Bernard no cesaba de formular comentarios sobre aquella repugnante escena vivípara.

—¡Qué relación tan maravillosamente íntima! —dijo en un tono deliberadamente ofensivo—. ¡Qué intensidad de sentimientos debe generar! A menudo pienso que es posible que nos hayamos perdido algo muy importante por el hecho de no tener madre. Y quizá tú te hayas perdido algo al no *ser* madre, Lenina. Imagínate a ti misma sentada aquí, con un hijo tuyo...

—¡Bernard! ¿Cómo puedes...?

El paso de una anciana que sufría oftalmía y una enfermedad de la piel la distrajo de su indignación.

—Vámonos —imploró—. No me gusta nada.

Pero en aquel momento su guía volvió, e, invitándoles a seguirle, abrió la marcha por una callejuela entre dos hileras de casas. Doblaron una esquina. Un perro muerto yacía en un montón de basura; una mujer con bocio despiojaba a una chiquilla. El guía se detuvo al pie de una escalera de mano, levantó un brazo perpendicularmente, y después lo bajó señalando hacia delante. Lenina y Bernard hicieron lo que el hombre les había ordenado por señas; treparon por la escalera y cruzaron el umbral que daba acceso a una estancia larga y estrecha, muy oscura, y que hedía a humo, a grasa frita y a ropas usadas y sucias. Al otro extremo de la estancia se abría otra puerta a través de la cual les llegaba la luz del sol y el redoble, fuerte y cercano, de los tambores.

Salieron por esta puerta y se encontraron en una espaciosa terraza. A sus pies, encerrada entre casas altas, se hallaba la plaza del pueblo, atestada de indios. Mantas de vivos colores y plumas en las negras cabelleras, y brillo de turquesas, y de pieles negras que relucían por el sudor. Lenina volvió a llevarse el pañuelo a la nariz. En el espacio abierto situado en el centro de la plaza había dos plataformas circulares de ladrillo y arcilla apisonada que, evidentemente, eran los tejados de dos cámaras subterráneas, porque en el centro de cada plataforma había una escotilla abierta, a cuya negra boca asomaba una escalera de mano. Por las dos escotillas salía un débil son de flautas casi ahogado por el redoble incesante de los tambores.

Se produjo de pronto una explosión de cantos: cientos de voces masculinas gritando briosamente al unísono, en un estallido metálico, áspero. Unas pocas notas muy prolongadas, y un silencio, el silencio tonante de los tambores; después, aguda, en un chillido desafinado, la respuesta de las mujeres. Después, de nuevo los tambores; y una vez más la salvaje afirmación de virilidad de los hombres.

Raro, sí. El lugar era raro, y también la música, y no menos los vestidos, y los bocios y las enfermedades de la piel, y los viejos. Pero, en cuanto al espectáculo en sí, no resultaba especialmente raro.

—Me recuerda un Canto de Comunidad de casta inferior —dijo a Bernard.

Pero poco después le recordó mucho menos aquellas inocentes funciones. Porque, de pronto, de aquellos sótanos circulares había brotado un ejército fantasmal de monstruos. Cubiertos con máscaras horribles o pintados hasta perder todo aspecto humano, habían comenzado a bailar una extraña danza alrededor de la plaza; vueltas y más vueltas, siempre cantando; vueltas y más vueltas, cada vez un poco más de prisa; los tambores habían cambiado y acelerado su ritmo, de modo que ahora recordaban el latir de la fiebre en los oídos; y la muchedumbre había empezado a cantar como los danzarines, cada vez más fuerte; primero una mujer había chillado, y luego otra, y otra, como si las mataran; de pronto el que conducía a los danzarines se destacó de la hilera, corrió hacia una caja de madera que se hallaba en un extremo de la plaza, levantó la tapa y sacó de ella un par de serpientes negras. Un fuerte alarido brotó de la multitud, y todos los demás danzarines corrieron hacia él tendiendo las manos. El hombre arrojó las serpientes a los que llegaron primero y se volvió hacia la caja para coger más. Más y más, serpientes negras, pardas y moteadas, que iba arrojando a los danzarines. Después la danza se reanudó con otro ritmo. Los danzarines seguían dando vueltas, con sus serpientes en las manos y serpenteando a su vez, con un movimiento ligeramente ondulatorio de rodillas y caderas. Vueltas y más vueltas. Después el jefe dio una señal y, una tras otra, todas las serpientes fueron arrojadas al centro de la plaza; un viejo salió del subterráneo y les arrojó harina de maíz; por la otra escotilla apareció una mujer y les arrojó agua de un jarro negro. Después el viejo levantó una mano y se hizo un silencio absoluto, terrorífico. Los tambores dejaron de sonar; pareció como si la vida hubiese tocado a su fin. El viejo señaló hacia las dos escotillas que daban entrada al mundo inferior. Y lentamente, levantadas por manos invisibles, desde abajo, emergieron, de una de ellas la imagen pintada de un águila, y de la otra la de un hombre desnudo y clavado en una cruz. Emergieron y permanecieron suspendidas aparentemente en el aire, como si contemplaran el espectáculo. El anciano dio una palmada. Completamente desnudo —excepto una breve toalla de algodón, blanca—, un muchacho de unos dieciocho años salió de la multitud y quedóse de pie ante él, con las manos cruzadas sobre el pecho y la cabeza gacha. El anciano trazó la señal de la cruz sobre él y se retiró. Lentamente, el muchacho empezó a dar vueltas en torno del montón de serpientes que se retorcían. Había completado ya la primera vuelta y se hallaba en mitad de la segunda cuando, de entre los danzarines, un hombre alto, que llevaba una máscara de coyote y en la mano un látigo de cuero trenzado, avanzó hacia él. El muchacho siguió caminando como si no se hubiera dado cuenta de la presencia del otro. El hombre-coyote levantó el látigo; hubo un largo momento de expectación; después, un rápido movimiento, el silbido del látigo y su impacto en la carne. El cuerpo del muchacho se estremeció; pero no despegó los labios y reanudó la marcha, al mismo paso lento y regular. El coyote volvió a golpear, una y otra vez; cada latigazo provocaba primero una suspensión y después un profundo gemido de la muchedumbre. El muchacho seguía andando. Dio cinco vueltas, tres, cuatro. La sangre corría. Cinco vueltas, seis. De pronto, Lenina se tapó la cara con las manos y empezó a sollozar.

—¡Oh, basta, basta! —imploró.

Pero el látigo seguía cayendo, inexorable. Siete vueltas. De pronto el muchacho vaciló, y, sin exhalar gemido alguno, cayó de cara al suelo. Inclinándose sobre él, el anciano le tocó la espalda con una larga pluma blanca, la levantó en alto un momento, roja de sangre, para que el pueblo la viera, y la sacudió tres veces sobre las serpientes. Cayeron unas pocas gotas, y súbitamente los tambores estallaron en una carrera loca de notas; y se oyó un grito unánime de la multitud. Los danzarines saltaron hacia delante, recogieron las serpientes y huyeron de la plaza. Hombres, mujeres y niños, todos corrieron en pos de ellos. Un minuto después la plaza estaba desierta; sólo quedaba el muchacho, cara al suelo, en el mismo sitio donde se había desplomado inmóvil. Tres ancianas salieron de una de las casas, y, no sin dificultad, lo levantaron y lo entraron en ella. El águila y el hombre crucificado siguieron montando la guardia un rato ante la plaza desierta; después, como si ya hubiesen visto lo suficiente, se hundieron por las escotillas y desaparecieron en el seno de su mundo subterráneo.

Lenina todavía sollozaba.

—¡Qué horrible! —repetía una y otra vez, ante los vanos consuelos de Bernard—. ¡Qué horrible! ¡Esa sangre! —Se estremeció—. ¡Y no tener ni un gramo de *soma*!

En la habitación interior se oyeron unos pasos.

El atuendo del joven que salió a la terraza era indio; pero sus trenzados cabellos eran de color pajizo, sus ojos azules, y su piel blanca, aunque bronceada por el sol.

—Hola. Buenos días —dijo el desconocido, en un inglés correcto, pero algo peculiar—. Ustedes son civilizados, ¿verdad? ¿Vienen del Otro Sitio, de fuera de la Reserva?

—Pero, ¿quién demonios...? —empezó Bernard, asombrado.

El joven suspiró y meneó la cabeza.

—El más desdichado de los caballeros —dijo. Y, señalando las manchas de sangre del centro de la plaza, añadió—: ¿Ven ustedes esa maldita mancha?

Y en su voz temblaba la emoción.

—Un gramo es mejor que un terno —dijo Lenina, maquinalmente, sin apartar las manos de su rostro—. ¡Ojalá tuviera un poco de *soma*!

—Yo debía estar allá —prosiguió el joven—. ¿Por qué no me dejan ser la víctima? Yo hubiera dado diez vueltas, doce, acaso quince. Palowhtiwa sólo dio siete. Hubiesen podido sacarme el doble de sangre. «Teñir de púrpura los mares multitudinarios.» —Abrió los brazos en un amplio ademán y luego los dejó caer con desesperación—. Sin embargo, no me lo permiten. No les gusto, a causa del color de mi piel. Siempre ha sido así. Siempre.

Las lágrimas asomaron a los ojos del joven; avergonzado, apartó el rostro.

El asombro hizo olvidar a Lenina su privación de *soma*. Descubrió su rostro y, por primera vez, miró al desconocido.

—¿Quiere usted decir que *deseaba* que le azotaran con aquel látigo?

Todavía con el rostro apartado, el joven asintió con la cabeza.

—Por el bien del pueblo; para que llueva y el maíz crezca. Y para agradar a Pukong y a Jesús. Y también para demostrar que puedo soportar el dolor sin gritar. Sí —y su voz, súbitamente, cobró una nueva resonancia, y se volvió, cuadrando los hombros y levantando el mentón en actitud de orgullo y de reto—, para demostrarles que soy hombre... ¡Oh!

Se le cortó el aliento y permaneció en silencio, boqueando. Por primera vez en su vida había visto la cara de una muchacha cuyas mejillas no eran de color de chocolate o de piel de perro, cuyos cabellos eran castaños y ondulados, y cuya expresión (¡asombrosa novedad!) era de benévolo interés.

Lenina le sonreía: «¡Qué chico tan guapo! —pensaba—. Tiene un cuerpo realmente hermoso.» La sangre se agolpó en la cara del muchacho; bajó los ojos, volvió a levantarlos un momento sólo para volver a verla sonriéndole, y se sintió tan trastornado que tuvo que volver la cara y fingir que miraba con gran interés algo situado en el otro extremo de la plaza.

Las preguntas de Bernard aportaron una distracción.

¿Quién? ¿Cómo? ¿Cuándo? ¿De dónde? Con los ojos fijos en la cara de Bernard (porque deseaba tan apasionadamente ver la sonrisa de Lenina que no se atrevía a mirarla), el muchacho intentó explicarse. Linda y él —Linda era su madre (la palabra puso muy violenta a Lenina)— eran extranjeros en la Reserva. Linda había llegado del Otro Lugar mucho tiempo atrás, antes de que él naciera, con un hombre que era el padre del joven. (Bernard aguzó el oído.) Linda había ido a dar un paseo, sola por las montañas del Norte, y al caer por un barranco se había herido en la cabeza.

—Siga, siga —dijo Bernard, lleno de excitación.

Unos cazadores de Malpaís la habían encontrado y traído al pueblo. En cuanto al hombre que era el padre del muchacho, Linda no había vuelto a verle. Se llamaba Tomakin. (Sí, «Thomas» era el nombre de pila del DIC.) Debió de haberse marchado de nuevo al Otro Lugar, sin ella. Sin duda era un hombre malo, infiel, depravado.

—Y así nací en Malpaís —concluyó el joven—. En Malpaís.

Y movió la cabeza.

¡Qué inmundicia en aquella casita de las afueras del pueblo!

Un trecho cubierto de polvo y de basuras la separaba de la aldea. Ante la puerta, dos perros hambrientos hurgaban de un modo repugnante en la basura. Dentro, cuando ellos entraron, la penumbra hedía y aparecía llena de moscas.

—¡Linda! —llamó el muchacho.

Desde el interior, una voz áspera de mujer dijo:

—¡Voy!

Esperaron. En el suelo veíanse unas escudillas que contenían los restos de un ágape, o acaso de varios.

La puerta se abrió. Una india rubia y muy corpulenta cruzó el umbral y se quedó mirando a los forasteros, incrédulamente, boquiabierta. Lenina observó con desagrado que le faltaban dos dientes. Y el color de los que quedaban... Se estremeció. Era peor que el viejo. ¡Y tan gorda! Una cara abotagada, cubierta de arrugas. ¡Y aquellas mejillas fláccidas, con manchas purpúreas! ¡Y aquellas venas rojas en la nariz! ¡Y aquellos ojos inyectados en sangre! ¡Y aquel cuello...! ¡Aquel cuello! ¡Y la manta que llevaba en la cabeza, vieja y sucia! Y bajo la túnica áspera, de color pardo, aquellos pechos enormes, la redondez del estómago, las caderas... ¡Oh, mucho peor que el viejo, muchísimo peor! Y, de pronto, aquel ser estalló en un torrente de palabras, corrió hacia Lenina y... ¡Ford! ¡Ford! Era algo asqueroso; en otro momento hubiera podido marearse... y la estrechó contra su vientre, contra su pecho, y empezó a besarla. ¡Ford!, a *besarla,* babeándola.

Ante ella vio un rostro hinchado y distorsionado; aquella criatura lloraba.

—¡Oh, querida! —El torrente de palabras fluía entre sollozos—. ¡Si supieras cuán feliz soy! ¡Después de tantos años! ¡Una cara civilizada! ¡Sí, y ropas civilizadas! Creí que no volvería a ver jamás una prenda de auténtica seda al acetato. —Tocó la manga de la blusa de Lenina. Sus uñas aparecían negras—. ¡Y esos preciosos pantalones cortos de pana de viscosa! ¿Sabes? Todavía tengo mis vestidos viejos, los que llevaba cuando vine aquí, guardados en una caja. Después te los enseñaré. Aunque, desde luego, el acetato se ha agujereado del todo. Pero todavía tengo una cartuchera blanca estupenda; aunque la verdad es que la tuya, de cuero verde, todavía es más bonita. ¡Para lo que me sirvió, mi cartuchera! —Y de nuevo se echó a llorar—. Supongo que John ya os lo ha contado. ¡Lo que tuve que sufrir! ¡Y sin un gramo de *soma*! Sólo un trago de *mescal* de vez en cuando, cuando Popé me lo traía. Popé es un muchacho que era amigo mío. Pero el *mescal* deja una resaca terrible, y el *peyotl* marea; además, al día siguiente todavía me sentía avergonzada. Y lo estaba mucho. Piénsalo por un momento: yo, una Beta, tener un hijo; ponte en mi sitio. —La sugerencia hizo estremecer a Lenina—. Aunque no fue mía la culpa, lo juro; todavía no sé cómo pudo ocurrir, teniendo en cuenta que hice todos los ejercicios maltusianos, ya sabes, por tiempos: uno, dos, tres, cuatro. Lo juro; pero el caso es que ocurrió; y, naturalmente, aquí no había ni un solo Centro Abortivo.

Grandes lagrimones escapaban por entre sus párpados cerrados.

—Y el viaje de regreso de Stoke Poges, en avión, por la noche... Y luego un baño caliente y el masaje mecánico... Aquí, en cambio...

Aspiró una profunda bocanada de aire, movió la cabeza, volvió a abrir los ojos, se sorbió los mocos un par de veces, luego se sonó con los dedos y se los secó con la falda.

—¡Oh, perdón! —dijo, en respuesta a la involuntaria mueca de asco de Lenina—. No debí hacerlo. Perdón. Pero, ¿qué se puede hacer cuando no hay pañuelos? Recuerdo cómo me trastornaba toda esta suciedad, la falta de asepsia. Cuando me trajeron aquí tenía una herida horrible en la cabeza. No puedes figurarte lo que me ponían en ella. Porquerías, sólo porquerías. «Civilización es Esterilización», solía decirles yo. Y «Arre, estreptococos, a Banbury-T, a ver cuartos de baño y retretes espléndidos», como si fueran niños. Pero, claro, no me entendían. Imposible. Y, al fin, supongo que me acostumbré. Por otra parte, ¿cómo se puede tener higiene si no hay una instalación de agua caliente? Mira esas ropas. La lana animal no es como el acetato. Dura eternidades. Y si se desgarra se supone que una la remienda. Pero yo soy una Beta; yo trabajaba en la Sala de Fecundación; nadie me enseñó jamás a hacer estas cosas. No era asunto de mi incumbencia. Además, no era bien visto. Cuando los vestidos se estropeaban había que tirarlos y comprar otros nuevos. «A más remiendos, menos dinero.» ¿No es verdad? Los remiendos eran antisociales. Pero aquí todo es diferente. Es como vivir entre locos. Todo lo que hacen es pura locura.

Linda miró a su alrededor; vio que John y Bernard las habían dejado solas y paseaban entre el polvo y la basura del exterior; aun así, bajó confidencialmente la voz y acercó tanto los labios a la oreja de Lenina que el hálito de veneno embrional agitó la pelusilla de su mejilla.

—Por ejemplo —susurró—, la forma en que la gente de aquí se empareja. Una locura, te lo aseguro, una auténtica locura. Todo el mundo pertenece a todo el mundo, ¿no es cierto? ¿No es cierto? —insistió, tirando a Lenina de la manga. Lenina, apartando la cabeza, asintió, soltó el aire que hasta entonces había contenido y aspiró una nueva bocanada relativamente libre de malos olores—. Pues bien —prosiguió Linda—, aquí se supone que una sólo puede pertenecer a otra persona. Y si aceptas tratos con otros hombres te consideran mala y antisocial. Te odian y te desprecian. Una vez acudió un grupo de mujeres y armaron un escándalo porque sus hombres venían a verme. Bueno, ¿y por qué no? Y me pegaron la gran paliza... Fue horrible. No, no puedo contártelo. —Linda se tapó la cara con las manos y se estremeció—. Son odiosas las mujeres de aquí. Locas, locas y crueles. Y, desde luego, no saben nada de ejercicios maltusianos, ni de frascos, ni de decantación, ni de nada. Por esto constantemente tienen hijos... como perras. Es asqueroso. Y pensar que yo... ¡Oh, Ford, Ford, Ford! Y, sin embargo, John *fue* un gran consuelo para mí. No sé qué hubiera hecho yo sin él.

A pesar de que se ponía como loco cada vez que un hombre... Ya cuando era niño, no creas. Una vez, cuando ya era mayorcito, quiso matar al pobre Waihusiwa, o a Popé, no lo recuerdo bien, sólo porque alguna que otra vez venían a verme. Nunca logré que comprendiera que así es como debían obrar las personas civilizadas. Yo creo que la locura es contagiosa. En todo caso, John parece habérsela contagiado de los indios. Porque, naturalmente, convivió mucho con ellos. A pesar de que se portaban muy mal con él y no le dejaban hacer lo que los demás muchachos hacían. Lo cual, en cierta manera, fue una suerte, porque así me fue más fácil condicionarle un poco. Aunque no tienes idea de cuán difícil es. ¡Hay tantas cosas que una no sabe! No tenía por qué saberlas, claro. Quiero decir que, cuando un niño te pregunta cómo funciona un helicóptero o quién hizo el mundo... bueno, ¿qué puedes contestar si eres una Beta y siempre has trabajado en la Sala de Fecundación? ¿Qué *puedes* contestar?

CAPÍTULO VIII

Fuera, entre el polvo y la basura (a la sazón había ya cuatro perros), Bernard y John paseaban lentamente.

—Para mí es muy difícil comprenderlo —decía Bernard—, reconstruir... Es como si viviéramos en diferentes planetas, en siglos diferentes. Una madre, y toda esa porquería, y dioses, y la vejez, y la enfermedad... —Movió la cabeza—. Es casi inconcebible. Nunca lo comprenderé, a menos que me lo expliques.

—¿Que te explique qué?

—Esto —Y Bernard señaló el pueblo—. Y esto. —Y ahora señaló la casita en las afueras—. Todo. Toda tu vida.

—Pero, ¿qué puedo decir yo?

—Todo, desde el principio. Desde tan atrás como puedas recordar.

—Desde tan atrás como pueda recordar... —John frunció el ceño.

Siguió un largo silencio.

John recordaba una estancia enorme, muy oscura; había en ella unos armatostes de madera con unas cuerdas atadas a ellos, y muchas mujeres de pie, en torno a aquellos armatostes, tejiendo mantas, según dijo Linda. Linda le ordenó que se sentara en un rincón, con los otros niños. De pronto la gente empezó a hablar en voz muy alta, y unas mujeres empujaron a Linda hacia fuera, y Linda lloraba. Linda corrió hacia la puerta, y John tras ella. Le preguntó por qué estaban enojadas.

—Porque he roto una cosa —dijo Linda. Y entonces se enojó ella también—. ¿Por qué he de saber yo nada de sus estúpidos trabajos? —dijo—. ¡Salvajes!

John le preguntó qué quería decir «salvajes». Cuando volvieron a casa, Popé esperaba en la puerta y entró con ellos. Llevaba una gran calabaza llena de un líquido que parecía agua; pero no era agua, sino algo que olía mal, quemaba en la boca y hacía toser. Linda bebió un poco y Popé también, y luego Linda rió mucho y habló con voz muy fuerte, y al final ella y Popé pasaron al otro cuarto. Cuando Popé se hubo marchado, John entró en la habitación. Linda estaba acostada y dormía profundamente.

Popé solía ir por la casa. Decía que el líquido de la calabaza se llamaba *mescal*; pero Linda decía que debía llamarse *soma*; sólo que después uno se encontraba mareado. John odiaba a Popé. Les odiaba a todos, a todos los hombres que iban a ver a Linda. Una tarde, después de jugar con otros niños —recordaba que hacía frío, y había nieve en las montañas—, John volvió a casa y oyó voces iracundas en el dormitorio. Eran de mujer, y decían palabras que él no entendía; pero sabía que eran palabras horribles. Luego, de pronto, ¡plas!, algo cayó al suelo; oyó movimientos de gente, y otro ruido, como cuando azotan a una mula, pero una mula carnosa; después Linda chilló: «¡Oh, no, no, no!»

John entró corriendo. Había tres mujeres con mantos negros. Linda estaba acostada. Una de las mujeres la sujetaba sobre las muñecas. La otra se había sentado encima de sus piernas para que no pudiera patalear. La tercera la golpeaba con un látigo. Una, dos, tres veces; y cada vez Linda chillaba. Llorando, John se agarró al borde del manto de la mujer. «Por favor, por favor.» Con la mano que tenía libre, la mujer lo apartó. El látigo volvió a caer, y de nuevo Linda chilló. John agarró la mano fuerte y morena de la mujer entre las suyas y le pegó un mordisco con todas sus fuerzas. La mujer gritó, libró la mano que tenía cogida y le arreó tal empujón que lo derribó. Cuando todavía estaba en el suelo, la mujer lo azotó tres veces con el látigo. Le dolió como nunca le había dolido nada: como fuego. El látigo volvió a silbar y cayó. Pero esta vez chilló Linda.

—Pero, ¿por qué querían hacerte daño, Linda? —le preguntó aquella noche.

John lloraba, porque las señales rojas del látigo en la espalda le dolían terriblemente. Pero también lloraba porque la gente era tan brutal y mala, y porque él sólo era un niño y nada podía hacer contra ella.

—¿Por qué querían hacerte daño, Linda?

—No lo sé. ¿Cómo puedo saberlo?

Era difícil entender lo que decía, porque Linda yacía boca abajo y tenía la cara sepultada en la almohada.

—Dicen que esos hombres son *sus* hombres —prosiguió.

Y era como si no le hablara a él, como si se lo dijera a alguien que se hallara dentro de ella misma. Una larga charla que John no entendía; y, al final, Linda volvió a chillar, más fuerte que nunca.

—¡Oh, no, no llores, Linda! ¡No llores!

John la abrazó con fuerza. Le pasó un brazo por el cuello.

Linda gritó:

—¡Ten cuidado! ¡Mi hombro! ¡Oh!

Y lo apartó de sí, con fuerza. John fue a dar de cabeza contra la pared.

—¡Imbécil! —le gritó su madre.

Y, de pronto, empezó a pegarle bofetadas. Una, y otra, y otra más...

—¡Linda! —gritó John—. ¡Oh, madre, no, no!

—Yo no soy tu madre. Yo no quiero ser tu madre.

—Pero, Linda... ¡Oh!

Otro cachete en la mejilla.

—Me he vuelto como una salvaje —gritaba Linda—. Tengo hijos, como un animal... De no haber sido por ti hubiera podido presentarme al Inspector, hubiera podido marcharme de aquí. Pero no con un hijo. Hubiese sido una vergüenza demasiado grande.

John adivinó que iba a pegarle de nuevo y levantó un brazo para protegerse la cara.

—¡Oh, no, Linda, no, por favor!

—¡Bestezuela!

Linda lo obligó a bajar el brazo, dejándole la cara al descubierto.

—¡No, Linda!

John cerró los ojos, esperando el golpe.

Pero Linda no le pegó. Al cabo de un momento, John volvió a abrir los ojos y vio que su madre lo miraba. John intentó sonreírle. De pronto, Linda lo abrazó y empezó a besarle una y otra vez.

Los momentos más felices eran cuando Linda le hablaba de Otro Lugar.

—¿Y de veras puedes volar cuando se te antoja?

—De veras.

Y Linda le contaba lo de la hermosa música que salía de una caja, y de los juegos estupendos a que se podía jugar, y las cosas deliciosas de comer y de beber que había, y la luz que surgía con sólo pulsar un aparatito en la pared, y las películas que se podían oír, y palpar y ver, y otra caja que producía olores agradables, y las casas rosadas, verdes, azules y plateadas; altas como montañas, y todo el mundo feliz, y nadie triste ni enojado, y todo el mundo pertenecía a todo el mundo, y las cajas que permitían ver y oír todo lo que ocurría en el otro extremo del mundo, y los niños en frascos limpios y hermosos..., todo limpísimo, sin malos olores, sin suciedad... Y nadie solo, sino viviendo todos juntos, alegres y felices, algo así como en los bailes de verano de Malpaís, pero mucho más felices, porque su felicidad era de todos los días, de siempre... John la escuchaba embelesado.

Muchos hombres iban a ver a Linda. Los chiquillos empezaron a señalarle con el dedo. En su lengua extranjera decían que Linda era mala: la llamaban con nombres que John no comprendía, pero que sabía eran malos nombres. Un día empezaron a cantar una canción acerca de Linda, una y otra vez. John les arrojó piedras. Ellos replicaron, y una piedra aguzada lo hirió en la mejilla. La sangre no cesaba de manar y pronto quedó cubierto de ella.

Linda le enseñó a leer. Con un trozo de carbón dibujaba figuras en la pared —un animal echado, un niño dentro de una botella—, y después escribía detrás: «EL GATO DUERME», «EL PEQUE ESTÁ EN EL BOTE». John aprendió de prisa y con facilidad. Cuando ya sabía leer todas las palabras que su madre escribía en la pared, Linda abrió su gran caja de madera y sacó de debajo de aquellos graciosos pantalones rojos que nunca llevaba un librito muy delgado. John lo había visto ya muchas veces.

—Cuando seas mayor —le decía siempre su madre— te dejaré leerlo.

Bueno, ahora ya era lo bastante mayor. John se sentía muy orgulloso.

—Temo que no lo encontrarás muy apasionante —dijo Linda—, pero es el único que tengo. —Y suspiró—. ¡Si pudieras ver las estupendas máquinas de leer que tenemos en Londres!

John empezó a leer. *El Condicionamiento químico y bacteriológico del embrión. Instrucciones prácticas para los trabajadores Beta del Almacén de Embriones.* Sólo leer el título le llevó un cuarto de hora. John arrojó el libro al suelo.

—¡Libro feo, libro feo! —exclamó.

Y se echó a llorar.

Los muchachos seguían cantando su horrible canción acerca de Linda. Y a veces se burlaban de él porque iba tan desharrapado. Cuando se le rompían los vestidos, Linda no sabía remendarlos. En el Otro Lugar, le dijo su madre, la gente tiraba la ropa vieja y se compraba otra nueva.

—¡Harapiento, harapiento! —le chillaban los muchachos.

«Pero yo sé leer —se decía John—, y ellos no. Ni siquiera saben lo que es leer.» No le era difícil, si se esforzaba en pensar en aquello, fingir que no le importaba que se burlaran de él. Pidió a Linda que volviera a prestarle el libro.

Cuanto más cantaban los muchachos y más lo señalaban con el dedo, tanto más ahincadamente leía. Pronto pudo leer todas las palabras. Hasta las más largas. Pero, ¿qué significaban? Se lo preguntó a Linda. Pero ni siquiera cuando ésta podía contestarle lo comprendía con claridad. Y generalmente ni siquiera podía contestarle.

—¿Qué son productos químicos? —le preguntaba.

—¡Oh! Cosas como sales de magnesio y alcohol para mantener a los Deltas y los Epsilones pequeños y retrasados, y carbonato de calcio para los huesos, y cosas por el estilo.

—Pero, ¿cómo se hacen los productos químicos, Linda? ¿De dónde salen?

—No lo sé. Se sacan de frascos. Y cuando los frascos quedan vacíos, se envía a buscar más al Almacén Químico. Supongo que la gente del Almacén Químico los fabrica. O acaso van a buscarlos a la fábrica. No lo sé. Yo no trabajaba en eso. Yo estaba ocupada en los embriones.

Y lo mismo ocurría con cualquier cosa que preguntara. Por lo visto, Linda apenas sabía nada. Los viejos del pueblo daban respuestas mucho más concretas.

«La semilla de los hombres y de todas las criaturas, la semilla del sol y la semilla de la tierra y la semilla del cielo, todo esto lo hizo Awonawilona de la Niebla Desarrolladora. El mundo tiene cuatro vientres; y Awonawilona enterró las semillas en el más bajo de los cuatro vientres. Y gradualmente las semillas empezaron a germinar...»

Un día (John calculó más tarde que ello debió de ocurrir poco después de haber cumplido los doce años), llegó a casa y encontró en el suelo del dormitorio un libro que no había visto nunca hasta entonces. Era un libro muy grueso y parecía muy viejo. Los ratones habían roído sus tapas; y algunas de sus páginas aparecían sueltas o arrugadas. John lo cogió y miró la portadilla. El libro se titulaba *Obras Completas de William Shakespeare.*

Linda yacía en la cama, bebiendo en una taza el hediondo *mescal.*

—Popé lo trajo —dijo. Su voz sonaba estropajosa y áspera, como si no fuese la suya—. Estaba en uno de los arcones de la Kiva de los Antílopes. Seguramente estaba allá desde hacía cientos de años. Supongo que así es, porque le he echado una ojeada y sólo dice tonterías. Un autor que estaba por civilizar. Aun así, te servirá para hacer prácticas de lectura.

Echó otro trago, apuró la taza, la dejó en el suelo, al lado de la cama, se volvió de lado, hipó una o dos veces y se durmió.

John abrió el libro al azar.

Nada, sólo vivir
en el rancio sudor de un lecho inmundo,
cociéndose en la corrupción, arrullándose y hacien-
[do el amor
sobre el maculado camastro...

Las extrañas palabras penetraron, rumorosas, en su mente, como la voz del trueno; como los tambores de las danzas de verano si los tambores supieran hablar; como los hombres que cantan el Canto del Maíz, tan hermoso que hacía llorar; como las palabras mágicas del viejo Mitsima sobre sus plumas, sus palos tallados y sus trozos de hueso y de piedra: *kiathla tsilu silokwe silokwe silokwe. Kiai silu silu, tsithl.* Pero mejor que las fórmulas mágicas de Mitsima, porque aquello significaba algo más, porque le hablaba *a él*; le hablaba maravillosamente, de una manera sólo a medias comprensible, con un poder mágico terriblemente bello, de Linda; de Linda que yacía allá, roncando, con la taza vacía junto a su cama; le hablaba de Linda y Popé, de Linda y Popé.

John odiaba a Popé cada vez más. Un hombre puede sonreír y sonreír y ser un villano. Un villano incapaz de remordimientos, traidor, cobarde, inhumano. ¿Qué significaban exactamente estas palabras? John sólo lo sabía a medias. Pero su magia era poderosa, y las palabras seguían resonando en su cerebro, y en cierta manera era como si hasta entonces no hubiese odiado realmente a Popé; como si no le hubiese odiado realmente porque nunca había sido capaz de expresar cuánto le odiaba. Pero ahora John tenía estas palabras, estas palabras que eran como tambores, como cantos, como fórmulas mágicas.

Un día, cuando John volvió a casa, después de sus juegos, encontró abierta la puerta del cuarto interior y los vio yaciendo los dos en la cama, dormidos: la blanca Linda, y Popé, casi negro a su lado, con un brazo bajo los hombros de ella y el otro encima de su pecho, con una de sus trenzas negras sobre la blanca garganta de Linda, como una serpiente que quisiera estrangularla. En el suelo, junto a la cama, había la calabaza de Popé y una taza. Linda roncaba.

John tuvo la sensación de que su corazón había desaparecido, dejando un hueco en su lugar. Sí, se sentía vacío. Vacío, y frío, y un tanto mareado, y como deslumbrado. Se apoyó en la pared para rehacerse un poco. Villano sin remordimientos, traidor, cobarde... Como tambores, como los hombres cuando cantan al maíz, como fórmulas mágicas, las palabras se repetían una y otra vez en su mente. John pasó del frío inicial a un súbito calor. Las mejillas, inyectadas en sangre, le ardían, la habitación vacilaba y se ensombrecía ante sus ojos. Rechinó los dientes.

«Lo mataré, lo mataré, lo mataré...», empezó a decir. Y, de pronto, surgieron otras palabras:

Cuando duerma, borracho, o esté enfurecido,
o goce del placer incestuoso de la cama...

La magia estaba de su parte, la magia lo explicaba todo y daba órdenes. John volvió al cuarto exterior. «Cuando duerma, borracho...» El cuchillo de cortar la carne estaba en el suelo, junto al hogar. John lo cogió y, de puntillas, se acercó de nuevo al umbral. «Cuando duerma, borracho; cuando duerma, borracho...» Cruzó corriendo la estancia y clavó el cuchillo —¡oh, la sangre!— dos veces, mientras Popé despertaba de su sueño; levantó la mano para volver a clavar el cuchillo, pero alguien le cogió la muñeca y —¡oh, oh!— se la retorció. John no podía moverse, estaba cogido, y veía los ojillos negros de Popé, muy cerca de él, mirándole fijamente. John desvió la mirada. En el hombro izquierdo de Popé aparecían dos cortes. «¡Oh, mira, sangre! —gritaba Linda—. ¡Sangre!» Nunca había podido soportar la vista de la sangre. Popé levantó la otra mano... «para pegarme», pensó John. Se puso rígido para aguantar el golpe. Pero la mano lo cogió por debajo del mentón y le obligó a levantar la cabeza y a mirar a Popé a los ojos. Durante largo rato, horas y más horas. Y de pronto —no pudo evitarlo— John empezó a llorar. Y Popé se echó a reír. «Anda, ve —dijo, en su lengua india—. Ve, mi valiente Thaiyuta.» Y John corrió al otro cuarto, a ocultar sus lágrimas.

—Ya tienes quince años —dijo el viejo Mitsima, en su lengua india—. Te enseñaré a modelar la arcilla.

En cuclillas, junto al río, trabajaron juntos.

—Ante todo —dijo Mitsima, cogiendo un terrón de arcilla húmeda entre sus manos—, haremos una luna pequeña.

El anciano aplastó el terrón dándole forma de disco, y después levantó sus bordes; la luna se convirtió en un bol.

Lenta, torpemente, John imitó los delicados gestos del anciano.

—Una luna, una taza y ahora una serpiente.

Mitsima cogió otro terrón de arcilla y formó con él un largo cilindro flexible, lo dobló hasta darle la forma de un círculo perfecto y lo colocó encima del borde del bol.

—Después otra serpiente, y otra, y otra.

Círculo tras círculo, Mitsima levantó los costados de la jarra; era estrecha en la parte inferior, se hinchaba hacia el centro y volvía a estrecharse en la parte del cuello. Mitsima modelaba, daba palmaditas, acariciaba y rascaba la arcilla; y al fin salió de sus manos el típico jarro de agua de Malpaís, si bien era de color blanco cremoso en lugar de negro, y blando todavía. La contrahecha imitación del jarro de Mitsima, obra de John, estaba a su lado. Mirando los dos jarros, John no pudo reprimir una carcajada.

—Pero el próximo será mejor —dijo.

Y empezó a humedecer otro terrón de arcilla.

Modelar, dar forma, sentir cómo sus dedos adquirían habilidad y fuerza le proporcionaba un placer extraordinario.

—«Vitamina A, Vitamina B, Vitamina C» —canturriaba, mientras trabajaba—. «La grasa está en el hígado, y el bacalao en el mar...»

Y también Mitsima cantaba: una canción sobre la matanza de un oso.

Trabajaron todo el día; y el día entero estuvo lleno de una felicidad intensa, absorbente.

—El próximo invierno —dijo el viejo Mitsima— te enseñaré a construir un arco.

John esperó largo rato delante de la casa; y al fin terminaron las ceremonias que se celebraban en el interior. La puerta se abrió y ellos salieron. Primero Kothlu, con la mano derecha extendida, fuertemente cerrado el puño, como si guardara una joya preciosa. Le seguía Kiakimé, también con la mano derecha extendida, pero cerrado el puño. Caminaban en silencio, y en silencio, detrás de ellos, seguían los hermanos, las hermanas, los primos y la gente mayor.

Salieron del pueblo, cruzando la altiplanicie. Al llegar al borde del acantilado se detuvieron, cara al sol matutino. Kothlu abrió el puño. Viose en la palma de su mano una pulgarada de blanca harina de maíz; Kothlu le echó un poco de su aliento, pronunciando unas palabras misteriosas y arrojó la harina, un puñado de polvo blanco, en dirección al sol. Kiakimé hizo lo mismo. Después el padre de Kiakimé avanzó un paso, y levantando un bastón litúrgico adornado con plumas, pronunció una larga oración y acabó arrojando el bastón en la misma dirección que había seguido la harina de maíz.

—Se acabó —dijo el viejo Mitsima en voz alta—. Están casados.

—Bueno —dijo Linda, cuando se volvieron—; yo sólo digo que no veo la necesidad de armar tanto alboroto por una insignificancia como ésta. En los países civilizados, cuando un muchacho desea a una chica, se limita a... Pero, ¿adónde vas, John?

John no le hizo caso y echó a correr, lejos, muy lejos, donde pudiera estar solo.

«Se acabó.» Las palabras del viejo Mitsima seguían resonando en su mente. «Se acabó, se acabó...» En silencio, y desde lejos, pero violenta, desesperadamente, sin esperanza alguna, John había amado a Kiakimé. Y ahora, todo había acabado. John tenía dieciséis años.

Cuando la luna fuese llena, en la Kiva de los Antílopes se revelarían muchos secretos, se ejecutarían muchos ritos ocultos. Los muchachos bajarían a la Kiva y saldrían de ella convertidos en hombres. Todos estaban un poco asustados y al mismo tiempo impacientes.

Al fin llegó el día. El sol fue al ocaso y apareció la luna. John fue con los demás. Ante la entrada de la Kiva esperaban unos hombres morenos; la escalera de mano descendía hacia las profundidades iluminadas por una luz rojiza. Ya los primeros habían empezado a bajar. De pronto, uno de los hombres avanzó, lo agarró por un brazo y lo sacó de la fila. John logró escapar de sus manos y volver a ocupar su lugar entre los otros. Esta vez el hombre lo agarró por los cabellos y le golpeó.

—¡Tú, no, albino!

—¡El hijo de perra, no! —gritó otro hombre.

Los muchachos rieron.

—¡Fuera!

John todavía no se decidía a separarse del grupo.

—¡Fuera! —volvieron a gritar los hombres.

Uno de ellos se agachó, cogió una piedra y se la arrojó.

—¡Fuera, fuera, fuera!

Cayó sobre él un chaparrón de guijarros. Sangrando, John huyó hacia las tinieblas. De la Kiva iluminada de rojo llegaba hasta él el rumor de unos cantos. El último muchacho había bajado ya la escalera. John se había quedado solo.

Solo, fuera del pueblo, en la desierta llanura de

la altiplanicie. A la luz de la luna, las rocas eran como huesos blanqueados. Abajo en el valle, los coyotes aullaban a la luna. Los arañazos le escocían y los cortes todavía le sangraban; pero no sollozaba por el dolor, sino porque estaba solo, porque lo habían arrojado, solo, a aquel mundo esquelético de rocas y luz de luna.

—Solo, siempre solo —decía el joven.

Las palabras despertaron un eco quejumbroso en la mente de Bernard. Solo, solo...

—También yo estoy solo —dijo, cediendo a un sincero impulso de confianza—. También yo estoy terriblemente solo.

—¿Tú? —John parecía sorprendido—. Yo creía que en el Otro Lugar... Linda siempre dice que allá nadie está solo.

Bernard se sonrojó, turbado.

—Verás —dijo, tartamudeando y sin mirarle—, yo soy bastante diferente de los demás, supongo. Si por azar uno es decantado diferente...

—Sí, esto es —asintió el joven—. Si uno es diferente, se ve condenado a la soledad. Los demás le tratan brutalmente. ¿Sabes que a mí me han mantenido alejado de todo? Cuando los otros muchachos fueron enviados a pasar la noche en las montañas, donde deben soñar cuál es su respectivo animal sagrado, a mí ni me dejaron ir con los otros; ni me revelaron ninguno de sus secretos. Pero yo lo hice todo por mí mismo —agregó—. Pasé cinco días sin comer absolutamente nada y una noche me marché solo a aquellas montañas.

Bernard sonrió con condescendencia

—¿Y soñaste algo? —preguntó.

El otro asintió con la cabeza.

—Pero no debo decirte lo que soñé. —Guardó silencio un momento, y después, en voz baja, prosiguió—: Una vez hice algo que ninguno de los demás ha hecho: un mediodía de verano, permanecí apoyado en una roca, con los brazos abiertos, como Jesús en la cruz.

—Pero, ¿por qué lo hiciste?

—Quería saber qué sensación producía ser crucificado. Colgar allá, al sol...

—Pero, ¿por qué?

—¿Por qué? Pues... —vaciló—. Porque sentía que debía hacerlo. Si Jesús pudo soportarlo... Además, si uno ha hecho algo malo... Por otra parte, yo no era feliz; y ésta era otra razón.

—A primera vista, parece una forma muy curiosa de poner remedio a la infelicidad —dijo Bernard.

Pero, pensándolo mejor, llegó a la conclusión de que, a fin de cuentas, algo había en ello. Quizá fuese mejor que tomar *soma*...

—Al cabo de un rato me desmayé —dijo el joven—. Caí boca abajo. ¿No ves la señal del corte que me hice?

Se levantó el mechón de pelo rubio que le cubría la frente, dejando al descubierto una cicatriz pálida que aparecía en su sien derecha.

Bernard miró y se apresuró a cambiar de tema.

—¿Te gustaría ir a Londres con nosotros? —preguntó, iniciando así el primer paso de una campaña cuya estrategia había empezado a elaborar en secreto desde el momento en que, en el interior de la casucha, había comprendido quién debía ser el «padre» de aquel joven salvaje—. ¿Te gustaría?

El rostro del muchacho se iluminó.

—¿Lo dices en serio?

—Claro; es decir, suponiendo que consiguiera el permiso.

—¿Y Linda también?

—Bueno...

Bernard vaciló. ¡Aquella odiosa criatura! No, era imposible. A menos que... De pronto, se le ocurrió a Bernard que la misma repulsión que Linda inspiraba podía constituir un buen triunfo.

—Pues, ¡claro que sí! —exclamó, esforzándose por compensar su vacilación con un exceso de cordialidad.

—¡Pensar que pudiera realizarse el sueño de toda mi vida! ¿Recuerdas lo que dice Miranda?

—¿Quién es Miranda?

Pero, evidentemente, el joven no había oído la pregunta.

—¡Oh, maravilla! —decía.

Sus ojos brillaban y su rostro ardía.

—¡Cuántas y cuán divinas criaturas hay aquí! ¡Cuán bella humanidad!

Su sonrojo se intensificó súbitamente; John pensaba en Lenina, en aquel ángel vestido de viscosa color verde botella, reluciente de juventud y de crema cutánea, llenita y sonriente. Su voz vaciló:

—¡Oh, maravilloso nuevo mundo! —empezó; pero de pronto se interrumpió; la sangre había abandonado sus mejillas; estaba blanco como el papel—. ¿Estás casado con ella? —preguntó.

—¿Si estoy qué?

—Casado. ¿Comprendes? Para siempre. Los indios, en su lengua lo dicen así: «Para siempre.» Un lazo que no puede romperse.

—¡Oh, no, por Ford!

Bernard no pudo por menos de reír.

John rió también, pero por otra razón. Rió de pura alegría.

—¡Oh, maravilloso nuevo mundo! —repitió—. ¡Oh, maravilloso nuevo mundo que alberga tales criaturas! ¡Vayamos allá!

—A veces hablas de una manera muy rara —dijo Bernard, mirando al joven con asombro y perplejidad—. Por otra parte, ¿no sería más prudente que esperaras a ver ese nuevo mundo?

CAPÍTULO IX

Tras aquel día de absurdo y horror, Lenina consideró que se había ganado el derecho a unas vacaciones completas y absolutas. En cuanto volvieron a la hospedería, se administró seis tabletas de medio gramo de *soma*; se echó en la cama, y al cabo de diez minutos se había embarcado hacia la eternidad lunar. Por lo menos tardaría dieciocho horas en volver a la realidad.

Entretanto, Bernard yacía meditabundo y con los ojos abiertos en la oscuridad. No se durmió hasta mucho después de la medianoche. Pero su insomnio no había sido estéril. Tenía un plan.

Puntualmente, a la mañana siguiente, a las diez, el ochavón del uniforme verde se apeó del helicóptero. Bernard le esperaba entre las pitas.

—Miss Crowne está de vacaciones de *soma* —explicó—. No estará de vuelta antes de las cinco. Por tanto, tenemos siete horas para nosotros.

Podía volar a Santa Fe, realizar su proyecto y estar de vuelta en Malpaís mucho antes de que Lenina despertara.

—¿Estará segura aquí? —preguntó.

—Segura como un helicóptero —le tranquilizó el ochavón.

Subieron al aparato y despegaron inmediatamente. A las diez y treinta y cuatro aterrizaron en la azotea de la Oficina de Correos de Santa Fe; a las diez y treinta y siete Bernard había logrado comunicación con el Despacho del Interventor Mundial, en Whitehall; a las diez y treinta y nueve hablaba con el cuarto secretario particular; a las diez y cuarenta y cuatro repetía su historia al primer secretario, y a las diez y cuarenta y siete y medio, la voz grave, resonante, del propio Mustafá Mond sonó en sus oídos.

—He osado pensar —tartamudeó Bernard— que Su Fordería podía juzgar el asunto de suficiente interés científico...

—En efecto, juzgo el asunto de suficiente interés científico —dijo la voz profunda—. Tráigase a esos dos individuos a Londres con usted.

—Su Fordería no ignora que necesitaré un permiso especial...

—En este momento —dijo Mustafá Mond— se están dando las órdenes necesarias al Guardián de la Reserva. Vaya usted inmediatamente al Despacho del Guardián. Buenos días, Mr. Marx.

Siguió un silencio. Bernard colgó el receptor y subió corriendo a la azotea.

El joven se hallaba ante la hospedería.

—¡Bernard! —llamó—. ¡Bernard!

No hubo respuesta.

Caminando silenciosamente sobre sus mocasines de piel de ciervo, subió corriendo la escalera e intentó abrir la puerta. Pero estaba cerrada.

¡Se había marchado! Aquello era lo más terrible que le había ocurrido en su vida. La muchacha le había invitado a ir a verles, y ahora se habían marchado. John se sentó en un peldaño y lloró.

Media hora después se le ocurrió echar una ojeada por la ventana. Lo primero que vio fue una maleta verde con las iniciales L. C. pintadas en la tapa. El júbilo se levantó en su interior como una hoguera. Cogió una piedra. El cristal roto cayó estrepitosamente al suelo. Un momento después, John se hallaba dentro del cuarto. Abrió la maleta verde; e inmediatamente se encontró respirando el perfume de Lenina, llenándose los pulmones con su ser esencial. El corazón le latía desbocadamente; por un momento estuvo a punto de desmayarse. Después, agachándose sobre la preciosa caja, la tocó, la levantó a la luz, la examinó. Las cremalleras del otro par de pantalones cortos de Lenina, de pana de viscosa, de momento le plantearon un problema que, una vez resuelto, le resultó una delicia. ¡Zis!, y después, ¡zas!, ¡zis! y después ¡zas! Estaba entusiasmado. Sus zapatillas verdes eran lo más hermoso que había visto en toda su vida. Desplegó un par de pantaloncitos interiores, se ruborizó y volvió a guardarlos inmediatamente; pero besó un pañuelo de acetato perfumado y se puso una bufanda al cuello. Abriendo una caja, levantó una nube de polvos perfumados. Las manos le quedaron enharinadas. Se las limpió en el pecho, en los hombros, en los brazos desnudos. ¡Delicioso perfume! Cerró los ojos y restregó la mejilla contra su brazo empolvado. Tacto de fina piel contra su rostro, perfume en su nariz de polvos delicados... su presencia real.

—¡Lenina! —susurró—. ¡Lenina!

Un ruido lo sobresaltó; se volvió con expresión culpable. Guardó apresuradamente en la maleta todo lo que había sacado de ella, y cerró la tapa; volvió a escuchar, mirando con los ojos muy abiertos. Ni una sola señal de vida; ni un sonido. Y, sin embargo, estaba seguro de haber oído algo, algo así como un suspiro, o como el crujir de una madera. Se acercó de puntillas a la puerta, y, abriéndola con cautela, se encontró ante un vasto descansillo. Al otro lado de la mesa había otra puerta, entornada. Se acercó a ella, la empujó, y asomó la cabeza.

Allá, en una cama baja, con el cobertor bajado, vestida con un breve pijama de una sola pieza, yacía Lenina, profundamente dormida y tan hermosa entre sus rizos, tan conmovedoramente infantil con sus rosados dedos de los pies y su grave cara sumida en el sueño, tan confiada en la indefensión de sus manos suaves y sus miembros relajados, que las lágrimas acudieron a los ojos de John.

Con una infinidad de precauciones completamente innecesarias —por cuanto sólo un disparo de pistola hubiera podido obligar a Lenina a volver de sus vacaciones de *soma* antes de la hora fijada—, John entró en el cuarto, se arrodilló en el suelo, al lado de la cama, miró, juntó las manos y sus labios se movieron.

—Sus ojos —murmuró.

Sus ojos, sus cabellos, sus mejillas, su andar, su voz;
los manejas en tu discurso; ¡oh, esa mano
a cuyo lado son los blancos tinta
cuyos propios reproches escribe; ante cuyo suave tacto
parece áspero el plumón de los cisnes...!

Una mosca revoloteaba cerca de ella; John la ahuyentó.

—Moscas —recordó.

En el milagro blanco de la mano de mi querida Ju-
[lieta
pueden detenerse y robar gracia inmortal de sus
[labios,
que, en su pura modestia de vestal,
se sonrojan creyendo pecaminosos sus propios besos.

Muy lentamente, con el gesto vacilante de quien se dispone a acariciar un ave asustadiza y posiblemente peligrosa, John avanzó una mano. Ésta permaneció suspendida, temblorosa, a dos centímetros de aquellos dedos inmóviles, al mismo borde del contacto. ¿Se atrevería? ¿Se atrevería a profanar con su indignísima mano aquella...? No, no se atrevió. El ave era demasiado peligrosa. La mano retrocedió, y cayó, lacia. ¡Cuán hermosa era Lenina! ¡Cuán bella!

Luego, de pronto John se encontró pensando que le bastaría coger el tirador de la cremallera, a la altura del cuello, y tirar de él hacia abajo, de un solo golpe... Cerró los ojos y movió con fuerza la cabeza, como un perro que se sacude las orejas al salir del agua. ¡Detestable pensamiento! John se sintió avergonzado de sí mismo. «Pura modestia de vestal...»

Oyóse un zumbido en el aire. ¿Otra mosca que pretendía robar gracias inmortales? ¿Una avispa, acaso? John miró a su alrededor, y no vio nada. El zumbido fue en aumento, y pronto resultó evidente que se oía en el exterior. ¡El helicóptero! Presa de pánico, John saltó sobre sus pies y corrió al otro cuarto, saltó por la ventana abierta y corriendo por el sendero que discurría entre las altas pitas llegó a tiempo de recibir a Bernard Marx en el momento en que éste bajaba del helicóptero.

CAPÍTULO X

Las manecillas de los cuatro mil relojes eléctricos de las cuatro mil salas del Centro de Blomsbury señalaban las dos y veintisiete minutos. La «industriosa colmena», como el director se complacía en llamarlo, se hallaba en plena fiebre de trabajo. Todo el mundo estaba atareado, todo se movía ordenadamente. Bajo los microscopios, agitando furiosamente sus largas colas, los espermatozoos penetraban de cabeza dentro de los óvulos, y fertilizados, los óvulos crecían, se dividían, o bien, bokanovskificados, echaban brotes y constituían poblaciones enteras de embriones. Desde la Sala de Predestinación Social las cintas sin fin bajaban al sótano, y allá, en la penumbra escarlata, calientes, cociéndose sobre su almohada de peritoneo y ahítos de sucedáneo de la sangre y de hormonas, los fetos crecían, o bien, envenenados, languidecían hasta convertirse en futuros Epsilones. Con un débil zumbido los estantes móviles reptaban imperceptiblemente, semana tras semana hacia donde, en la Sala de Decantación, los niños recién desenfrascados exhalaban su primer gemido de horror y sorpresa.

Las dínamos jadeaban en el subsótano, y los ascensores subían y bajaban. En los once pisos de las Guarderías era la hora de comer. Mil ochocientos niños, cuidadosamente etiquetados, extraían, simultáneamente, de mil ochocientos biberones, su medio litro de secreción externa pasteurizada.

Más arriba, en las diez plantas sucesivas destinadas a dormitorios, los niños y niñas que todavía eran lo bastante pequeños para necesitar una siesta, se hallaban tan atareados como todo el mundo, aunque ellos no lo sabían, escuchando inconscientemente las lecciones hipnopédicas de higiene y sociabilidad, de conciencia de clase y de vida erótica. Y más arriba aún, había las salas de juego, donde, por ser un día lluvioso, novecientos niños un poco mayores se divertían jugando con ladrillos, modelando con arcilla, o dedicándose a jugar al escondite o a los corrientes juegos eróticos.

¡Zmmm...! La colmena zumbaba, atareada, alegremente. ¡Alegres eran las canciones que tarareaban las muchachas inclinadas sobre los tubos de ensayo! Los predestinadores silboteaban mientras trabajaban, y en la Sala de Decantación se contaban chistes estupendos por encima de los frascos vacíos. Pero el rostro del director, cuando entró en la Sala de Fecundación con Henry Foster, aparecía grave, severo, petrificado.

—Un escarmiento público —decía—. Y en esta sala, porque en ella hay más trabajadores de casta alta que en ninguna otra de las del Centro. Le he dicho que viniera a verme aquí a las dos y media.

—Cumple su tarea admirablemente —dijo Henry, con hipócrita generosidad.

—Lo sé. Razón de más para mostrarme severo con él. Su eminencia intelectual entraña las correspondientes responsabilidades morales. Cuanto mayores son los talentos de un hombre, más grande es su poder de corromper a los demás. Y es mejor que sufra uno solo a que se corrompan muchos. Considere el caso desapasionadamente, Mr. Foster, y verá que no existe ofensa tan odiosa como la heterodoxia en el comportamiento. El asesino sólo mata al individuo, y, al fin y al cabo, ¿qué es un individuo? —Con un amplio ademán señaló las hileras de microscopios, los tubos de ensayo, las incubadoras—. Podemos fabricar otro nuevo con la mayor facilidad; tantos como queramos. La heterodoxia amenaza algo mucho más importante que la vida de un individuo; amenaza a la propia Sociedad. Sí, a la propia Sociedad —repitió—. Pero, ahí viene.

Bernard había entrado en la sala y se acercaba a ella pasando por entre las hileras de fecundadores. Su expresión jactanciosa, de confianza en sí mismo, apenas lograba disimular su nerviosismo. La voz con que dijo: «Buenos días, director» sonó demasiado fuerte, absurdamente alta; y cuando, para corregir su error, dijo: «Me pidió usted que acudiera aquí para hablarme», lo hizo con voz ridículamente débil.

—Sí, Mr. Marx —dijo el director enfáticamente—. Le pedí que acudiera a verme aquí. Tengo entendido que regresó usted de sus vacaciones anoche.

—Sí —contestó Bernard.

—Ssssí —repitió el director, acentuando la *s*, en un silbido como de serpiente. Luego, levantando súbitamente la voz, trompeteó—: Señoras y caballeros, señoras y caballeros.

El tarareo de las muchachas sobre sus tubos de

ensayo y el silboteo abstraído de los microscopistas cesaron súbitamente. Se hizo un silencio profundo; todos volvieron las miradas hacia el grupo central.

—Señoras y caballeros —repitió el director—, discúlpenme si interrumpo sus tareas. Un doloroso deber me obliga a ello. La seguridad y la estabilidad de la Sociedad se hallan en peligro. Sí, en peligro, señoras y caballeros. Este hombre —y señaló acusadoramente a Bernard—, este hombre que se encuentra ante ustedes, este Alfa-Más, a quien tanto le fue dado, y de quien, en consecuencia, tanto cabía esperar, este colega de ustedes, o mejor, acaso este *que fue* colega de ustedes, ha traicionado burdamente la confianza que pusimos en él. Con sus opiniones heréticas sobre el deporte y el *soma*, con la escandalosa heterodoxia de su vida sexual, con su negativa a obedecer las enseñanzas de Nuestro Ford y a comportarse fuera de las horas de trabajo «como un bebé en su frasco» —y al llegar a este punto el director hizo la señal de la T— se ha revelado como un enemigo de la Sociedad, un elemento subversivo, señoras y caballeros. Contra el Orden y la Estabilidad, un conspirador contra la misma Civilización. Por esta razón me propongo despedirle, despedirle con ignominia del cargo que hasta ahora ha venido ejerciendo en este Centro; y me propongo asimismo solicitar su transferencia a un Subcentro del orden más bajo, y, para que su castigo sirva a los mejores intereses de la sociedad, tan alejado como sea posible de cualquier Centro importante de población. En Islandia tendrá pocas oportunidades de corromper a otros con su ejemplo antifordiano —el director hizo una pausa; después, cruzando los brazos, se volvió solemnemente hacia Bernard—. Marx —dijo—, ¿puede usted alegar alguna razón por la cual yo no deba ejecutar el castigo que le he impuesto?

—Sí, puedo —contestó Bernard, en voz alta.

—Diga cuál es, entonces —dijo el director, un tanto asombrado, pero sin perder la dignidad majestuosa de su actitud.

—No sólo la diré, sino que la exhibiré. Pero está en el pasillo. Un momento. —Bernard se acercó rápidamente a la puerta y la abrió bruscamente—. Entre —ordenó.

Y la «razón» alegada entró y se hizo visible.

Se produjo un sobresalto, una suspensión del aliento de todos los presentes y, después, un murmullo de asombro y de horror; una chica joven chilló; estaba de pie encima de una silla para ver mejor, y, al vacilar, derramó dos tubos de ensayo llenos de espermatozoos. Abotagado, hinchado, entre aquellos cuerpos juveniles y firmes y aquellos rostros correctos, un monstruo de mediana edad, extraño y terrorífico, Linda, entró en la sala, sonriendo picaronamente con su sonrisa rota y descolorida, y moviendo sus enormes caderas en lo que pretendía ser una ondulación voluptuosa. Bernard andaba a su lado.

—Aquí está —dijo Bernard, señalando al director.

—¿Cree que no lo habría reconocido? —preguntó Linda, irritada; después, volviéndose hacia el director, agregó—: Claro que te reconocí, Tomakin; te hubiese reconocido en cualquier sitio, entre un millar de personas. Pero tal vez tú me habrás olvidado. ¿No te acuerdas? ¿No, Tomakin? Soy tu Linda. —Linda lo miraba con la cabeza ladeada, sonriendo todavía, pero con una sonrisa que progresivamente, ante la expresión de disgusto petrificado del director, fue perdiendo confianza hasta desaparecer del todo—. ¿No te acuerdas de mí, Tomakin? —repitió Linda, con voz temblorosa. Sus ojos aparecían ansiosos, agónicos. El rostro abotagado se deformó en una mueca de intenso dolor—. ¡Tomakin!

Linda le tendió los brazos. Algunos empezaron a reír por lo bajo.

—¿Qué significa —empezó el director— esta monstruosa...?

—¡Tomakin!

Linda corrió hacia delante, arrastrando tras de sí su manta, arrojó los brazos al cuello del director y ocultó el rostro en su pecho.

Levantóse una incontenible oleada de carcajadas.

—¿...esta monstruosa broma de mal gusto? —gritó el director.

Con el rostro encendido, intentó desasirse del abrazo de la mujer, que se aferraba a él desesperadamente.

—¡Pero si soy Linda, soy Linda! —las risas ahogaron su voz—. ¡Me hiciste un crío! —chilló Linda, por encima del rugir de las carcajadas.

Hubo un siseo súbito, de asombro; los ojos vagaban incómodamente, sin saber a dónde mirar. El director palideció súbitamente, dejó de luchar, y, todavía con las manos en las muñecas de Linda, se quedó mirándola a la cara, horrorizado.

—Sí, un crío..., y yo fui su madre.

Linda lanzó aquella obscenidad como un reto en el silencio ultrajado; después, separándose bruscamente de él, abochornada, se cubrió la cara con las manos, sollozando.

—No fue mía la culpa, Tomakin. Porque yo siempre hice mis ejercicios, ¿no es verdad? ¿No es verdad? Siempre... No comprendo cómo... ¡Si tú supieras cuán horrible fue, Tomakin...! A pesar de todo, el niño fue un consuelo para mí. —Y, volviéndose hacia la puerta, llamó—: ¡John!

John entró inmediatamente, hizo una breve pausa en el umbral, miró a su alrededor, y después, corriendo silenciosamente sobre sus mocasines de piel de ciervo, cayó de rodillas a los pies del director y dijo en voz muy clara:

—¡Padre!

Esta palabra (porque la voz «padre», que no implicaba relación directa con el desvío moral que entrañaba el hecho de alumbrar un hijo, no era tan obscena como grosera; era una incorrección más escatológica que pornográfica), la cómica suciedad de esta palabra alivió la tensión, que había llegado a hacerse insoportable. Las carcajadas estallaron, estruendosas, casi histéricas, encadenadas, como si no debieran cesar nunca. *¡Padre!* ¡Y era el director! *¡Padre!* ¡Oh, Ford! Era algo estupendo. Las risas se sucedían, los rostros parecían a punto de desintegrarse, y hasta los ojos se cubrían de lágrimas. Otros seis tubos de ensayo llenos de esparmatozoos fueron derribados. *¡Padre!*

Pálido, con los ojos fuera de sus órbitas, el director miraba a su alrededor en una agonía de humillación enloquecedora.

¡Padre! Las carcajadas, que habían dado muestras de desfallecer, estallaron más fuertes que nunca. El director se tapó los oídos con ambas manos y abandonó corriendo la sala.

CAPITULO XI

Después de la escena que había tenido lugar en la Sala de Fecundación, todos los londinenses de castas superiores se morían por aquella deliciosa criatura que había caído de rodillas ante el director de Incubación y Condicionamiento —o, mejor dicho, ante el ex director, porque el pobre hombre había dimitido inmediatamente y no había vuelto a poner los pies en el Centro— y le había llamado (¡el chiste era casi demasiado bueno para ser cierto!) «padre».

Linda, por el contrario, no tenía el menor éxito; nadie tenía el menor deseo de ver a Linda. Decir que una era madre era algo peor que un chiste: era una obscenidad. Además, Linda no era una salvaje auténtica; había sido incubada en un frasco y condicionada como todo el mundo, de modo que no podía tener ideas completamente extravagantes. Finalmente —y ésta era la razón más poderosa por la cual la gente no deseaba ver a la pobre Linda—, había la cuestión de su aspecto. Era gorda; había perdido su juventud; tenía los dientes estropeados y el rostro abotagado. ¡Y aquel rostro! ¡Oh, Ford! No se le podía mirar sin sentir mareos, auténticos mareos. Por eso las personas distinguidas estaban completamente decididas a *no* ver a Linda. Y Linda, por su parte, no tenía el menor deseo de verlas. El retorno a la civilización fue, para ella, el retorno al *soma,* la posibilidad de yacer en cama y tomarse vacaciones tras vacaciones, sin tener que volver de ellas con jaqueca o vómitos, sin tener que sentirse como se sentía siempre después de tomar *peyotl,* como si hubiese hecho algo tan vergonzosamente antisocial que nunca más había de poder llevar ya la cabeza alta. El *soma* no gastaba tales jugarretas. Las vacaciones que proporcionaba eran perfectas, y si la mañana siguiente resultaba desagradable, sólo era por comparación con el gozo de la víspera. La solución era fácil: perpetuar aquellas vacaciones. Glotonamente, Linda exigía cada vez dosis más elevadas y más frecuentes. Al principio, el doctor Shaw ponía objeciones; después le concedió todo el *soma* que quisiera. Linda llegaba a tomar hasta veinte gramos diarios.

—Lo cual acabará con ella en un mes o dos —confió el doctor a Bernard—. El día menos pensado el centro respiratorio se paralizará. Dejará de respirar. Morirá. Y no me parece mal. Si pudiéramos rejuvenecerla, la cosa sería distinta. Pero no podemos.

Cosa sorprendente, en opinión de todos (porque cuando estaba bajo la influencia del *soma,* Linda dejaba de ser un estorbo), John puso objeciones.

—Pero, ¿no le acorta usted la vida dándole tanto *soma*?

—En cierto sentido, sí —reconoció el doctor Shaw—. Pero, según como lo mire, se la alargamos.

El joven lo miró sin comprenderle.

—El *soma* puede hacernos perder algunos años de vida temporal —explicó el doctor—. Pero piense en la duración inmensa, enorme, de la vida que nos concede fuera del tiempo. Cada una de nuestras vacaciones de *soma* es un poco lo que nuestros antepasados llamaban «eternidad».

John empezaba a comprender.

—«La eternidad estaba en nuestros labios y nuestros ojos» —murmuró.

—¿Cómo?

—Nada.

—Desde luego —prosiguió el doctor Shaw—, no podemos permitir que la gente se nos marche a la eternidad a cada momento si tiene algún trabajo serio que hacer. Pero como Linda no tiene ningún trabajo serio...

—Sin embargo —insistió John—, no me parece justo.

El doctor se encogió de hombros.

—Bueno, si usted prefiere que esté chillando como una loca todo el tiempo...

Al fin, John se vio obligado a ceder. Linda consiguió el *soma* que deseaba. A partir de entonces permaneció en su cuartito de la planta treinta y siete de la casa de apartamentos de Bernard, en cama, con la radio y la televisión constantemente en marcha, el grifo de pachulí goteando, y las tabletas de *soma* al alcance de la mano; allá permaneció, y, sin embargo, no estaba allá, en absoluto; estaba siempre fuera, infinitamente lejos, de vacaciones; de vacaciones en algún otro mundo, donde la música de la radio era un laberinto de colores sonoros, un laberinto deslizante, palpitante, que conducía (a través de unos recodos inevitables, hermoscs) a un centro brillante de convicción absoluta; un mundo en el cual las imágenes danzantes de la televisión eran los actores de un sensorama cantado, indescriptiblemente delicioso; donde el pachulí que goteaba era algo más que un perfume: era el sol, era un millón de saxofones, era Popé haciendo el amor, y mucho más aún... incomparablemente más, y sin fin...

—No, no podemos rejuvenecer. Pero me alegro mucho de haber tenido esta oportunidad de ver un caso de senilidad del ser humano —concluyó el doctor Shaw—. Gracias por haberme llamado.

Y estrechó calurosamente la mano de Bernard.

Por consiguiente, era John a quien todos buscaban. Y como a John sólo cabía verle a través de Bernard, su guardián oficial, Bernard se vio tratado por primera vez en su vida no sólo normalmente, sino como una persona de importancia sobresaliente.

Ya no se hablaba de alcohol en su sucedáneo de la sangre, ni se lanzaban pullas a propósito de su aspecto físico.

—Bernard me ha invitado a ir a ver al Salvaje el próximo miércoles —anunció Fanny triunfalmente.

—Lo celebro —dijo Lenina—. Y ahora, reconoce que estabas equivocada en cuanto a Bernard. ¿No lo encuentras simpatiquísimo?

Fanny asintió con la cabeza.

—Y debo confesar —agregó— que me llevé una sorpresa muy agradable.

El Envasador Jefe, el director de Predestinación, tres Delegados Auxiliares de Fecundación, el Profesor de Sensoramas del Colegio de Ingeniería Emocional, el Deán de la Cantoría Comunal de Westminster, el Supervisor de Bokanovskificación... La lista de personajes que frecuentaba a Bernard era interminable.

—Y la semana pasada fui con seis chicas —confió Bernard a Helmholtz Watson—. Una el lunes, dos el martes, otras dos el viernes y una el sábado. Y si hubiese tenido tiempo o ganas, había al menos una docena más de ellas que sólo estaban deseando...

Helmholtz escuchaba sus jactancias en un silencio tan sombrío y desaprobador, que Bernard se sintió ofendido.

—Me envidias —dijo.

Helmholtz denegó con la cabeza.

—No, pero estoy muy triste; esto es todo —contestó.

Bernard se marchó irritado, y se dijo que no volvería a dirigir la palabra a Helmholtz.

Pasaron los días. El éxito se le subió a Bernard a la cabeza y le reconcilió casi completamente (como lo hubiese conseguido cualquier otro intoxicante) con un mundo que, hasta entonces, había juzgado poco satisfactorio. Desde el momento en que le reconocía a él como un ser importante, el orden de cosas era bueno. Pero, aun reconciliado con él por el éxito, Bernard se negaba a renunciar al privilegio de criticar este orden. Porque el hecho de ejercer la crítica aumentaba la sensación de su propia importancia, le hacía sentirse más grande. Además, creía de verdad que había cosas criticables. (Al mismo tiempo, gozaba de veras de su éxito y del hecho de poder conseguir todas las chicas que deseaba.) En presencia de quienes, con visitas al Salvaje, le hacían la corte, Bernard hacía una asquerosa exhibición de heterodoxia. Todos le escuchaban cortésmente. Pero, a sus espaldas, la gente movía la cabeza. «Este joven acabará mal», decían, y formulaban esta profecía confiadamente porque se proponían poner todo de su parte para que se cumpliera. «La próxima vez no encontrará otro Salvaje que lo salve por los pelos», decían. Pero, por el momento, había el primer Salvaje; valía la pena mostrarse corteses con Bernard.

—Más liviano que el aire —dijo Bernard, señalando hacia arriba.

Como una perla en el cielo, alto, muy alto por encima de ellos, el globo cautivo del Departamento Meteorológico brillaba, rosado, a la luz del sol.

«...es preciso mostrar a dicho Salvaje la vida civilizada en todos sus aspectos», decían las instrucciones de Bernard.

En aquel momento le estaba enseñando una vista panorámica de la misma, desde la plataforma de la Torre de Charing-T. El jefe de la Estación y el Meteorólogo Residente actuaban en calidad de guías. Pero Bernard llevaba prácticamente todo el peso de la conversación. Embriagado, se comportaba exactamente igual que si hubiese sido, como mínimo, un Interventor Mundial que estuviera de visita. Más liviano que el aire.

El Cohete Verde de Bombay cayó del cielo. Los pasajeros se apearon. Ocho mellizos dravídicos idénticos, vestidos de color caqui, asomaron por las ocho portillas de la cabina: los camareros.

—Mil doscientos cincuenta kilómetros por hora —dijo solemnemente el Jefe de la Estación—. ¿Qué le parece, Mr. Salvaje?

John lo encontró magnífico.

—Sin embargo —dijo—, Ariel podía poner un cinturón a la tierra en cuarenta minutos.

«El Salvaje —escribió Bernard en su informe a Mustafá Mond— muestra, sorprendentemente, escaso asombro o terror ante los inventos de la civilización. Ello se debe en parte, sin duda, al hecho de que había oído hablar de ellos a esa mujer llamada Linda, su m...»

Mustafá frunció el ceño. «¿Creerá ese imbécil que

soy demasiado ñoño para no poder ver escrita la palabra entera?»

«En parte porque su interés se halla concentrado en lo que él llama "el alma", que insiste en considerar como algo enteramente independiente del ambiente físico; por consiguiente, cuando intenté señalarle que...»

El Interventor se saltó las frases siguientes, y cuando se disponía a volver la hoja en busca de algo más interesante y concreto, sus miradas fueron atraídas por una serie de frases completamente extraordinarias. «...aunque debo reconocer —leyó— que estoy de acuerdo con el Salvaje en juzgar el infantilismo civilizado demasiado fácil o, como dice él, no lo bastante costoso; y quisiera aprovechar esta oportunidad para llamar la atención de Su Fordería hacia...»

La ira de Mustafá Mond cedió el paso casi inmediatamente al buen humor. La idea de que aquel individuo pretendiera solemnemente darle lecciones a él —a *él*— sobre el orden social, era realmente demasiado grotesco. El pobre tipo debía de haberse vuelto loco. «Tengo que darle una buena lección», se dijo; después echó la cabeza hacia atrás y soltó una fuerte carcajada. Por el momento, en todo caso... la lección podía esperar.

Se trataba de una pequeña fábrica de alumbrado para helicópteros, filial de la Sociedad de Equipos Eléctricos. Les recibieron en la misma azotea (porque los efectos de la circular de recomendación del Interventor eran mágicos) el Jefe Técnico y el Director de Elementos Humanos. Bajaron a la fábrica.

—Cada proceso de fabricación —explicó el director de Elementos Humanos— es confiado, dentro de lo posible, a miembros de un mismo Grupo de Bokanovsky.

Y, en efecto, ochenta y tres Deltas braquicéfalos, negros, y casi desprovistos de nariz, se hallaban trabajando en el estampado en frío. Los cincuenta y seis tornos y mandriles de cuatro brocas eran manejados por cincuenta y seis Gammas aguileños, color de jengibre. En la fundición trabajaban ciento siete Epsilones senegaleses especialmente condicionados para soportar el calor. Treinta y tres Deltas hembras, de cabeza alargada, rubias, de pelvis estrecha, y todas ellas de un metro sesenta y nueve centímetros de estatura, con diferencias máximas de veinte milímetros, cortaban tornillos. En la sala de montajes las dínamos eran acopladas por dos grupos de enanos Gamma-Más. Los dos bancos de trabajo, alargados, estaban situados uno frente al otro; entre ambos reptaba la cinta sin fin con su carga de piezas sueltas; cuarenta y siete cabezas rubias se alineaban frente a cuarenta y siete cabezas morenas. Cuarenta y siete chatos frente a cuarenta y siete narigudos; cuarenta y siete mentones escurridos frente a cuarenta y siete mentones salientes. Los aparatos, una vez acoplados, eran inspeccionados por dieciocho muchachas idénticas, el pelo castaño rizado, vestidas del color verde de los Gammas, embalados en canastas por cuarenta y cuatro Delta-Menos pernicortos y zurdos, y cargados en los camiones y carros por sesenta y tres Epsilones semienanos, de ojos azules, pelirrojos y pecosos.

—¡Oh, maravilloso nuevo mundo...!

Por una especie de chanza de su memoria, el Salvaje se encontró repitiendo las palabras de Miranda:

—¡Oh maravilloso nuevo mundo que alberga a tales seres!

—Y le aseguro —concluyó el director de Elementos Humanos, cuando salían de los talleres— que apenas tenemos problema alguno con nuestros obreros. Siempre encontramos...

Pero el Salvaje, súbitamente, se había separado de sus acompañantes y, oculto tras un macizo de laureles, estaba sufriendo violentas arcadas, como si la tierra firme hubiese sido un helicóptero en una bolsa de aire.

En Eton, aterrizaron en la azotea de la Escuela Superior. Al otro lado del Patio de la Escuela, los cincuenta y dos pisos de la Torre de Lupton destellaban al sol. La Universidad a la izquierda y la Cantoría Comunal de la Escuela a la derecha, levantaban su venerable cúmulo de cemento armado y «vita-cristal». En el centro del espacio cuadrangular se erguía la antigua estatua de acero cromado de Nuestro Ford.

El doctor Gaffney, el Preboste, y Miss Keate, la Maestra Jefe, les recibieron al bajar del aparato.

—¿Tienen aquí muchos mellizos? —preguntó el Salvaje, con aprensión, en cuanto empezaron la vuelta de inspección.

—¡Oh, no! —contestó el Preboste—. Eton está reservado exclusivamente para los muchachos y muchachas de las clases más altas. Un óvulo, un adulto. Desde luego, ello hace más difícil la instrucción. Pero como los alumnos están destinados a tomar sobre sí graves responsabilidades y a enfrentarse con contingencias inesperadas, no hay más remedio.

Y suspiró.

Bernard, entretanto, iniciaba la conquista de Miss Keate.

—Si está usted libre algún lunes, miércoles o viernes por la noche —le decía—, puede venir a mi casa. —Y, señalando con el pulgar al Salvaje, añadió—: Es un tipo curioso, ¿sabe usted? Estrafalario.

Miss Keate sonrió (y su sonrisa le pareció a Bernard realmente encantadora).

—Gracias —dijo—. Me encantará asistir a una de sus fiestas.

El Preboste abrió la puerta.

Cinco minutos en el aula de los Alfa-Doble-Más dejaron a John un tanto confuso.

—¿Qué es la relatividad elemental? —susurró a Bernard.

Bernard intentó explicárselo, pero, cambiando de opinión, sugirió que pasaran a otra aula.

Tras una puerta del corredor que conducía al aula de Geografía de los Beta-Menos, una voz de soprano, muy sonora, decía:

—Uno, dos, tres, cuatro. —Y después, con irritación fatigada—: Como antes.

—Ejercicios maltusianos —explicó la Maestra Jefe—. La mayoría de nuestras muchachas son hermafroditas, desde luego. Yo lo soy también. —Sonrió a Bernard—. Pero tenemos a unas ochocientas alumnas no esterilizadas que necesitan ejercicios constantes.

En el aula de Geografía de los Beta-Menos, John se enteró de que «una Reserva para Salvajes, es un lugar que, debido a sus condiciones climáticas o geológicas desfavorables, o por su pobreza en recursos naturales, no ha merecido la pena civilizar». Un breve chasquido, y de pronto el aula quedó a oscuras; en la pantalla situada encima de la cabeza del profesor, aparecieron los *Penitentes* de Acoma postrándose ante Nuestra Señora, gimiendo como John les había oído gemir, confesando sus pecados ante Jesús crucificado o ante la imagen del águila de Pukong. Los jóvenes etonianos reían estruendosamente. Sin dejar de gemir, los *Penitentes* se levantaron, se desnudaron hasta la cintura, y con látigos de nudos, empezaron a azotarse. Las carcajadas, más sonoras todavía, llegaron a ahogar los gemidos de los *Penitentes*.

—Pero, ¿por qué se ríen? —preguntó el Salvaje, dolido y asombrado a un tiempo.

—¿Por qué? —El Preboste volvió hacia él el rostro, en el que todavía retozaba una ancha sonrisa—. ¿Por qué? Pues... porque resulta extraordinariamente gracioso.

En la penumbra cinematográfica, Bernard aventuró un gesto que, en el pasado, ni siquiera en las más absolutas tinieblas hubiese osado intentar. Fortalecido por su nueva sensación de importancia, pasó un brazo por la cintura de la Maestra Jefe. La cintura cedió a su abrazo, doblándose como un junco. Bernard se disponía a esbozar un beso o dos, o quizás un pellizco, cuando se hizo de nuevo la luz.

—Tal vez será mejor que sigamos —dijo Miss Keate.

Y se dirigió hacia la puerta.

Un momento más tarde, el Preboste dijo:

—Ésta es la sala de Control Hipnopédico.

Cientos de aparatos de música sintética, uno para cada dormitorio, aparecían alineados en estantes colocados en tres de los lados de la sala; en la cuarta pared se hallaban los agujeros donde debían colocarse los rollos de pista sonora en los que se imprimían las diversas lecciones hipnopédicas.

—Basta colocar el rollo aquí —explicó Bernard, interrumpiendo al doctor Gaffney—, pulsar este botón...

—No, este otro —le corrigió el Preboste, irritado.

—O este otro, da igual. El rollo se va desenrollando. Las células de selenio transforman los impulsos luminosos en ondas sonoras, y...

—Y ya está —concluyó el doctor Gaffney.

—¿Leen a Shakespeare? —preguntó el Salvaje mientras se dirigían hacia los laboratorios Bioquímicos, al pasar por delante de la Biblioteca de la Escuela.

—Claro que no —dijo la Maestra Jefe, sonrojándose.

—Nuestra Biblioteca —explicó el doctor Gaffney— contiene sólo libros de referencia. Si nuestros jóvenes necesitan distracciones pueden ir al sensorama. Por principio no los animamos a dedicarse a diversiones solitarias.

Cinco autocares llenos de muchachos y muchachas

que cantaban o permanecían silenciosamente abrazados, pasaron por su lado, por la pista vitrificada.

—Vuelven del Crematorio de Slough —explicó el doctor Gaffney, mientras Bernard, en susurros, se citaba con la Maestra Jefe para aquella misma noche—. El condicionamiento ante la muerte empieza a los dieciocho meses. Todo crío pasa dos mañanas cada semana en un Hospital de Moribundos. En estos hospitales encuentran los mejores juguetes, y se les obsequia con helado de chocolate los días que hay defunción. Así aprenden a aceptar la muerte como algo completamente corriente.

—Como cualquier otro proceso fisiológico —exclamó la Maestra Jefe, profesionalmente.

Ya estaba decidido: a las ocho en el «Savoy».

De vuelta a Londres, se detuvieron en la fábrica de la Sociedad de Televisión de Brentford.

—¿Te importa esperarme aquí mientras voy a telefonear? —preguntó Bernard.

El Salvaje esperó, sin dejar de mirar a su alrededor. En aquel momento cesaba en su trabajo el Turno Diurno Principal. Una muchedumbre de obreros de casta inferior formaban cola ante la estación del monorraíl: setecientos u ochocientos Gammas, Deltas y Epsilones, hombres y mujeres, entre los cuales sólo había una docena de rostros y de estatura diferentes. A cada uno de ellos, junto con el billete, el cobrador le entregaba una cajita de píldoras. El largo ciempiés humano avanzaba lentamente.

Recordando *El mercader de Venecia,* el Salvaje preguntó a Bernard, cuando éste se le reunió:

—¿Qué hay en esas cajitas?

—La ración diaria de *soma* —contestó Bernard, un tanto confusamente, porque en aquel momento masticaba una pastilla de goma de mascar de las que le había regalado Benito Hoover—. Se las dan cuando han terminado su trabajo cotidiano. Cuatro tabletas de medio gramo. Y seis los sábados.

Cogió afectuosamente del brazo a John, y así, juntos, se dirigieron hacia el helicóptero.

Lenina entró canturriando en el Vestuario.

—Pareces encantada de la vida —dijo Fanny.

—Lo estoy —contestó Lenina. ¡Zas!—. Bernard me llamó hace media hora. —¡Zas! ¡Zas! Se quitó los pantalones cortos—. Tiene un compromiso inesperado —¡Zas!—. Me ha preguntado si esta noche quiero llevar al Salvaje al sensorama. Debo darme prisa.

Y se dirigió corriendo hacia el baño.

Es «una chica con suerte», se dijo Fanny, viéndola alejarse.

El Segundo Secretario del Interventor Mundial Residente la había invitado a cenar y a desayunar. Lenina había pasado un fin de semana con el Ford Juez Supremo, y otro con el Archiduque Comunal de Canterbury. El Presidente de la Sociedad de Secreciones Internas y Externas la llamaba constantemente por teléfono, y Lenina había ido a Deauville con el Gobernador-Diputado del Banco de Europa.

—Es maravilloso, desde luego. Y, sin embargo, en cierto modo —había confesado Lenina a Fanny— tengo la sensación de conseguir todo esto haciendo trampa. Porque, naturalmente, lo primero que quieren saber todos es qué tal resulta hacer el amor con un Salvaje. Y tengo que decirles que no lo sé. —Lenina movió la cabeza—. La mayoría de ellos no me creen, desde luego. Pero es la pura verdad. Ojalá no lo fuera —agregó, tristemente; y suspiró—. Es guapísimo, ¿no te parece?

—Pero, ¿es que no le gustas? —preguntó Fanny.

—A veces creo que sí, y otras creo que no. Siempre procura evitarme; sale de su estancia cuando yo entro en ella; no quiere tocarme; ni siquiera mirarme. Pero a veces me vuelvo súbitamente, y lo pillo mirándome; y entonces..., bueno, ya sabes cómo te miran los hombres cuando les gustas.

Sí, Fanny lo sabía.

—No llego a entenderlo —dijo Lenina.

No lo entendía, y ello no sólo la turbaba, sino que la transformaba profundamente.

—Porque, ¿sabes, Fanny?, me gusta mucho.

Le gustaba cada vez más. «Bueno, hoy se me ofrece una excelente ocasión», pensaba, mientras se perfumaba, después del baño. Unas gotas más de perfume; un poco más. «Una ocasión excelente.» Su buen humor se vertió en una canción:

> *Abrázame hasta embriagarme de amor,*
> *bésame hasta dejarme en coma;*
> *abrázame, amor, arrímate a mí;*
> *el amor es tan bueno como el* soma.

Arrellanados en sus butacas neumáticas, Lenina y el Salvaje olían y escuchaban. Hasta que llegó el momento de ver y palpar también.

Las luces se apagaron; y en las tinieblas surgieron unas letras llameantes, sólidas, que parecían flotar en el aire. *Tres semanas en helicóptero.* Un filme sensible, supercantado, hablado sintéticamente, en color y estereoscópico, con acompañamiento sincronizado de órgano de perfumes.

—Agarra esos pomos metálicos de los brazos de tu butaca —susurró Lenina—. De lo contrario no notarás los efectos táctiles.

El Salvaje obedeció sus instrucciones.

Entretanto, las letras llameantes habían desaparecido; siguieron diez segundos de oscuridad total; después, súbitamente, cegadoras e incomparablemente más «reales» de lo que hubiesen podido parecer de haber sido de carne y hueso, más reales que la misma realidad, aparecieron las imágenes estereoscópicas, abrazadas, de un negro gigantesco y una hembra Beta-Más rubia y braquicéfala.

El Salvaje se sobresaltó. ¡Aquella sensación en sus propios labios! Se llevó una mano a la boca; las cosquillas cesaron; volvió a poner la mano izquierda en el pomo metálico y volvió a sentirlas. Entretanto, el órgano de perfumes exhalaba almizcle puro. Agónica, una superpaloma zureaba en la pista sonora: «¡Oh..., oooh...!» Y, vibrando a sólo treinta y dos veces por segundo, una voz más grave que el bajo africano contestaba: «¡Ah..., aaah! ¡Oh, oooh! ¡Ah..., aaah!» Los labios estereoscópicos se unieron nuevamente, y una vez más las zonas erógenas faciales de los seis mil espectadores del «Alhambra» se estremecieron con un placer galvánico casi intolerable. «¡Ohhh...!»

El argumento de la cinta era sumamente sencillo. Pocos minutos después de los primeros «Ooooh» y «Aaaah» (tras el canto de un dúo y una escena de amor en la famosa piel de oso, cada uno de cuyos pelos —el Predestinador Ayudante tenía toda la razón— podía palparse separadamente), el negro sufría un accidente de helicóptero y caía de cabeza. ¡Plas! ¡Qué golpe en la frente! Un coro de ayes se levantó del público.

El golpe hizo añicos todo el condicionamiento del negro, quien sentía a partir de aquel momento una pasión exclusiva y demente por la rubia Beta. La muchacha protestaba. Él insistía. Había luchas, persecuciones, un ataque a un rival, y, finalmente, un rapto sensacional. La Beta rubia era arrebatada por los aires y debía pasar tres semanas suspendida en el cielo, en un *tête-à-tête* completamente antisocial con el negro loco. Finalmente, tras un sinfín de aventuras y de acrobacias aéreas, tres guapos jóvenes Alfas lograban rescatarla. El negro era enviado a un Centro de Recondicionamiento de Adultos, y la cinta terminaba feliz y decentemente cuando la Beta rubia se convertía en la amante de sus tres salvadores. Después la alfombra de piel de oso hacía su aparición final y, entre el estridor de los saxofones, el último beso estereoscópico se desvanecía en la oscuridad y la última titilación eléctrica moría en los labios como una mosca moribunda que se estremece una y otra vez, cada vez más débilmente, hasta que al fin se inmoviliza definitivamente.

Pero, en Lenina, la mosca no murió del todo. Aun después de encendidas las luces, mientras se dirigían con la muchedumbre, arrastrando los pies, hacia los ascensores, su fantasma seguía cosquilleándole en los labios, seguía trazando surcos estremecidos de ansiedad y placer en su piel. Sus mejillas estaban arreboladas, sus ojos brillaban, y respiraba afanosamente. Lenina cogió el brazo del Salvaje y lo apretó contra su costado. El Salvaje la miró un momento, pálido, dolorido, lleno de deseo y al mismo tiempo avergonzado de su propio deseo. Él no era digno, no...

Los ojos de Lenina y los del Salvaje coincidieron un instante. ¡Qué tesoros prometían los de ella! El Salvaje se apresuró a desviar los suyos, y soltó el brazo que ella le sujetaba.

—Creo que no deberías ver cosas como ésas —dijo al fin el muchacho, apresurándose a atribuir a las circunstancias ambientales todo reproche por cualquier pasado o futuro fallo en la perfección de Lenina.

—¿Cosas como qué, John?

—Como esa horrible película.

—¿Horrible? —Lenina estaba sinceramente asombrada—. Yo la he encontrado estupenda.

—Era abyecta —dijo el Salvaje, indignado—, innoble...

—No te entiendo —contestó Lenina.

¿Por qué era tan raro? ¿Por qué se empeñaba en estropearlo todo?

En el taxicóptero, el Salvaje apenas la miró. Atado por unos poderosos votos que jamás habían sido pronunciados, obedeciendo a leyes que habían prescrito desde hacía muchísimo tiempo, permanecía sen tado en silencio, con el rostro vuelto hacia otra parte. De vez en cuando, como si un dedo pulsara una cuerda tensa, a punto de romperse, todo su cuerpo se estremecía en un súbito sobresalto nervioso.

El taxicóptero aterrizó en la azotea de la casa de Lenina. «Al fin —pensó ésta, llena de exultación, al apearse—. Al fin», a pesar de que hasta aquel momento el Salvaje se había comportado de manera muy extraña. De pie bajo un farol, Lenina se miró en el espejo de mano. «Al fin.» Sí, la nariz le brillaba un poco. Sacudió los polvos de su borla. Mientras el Salvaje pagaba el taxi tendría tiempo de arreglarse. Lenina se empolvó la nariz, pensando: «Es guapísimo. No tenía por qué ser tímido como Bernard... Y sin embargo... Cualquier otro ya lo hubiese hecho hace tiempo. Pero ahora, al fin...» El fragmento de su rostro que se reflejaba en el espejito redondo le sonrió.

—Buenas noches —dijo una voz ahogada detrás de ella.

Lenina se volvió en redondo. El Salvaje se hallaba de pie en la puerta del taxi, mirándola fijamente; era evidente que no había cesado de mirarla todo el rato, mientras ella se empolvaba, esperando —pero, ¿a qué?—, o vacilando, esforzándose por decidirse, y pensando todo el rato, pensando... Lenina no podía imaginar qué clase de extraños pensamientos.

—Buenas noches, Lenina —repitió el Salvaje.

—Pero, John... Creí que ibas a... Quiero decir que, ¿no vas a...?

El Salvaje cerró la puerta y se inclinó para decir algo al piloto. El taxicóptero despegó.

Mirando hacia abajo por la ventanilla practicada en el suelo del aparato, el Salvaje vio la cara de Lenina, levantada hacia arriba, pálida a la luz azulada de los faroles. Con la boca abierta, lo llamaba. Su figura, achaparrada por la perspectiva, se perdió en la distancia; el cuadro de la azotea, cada vez más pequeño, parecía hundirse en un océano de tinieblas.

Cinco minutos después, el Salvaje estaba en su habitación. Sacó de su escondrijo el libro roído por los ratones, volvió con cuidado religioso sus páginas manchadas y arrugadas, y empezó a leer *Otelo*. Recordaba que Otelo, como el protagonista de *Tres semanas en helicóptero*, era un negro.

CAPÍTULO XII

Bernard tuvo que gritar a través de la puerta cerrada; el Salvaje se negaba a abrirle.

—¡Pero si están todos aquí, esperándote!

—Que esperen —dijo la voz, ahogada por la puerta.

—Sabes de sobra, John —¡cuán difícil resulta ser persuasivo cuando hay que chillar a voz en grito!—, que los invité, que los invité precisamente para que te conocieran.

—Antes debiste preguntarme a *mí* si deseaba conocerles a *ellos*.

—Hasta ahora siempre viniste, John.

—Precisamente por esto no quiero volver.

—Hazlo sólo por complacerme —imploró Bernard.

—No.

—¿Lo dices en serio?

—Sí.

Desesperado, Bernard baló.

—Pero, ¿qué voy a hacer?

—¡Vete al infierno! —gruñó la voz exasperada desde dentro de la habitación.

—Pero, ¡si esta noche ha venido el Archichantre Comunal de Canterbury!

Bernard casi lloraba.

—*Ai yaa tákwa!* —Sólo en lengua zuñí podía expresar adecuadamente el Salvaje lo que pensaba del Archichantre de Canterbury—. *Háni!* —agregó, como pensándolo mejor; y después, con ferocidad burlona, agregó—: *Sons éso tse-ná.*

Y escupió en el suelo como hubiese podido hacerlo el mismo Popé.

Al fin Bernard tuvo que retirarse, abrumado, a sus habitaciones y comunicar a la impaciente asamblea que el Salvaje no aparecería aquella noche. La noticia fue recibida con indignación. Los hombres estaban furiosos por el hecho de haber sido inducidos a tratar con cortesía a aquel tipo insignificante, de mala fama y opiniones heréticas. Cuanto más elevada era su posición, más profundo era su resentimiento.

—¡Jugarme a mí esta mala pasada! —repetía el Archichantre una y otra vez—. ¡A *mí*!

En cuanto a las mujeres, tenían la sensación de

haber sido seducidas con engaños por aquel hombrecillo raquítico, en cuyo frasco alguien había echado alcohol por error, por aquel ser cuyo físico era el propio de un Gamma-Menos. Era un ultraje, y lo decían así mismo, y cada vez con voz más fuerte.

Sólo Lenina no dijo nada. Pálida, con sus ojos azules nublados por una insólita melancolía, permanecía sentada en un rincón, aislada de cuantos la rodeaban por una emoción que ellos no compartían.

Había ido a la fiesta llena de un extraño sentimiento de ansiosa exultación. «Dentro de pocos minutos —se había dicho, al entrar en la estancia— lo veré, le hablaré, le diré (porque estaba completamente decidida) que me gusta más que nadie en el mundo. Y entonces tal vez él dirá...»

¿Qué diría el Salvaje? La sangre había afluido a las mejillas de Lenina.

«¿Por qué se comportó de manera tan extraña la otra noche, después del sensorama? ¡Qué raro estuvo! Y, sin embargo, estoy completamente cierta de que le gusto. Estoy segura...»

En aquel momento Bernard había soltado la noticia: el Salvaje no asistiría a la fiesta.

Lenina experimentó súbitamente todas las sensaciones que se observan al principio de un tratamiento con sucedáneo de Pasión Violenta: un sentimiento de horrible vaciedad, de aprensión, casi de náuseas. Le pareció que el corazón dejaba de latirle.

—Realmente es un poco fuerte —decía la Maestra Jefe de Eton al director de Crematorios y Recuperación de Fósforo—. Cuando pienso que he llegado a...

—Sí —decía la voz de Fanny Crowne—, lo del alcohol es absolutamente cierto. Conozco a un tipo que conocía a uno que en aquella época trabajaba en el Almacén de Embriones. Éste se lo dijo a mi amigo, y mi amigo me lo dijo a mí...

—Una pena, una pena —decía Henry Foster, compadeciendo al Archichantre Comunal—. Puede que le interese a usted saber que nuestro ex director estaba a punto de trasladarle a Islandia.

Atravesado por todo lo que se decía en su presencia, el hinchado globo de la autoconfianza de Bernard perdía por mil heridas. Pálido, derrengado, abyecto y desolado, Bernard se agitaba entre sus invitados, tartamudeando excusas incoherentes, asegurándoles que la próxima vez el Salvaje asistiría, invitándoles a sentarse y a tomar un bocadillo de carotina, una rodaja de *pâté* de vitamina A, o una copa de sucedáneo de champaña. Los invitados comían, sí, pero le ignoraban; bebían y lo trataban bruscamente o hablaban de él entre sí, en voz alta y ofensivamente, como si no se hallara presente.

—Y ahora, amigos —dijo el Archichantre de Canterbury, con su hermosa y sonora voz, la voz con que conducía los oficios de las celebraciones del Día de Ford—, ahora, amigos, creo que ha llegado el momento...

Se levantó, dejó la copa, se sacudió del chaleco de viscosa púrpura las migajas de una colación considerable, y se dirigió hacia la puerta.

Bernard se lanzó hacia delante para detenerle.

—¿De verdad debe marcharse, Archichantre...? Es muy temprano todavía. Yo esperaba que...

¡Oh, sí, cuántas cosas había esperado desde el momento que Lenina le había dicho confidencialmente que el Archichantre Comunal aceptaría una invitación si se la enviaba! «¡Es simpatiquísimo!» Y había enseñado a Bernard la pequeña cremallera de oro, con el tirador en forma de T, que el Archichantre le había regalado en recuerdo del fin de semana que Lenina había pasado en la Cantoría Diocesana. «Asistirán el Archichantre Comunal de Canterbury y Mr. Salvaje.» Bernard había proclamado su triunfo en todas las invitaciones enviadas. Pero el Salvaje había elegido aquella noche, precisamente aquella noche, para encerrarse en su cuarto y gritar: «*Háni!*», y hasta (menos mal que Bernard no entendía el zuñí) «*Sons éso tsená!*» Lo que había de ser el momento cumbre de toda la carrera de Bernard se había convertido en el momento de su máxima humillación.

—Había confiado tanto en que... —repetía Bernard, tartamudeando y alzando los ojos hacia el gran dignatario con expresión implorante y dolorida.

—Mi joven amigo —dijo el Archichantre Comunal en un tono de alta y solemne severidad; se hizo un silencio general—. Antes de que sea demasiado tarde. Un buen consejo. —Su voz se hizo sepulcral—. Enmiéndese, mi joven amigo, enmiéndese.

Hizo la señal de la T sobre su cabeza y se volvió.

—Lenina, querida —dijo en otro tono—. Ven conmigo.

Arriba, en su cuarto, el Salvaje leía *Romeo y Julieta.*

Lenina y el Archichantre Comunal se apearon en la azotea de la Cantoría.

—Date prisa, mi joven amiga..., quiero decir, Lenina —la llamó el Archichantre, impaciente, desde la puerta del ascensor.

Lenina, que se había demorado un momento para mirar la luna, bajó los ojos y cruzó rápidamente la azotea para reunirse con él.

«Una nueva Teoría de Biología.» Éste era el título del estudio que Mustafá Mond acababa de leer. Permaneció sentado algún tiempo, meditando, con el ceño fruncido, y después cogió la pluma y escribió en la portadilla: «El tratamiento matemático que hace el autor del concepto de finalidad es nuevo y altamente ingenioso, pero herético y, con respecto al presente orden social, peligroso y potencialmente subversivo. *Prohibida su publicación.*» Subrayó estas últimas palabras. «Debe someterse a vigilancia al autor. Es posible que se imponga su traslado a la Estación Biológica marítima de Santa Elena.» «Una verdadera lástima», pensó mientras firmaba. Era un trabajo excelente. Pero en cuanto se empezaba a admitir explicaciones finalistas... bueno, nadie sabía a dónde podía llegarse.

Con los ojos cerrados y extasiado el rostro, John recitaba suavemente al vacío:

¡Ella enseña a las antorchas a arder con fulgor!
Y parece prender sobre la mejilla de la noche
como una rica joya en la oreja de un etíope;
belleza excesiva para ser usada;
demasiada para la tierra.

La T de oro pendía, refulgente, sobre el pecho de Lenina. El Archichantre Comunal, juguetonamente, la cogió, y tiró de ella lentamente.

Rompiendo un largo silencio, Lenina dijo de pronto:

—Creo que será mejor que tome un par de gramos de *soma*.

A aquellas horas, Bernard dormía profundamente, sonriendo al paraíso particular de sus sueños. Sonriendo, sonriendo. Pero, inexorablemente, cada treinta segundos, la manecilla del reloj eléctrico situado encima de su cama saltaba hacia delante, con un chasquido casi imperceptible. Clic, clic, clic, clic... Y llegó la mañana. Bernard estaba de vuelta, entre las miserias del espacio y del tiempo. Cuando se dirigió en taxi a su trabajo en el Centro de Condicionamiento, se hallaba de muy mal humor. La embriaguez del éxito se había evaporado; volvía a ser él mismo, el de antes; y por contraste con el hinchado balón de las últimas semanas, su antiguo yo parecía muchísimo más pesado que la atmósfera que lo rodeaba.

El Salvaje, inesperadamente se mostró muy comprensivo con aquel Bernard deshinchado.

—Te pareces más al Bernard que conocí en Malpaís —dijo, cuando Bernard, en tono quejumbroso, le hubo confiado su fracaso—. ¿Recuerdas la primera vez que hablamos? Fuera de la casucha. Ahora eres como entonces.

—Porque vuelvo a ser desdichado, he aquí el porqué.

—Bueno, pues yo preferiría ser desdichado antes que gozar de esa felicidad falsa, embustera, que tenéis aquí.

—¡Hombre, me gusta eso! —dijo Bernard con amargura—. ¡Cuando tú tienes la culpa de todo! Al negarte a asistir a mi fiesta lograste que todos se revolvieran contra mí.

Bernard sabía que lo que decía era absurdo e injusto; admitía en su interior, y hasta en voz alta, la verdad de todo lo que el Salvaje le decía acerca del poco valor de unos amigos que, ante tan leve provocación, podían trocarse en feroces enemigos. Pero, a pesar de saber todo esto y de reconocerlo, a pesar del hecho de que el consuelo y el apoyo de su amigo eran ahora su único sostén, Bernard siguió alimentando, simultáneamente con su sincero pesar, un secreto agravio contra el Salvaje, y no cesó de meditar un plan de pequeñas venganzas a desarrollar contra él mismo. Alimentar un agravio contra el Archichantre comunal hubiese sido inútil; y no había posibilidad alguna de vengarse del Envasador Jefe o del Practicante Ayudante. Como víctima, el Salvaje poseía, para Bernard, una gran cualidad por encima de los demás: era vulnerable, era accesible. Una de las principales funciones de nuestros amigos estriba en sufrir (en formas más suaves y simbólicas) los castigos que querríamos infligir, y no podemos, a nuestros enemigos.

El otro amigo-víctima de Bernard era Helmholtz. Cuando, derrotado, Bernard acudió a él e imploró de nuevo su amistad, que en sus días de prosperidad había juzgado inútil conservar, Helmholtz se la concedió.

En su primera entrevista después de la reconciliación, Bernard le soltó toda la historia de sus desdichas y aceptó sus consuelos. Pocos días después se enteró, con sorpresa y no sin cierto bochorno, de que él no era el único en hallarse en apuros. También Helmholtz había entrado en conflicto con la Autoridad.

—Fue por unos versos —le explicó Helmholtz—. Yo daba mi curso habitual de Ingeniería Emocional Superior para alumnos de tercer año. Doce lecciones, la séptima de las cuales trata de los versos. «Sobre el uso de versos rimados en Propaganda Moral», para ser exactos. Siempre ilustro mis clases con numerosos ejemplos técnicos. Esta vez se me ocurrió ofrecerles como ejemplo algo que acababa de escribir. Puro desatino, desde luego; pero no pude resitir la tentación. —Se echó a reír—. Sentía curiosidad por ver cuáles serían las reacciones. Además —agregó, con más gravedad—, quería hacer un poco de propaganda; intentaba inducirles a sentir lo mismo que yo sentí al escribir aquellos versos. ¡Ford! —Volvió a reír—. ¡El escándalo que se armó! El Principal me llamó y me amenazó con expulsarme inmediatamente. Soy un hombre marcado.

—Pero, ¿qué decían tus versos? —preguntó Bernard.

—Eran sobre la soledad.

Bernard arqueó las cejas.

—Si quieres, te los recito.

Y Helmholtz empezó:

El comité de ayer,
bastones, pero un tambor roto,
medianoche en la City,
flautas en el vacío,
labios cerrados, caras dormidas,
todas las máquinas paradas,
mudos los lugares
donde se apiñaba la gente...

Todos los silencios se regocijan,
lloran (en voz alta o baja)
hablan, pero ignoro
con la voz de quién.
La ausencia de los brazos,
los senos y los labios
y los traseros de Susan
y de Egeria forman lentamente
una presencia. ¿Cuál? Y, pregunto,
¿de qué esencia tan absurda
que algo que no es
puebla, sin embargo,
la noche desierta más sólidamente
que esotra con la cual copulamos
y que tan escuálida nos parece?

—Bueno —prosiguió Helmholtz—, les puse estos versos como ejemplo, y ellos me denunciaron al Principal.

—No me sorprende —dijo Bernard—. Van en contra de todas las enseñanzas hipnopédicas. Recuerda que han recibido al menos doscientas cincuenta mil advertencias contra la soledad.

—Lo sé. Pero pensé que me gustaría ver qué efecto producía.

—Bueno, pues ya lo has visto.

Bernard pensó que, a pesar de todos sus problemas, Helmholtz parecía intensamente feliz.

Helmholtz y el Salvaje hicieron buenas migas inmediatamente. Y con tal cordialidad que Bernard sintió el mordisco de los celos. En todas aquellas semanas no había logrado intimar con el Salvaje tanto como lo logró Helmholtz inmediatamente. Mirándoles, oyéndoles hablar, más de una vez deseó no haberles presentado. Sus celos le avergonzaban y hacía esfuerzos y tomaba *soma* para librarse de ellos. Pero sus esfuerzos resultaban inútiles; y las vacaciones de *soma* tenían sus intervalos inevitables. El odioso sentimiento volvía a él una y otra vez.

En su tercera entrevista con el Salvaje, Helmholtz le recitó sus versos sobre la Soledad.

—¿Qué te parecen? —le preguntó luego.

El Salvaje movió la cabeza.

—Escucha esto —dijo por toda respuesta.

Y abriendo el cajón cerrado con llave donde guardaba su roído librote, lo abrió y leyó:

Que el pájaro de voz más sonora
posado en el solitario árbol de Arabia
sea el triste heraldo y trompeta...

Helmholtz lo escuchaba con creciente excitación. Al oír lo del «solitario árbol de Arabia» se sobresaltó; tras lo de «tú, estridente heraldo» sonrió con súbito placer; ante el verso «toda ave de ala tiránica» sus mejillas se arrebolaron; pero al oír lo de «música mortuoria» palideció y tembló con una emoción que jamás había sentido hasta entonces. El Salvaje siguió leyendo:

La propiedad se asustó
al ver que él no era ya el mismo;
dos nombres para una sola naturaleza
que ni dos ni una podía llamarse.

La razón, en sí misma confundida
veía unirse la división.

—¡Orgía-Porfía! —gritó Bernard, interrumpiendo la lectura con una sonrisa estruendosa, desagradable—. Parece exactamente un himno del Servicio de Solidaridad.

Así se vengaba de sus dos amigos por el hecho de apreciarse más entre sí de lo que le apreciaban a él.

Sin embargo, por extraño que pueda parecer, la siguiente interrupción, la más desafortunada de todas, procedió del propio Helmholtz.

El Salvaje leía *Romeo y Julieta* en voz alta, con pasión intensa y estremecida (porque no cesaba de verse a sí mismo como Romeo y a Lenina en el lugar de Julieta). Helmholtz había escuchado con interés y asombro la escena del primer encuentro de los dos amantes. La escena del huerto le había hechizado con su poesía; pero los sentimientos expresados habían provocado sus sonrisas. Se le antojaba sumamente ridículo ponerse de aquella manera por el solo hecho de desear a una chica. Pero, en conjunto, ¡cuán soberbia pieza de ingeniería emocional!

—Ese viejo escritor —dijo— hace aparecer a nuestros mejores técnicos en propaganda como unos so lemnes mentecatos.

El Salvaje sonrió con expresión triunfal y reanudó la lectura. Todo marchó pasablemente bien hasta que, en la última escena del tercer acto, los padres Capuleto empezaban a aconsejar a Julieta que se casara con Paris. Helmholtz habíase mostrado inquieto durante toda la escena; pero cuando, patéticamente interpretada por el Salvaje, Julieta exclamaba:

¿Es que no hay compasión en lo alto de las nubes
que lea en el fondo de mi dolor?
¡Oh, dulce madre mía, no me rechaces!
Aplaza esta boda por un mes, por una semana,
o, si no quieres, prepara el lecho de bodas
en el triste mausoleo donde yace Tibaldo,

cuando Julieta dijo esto, Helmholtz soltó una explosión de risa irreprimible.

¡Una madre y un padre (grotesca obscenidad) obligando a su hija a unirse con quien ella no quería! ¿Y por qué aquella imbécil no les decía que ya estaba unida a otro a quien, por el momento al menos prefería? En su indecente absurdo, la situación resultaba irresistiblemente cómica. Helmholtz, con un esfuerzo heroico, había logrado hasta entonces dominar la presión ascendente de su hilaridad; pero la expresión «dulce madre» (pronunciada en el tembloroso tono de angustia del Salvaje) y la referencia al Tibaldo muerto, pero evidentemente no incinerado y desperdiciando su fósforo en un triste mausoleo, fueron demasiado para él. Rió y siguió riendo hasta que las lágrimas rodaron por sus mejillas, rió interminablemente mientras el Salvaje, pálido y ultrajado, le miraba por encima del libro hasta que, viendo que las carcajadas proseguían, lo cerró indignado, se levantó, y con el gesto de quien aparta una perla de la presencia de un cerdo, lo encerró con llave en su cajón.

—Y sin embargo —dijo Helmholtz cuando, habiendo recobrado el aliento suficiente para presentar excusas, logró que el Salvaje escuchara sus explicaciones—, sé perfectamente que uno necesita situaciones ridículas y locas como ésta; no se puede escribir realmente bien acerca de nada más. ¿Por qué ese viejo escritor resulta un técnico en propaganda tan maravillosa? Porque tenía tantísimas cosas locas, extremadas, acerca de las cuales excitarse. Uno debe poder sentirse herido y trastornado; de lo contrario, no puede pensar frases realmente buenas, penetrantes como los rayos X. Pero..., ¡padres y madres! —Movió la cabeza—. No podías esperar que pusiese cara seria ante los padres y las madres. ¿Y quién va a apasionarse por si un muchacho consigue a una chica o no la consigue?

El Salvaje dio un respingo, pero Helmholtz, que miraba pensativamente el suelo, no se dio cuenta.

—No —concluyó—, no me sirve. Necesitamos otra clase de locura y de violencia. Pero, ¿qué? ¿Qué? ¿Dónde puedo encontrarla? —Permaneció silencioso un momento y después, moviendo la cabeza, dijo, por fin—: No lo sé; no lo sé.

CAPÍTULO XIII

Henry Foster apareció a través de la luz crepuscular del Almacén de Embriones.

—¿Quieres ir al sensorama esta noche?

Lenina denegó con la cabeza, sin decir nada.

—¿Sales con otro?

A Henry le interesaba siempre saber cómo se emparejaban sus amigos.

—¿Con Benito, acaso? —preguntó.

Lenina volvió a denegar con la cabeza.

Henry observó la expresión fatigada de aquellos ojos purpúreos, la palidez de la piel bajo el brillo de lupus, y la tristeza que se revelaba en las comisuras de aquellos labios escarlata, que se esforzaban por sonreír.

—¿No estarás enferma? —preguntó, un tanto preocupado, temiendo que Lenina sufriera alguna de las escasas enfermedades infecciosas que aún subsistían.

Por tercera vez Lenina negó con la cabeza.

—De todos modos, deberías ir a ver al médico —dijo Henry—: «Una visita al doctor libra de todo dolor» —agregó, cordialmente, acompañando el dicho hipnopédico con una palmada en el hombro—. Tal vez necesites un Sucedáneo de Embarazo —sugirió—. O un fuerte tratamiento extra de S.P.V. Ya sabes que a veces la potencia del Sucedáneo de Pasión Violenta no está a la altura de...

—¡Oh, por el amor de Ford! —dijo Lenina, rompiendo su testarudo silencio—. ¡Cállate de una vez!

Y volviéndole la espalda ocupóse de nuevo en sus embriones.

¿Conque un tratamiento de S.P.V.? Lenina se hubiese echado a reír, de no haber sido porque estaba a punto de llorar. ¡Como si no tuviera bastante con su propia P.V.! Mientras llenaba una jeringuilla suspiró profundamente. «John... —murmuró para sí—, John...» Después se preguntó: «¡Ford! ¿Le habré dado a éste la inyección contra la enfermedad del sueño? ¿O no se la he dado todavía?» No podía recordarlo. Al fin decidió no correr el riesgo de administrar una segunda dosis, y pasó al frasco siguiente de la hilera.

Veintidós años, ocho meses y cuatro días más tarde, un joven y prometedor administrador Alfa-Menos, en Muanza-Muanza, moriría de tripanosomiasis, el primer caso en más de medio siglo. Suspirando, Lenina siguió con su tarea.

Una hora después, en el Vestuario, Fanny protestaba enérgicamente:

—Es absurdo que te abandones a este estado. Sencillamente absurdo —repitió—. Y todo, ¿por qué? ¡Por un hombre, por un solo hombre!

—Pero es el único que quiero.

—Como si no hubiese millones de otros hombres en el mundo.

—Pero yo no los quiero.

—¿Cómo lo sabes si no lo has intentado?

—Lo he intentado.

—Pero, ¿con cuántos? —preguntó Fanny, encogiéndose despectivamente de hombros—. ¿Con uno? ¿Con dos?

—Con docenas de ellos. Y fue inútil —dijo Lenina, moviendo la cabeza.

—Pues debes perseverar —le aconsejó Fanny, sentenciosamente. Pero era evidente que su confianza en sus propias prescripciones había sido un tanto socavada—. Sin perseverancia no se consigue nada.

—Pero entretanto...

—No pienses en él.

—No puedo evitarlo.

—Pues toma un poco de *soma.*

—Ya la tomo.

—Pues sigue haciéndolo.

—Pero en los intervalos sigo queriéndole. Siempre le querré.

—Bueno, pues si es así —dijo Fanny con decisión—, ¿por qué no vas y te haces con él? Tanto si quiere como si no.

—¡Si supieras cuán terriblemente *raro* estuvo!

—Razón de más para adoptar una línea de conducta firme.

—Es muy fácil *decirlo*.

—No te quedes pensando tonterías. Actúa. —La voz de Fanny sonaba como una trompeta; parecía una conferencia de la AMF dando una charla nocturna a un grupo de Beta-Menos adolescentes—. Sí, actúa inmediatamente. Hazlo ahora mismo.

—Me daría vergüenza —dijo Lenina.

—Basta que tomes medio gramo de *soma* antes de hacerlo. Y ahora voy a darme un baño.

El timbre sonó, y el Salvaje, que esperaba con impaciencia que Helmholtz fuese a verle aquella tarde (porque, habiendo decidido por fin hablarle a Helmholtz de Lenina, no podía aplazar ni un momento más sus confidencias), saltó sobre sus pies y corrió hacia la puerta.

—Presentía que eras tú, Helmholtz —gritó, al tiempo que abría.

En el umbral, con un vestido de marinera blanco, de satén al acetato, y un gorrito redondo, blanco también, ladeado picaronamente hacia la izquierda, se hallaba Lenina.

—¡Oh! —exclamó el Salvaje, como si alguien acabara de asestarle un fuerte porrazo.

Medio gramo había bastado para que Lenina olvidara sus temores y su turbación.

—Hola, John —dijo, sonriendo.

Y entró en el cuarto. Maquinalmente, John cerró la puerta y la siguió. Lenina se sentó. Sobrevino un largo silencio.

—Tengo la impresión de que no te alegras mucho de verme, John —dijo Lenina al fin.

—¿Que no me alegro?

El Salvaje la miró con expresión de reproche; después, súbitamente, cayó de rodillas ante ella y, cogiendo la mano de Lenina, la besó reverentemente.

—¿Que no me alegro? ¡Oh, si tú supieras! —susurró; y arriesgándose a levantar los ojos hasta su rostro, prosiguió—: Admirable Lenina, ciertamente la cumbre de lo admirable, digna de lo mejor que hay en el mundo.

Lenina le sonrió con almibarada ternura.

—¡Oh, tú, tan perfecta —Lenina se inclinaba hacia él con los labios entreabiertos—, tan perfecta y sin par fuiste creada —Lenina se acercaba más y más a él— con lo mejor de cada una de las criaturas! —Más cerca todavía. Pero el Salvaje se levantó bruscamente—. Por eso —dijo, hablando sin mirarla—, quisiera *hacer* algo primero... Quiero decir, demostrarte que soy digno de ti. Ya sé que no puedo serlo, en realidad. Pero, al menos, demostrarte que no soy completamente indigno. Realmente quisiera hacer *alguna cosa.*

—Pero, ¿por qué consideras necesario...? —empezó Lenina.

Mas no acabó la frase. En su voz había sonado cierto matiz de irritación. Cuando una mujer se ha inclinado hacia delante, acercándose más y más, con los labios entreabiertos, para encontrarse de pronto, porque un zoquete se pone de pie, inclinada sobre la nada..., bueno, tiene todos los motivos para sentirse molesta, aun con medio gramo de *soma* en la sangre.

—En Malpaís —murmuraba incoherentemente el Salvaje—, había que llevar a la novia la piel de un león de las montañas... Quiero decir cuando uno desea casarse. O de un lobo.

—En Inglaterra no hay leones —dijo Lenina, en tono casi ofensivo.

—Y aunque los hubiera —agregó el Salvaje con súbito resentimiento y despecho—, supongo que los matarían desde los helicópteros o con gas venenoso. Y esto no es lo que yo quiero, Lenina. —Se cuadró, se aventuró a mirarla y descubrió en el rostro de ella una expresión de incomprensión irritada. Turbado, siguió, cada vez con menos coherencia—. Haré algo. Lo que tú quieras. Hay deportes que son penosos, ya lo sabes. Pero el placer que proporcionan compensa sobradamente. Esto es lo que me pasa. Barrería los suelos por ti, si lo desearas.

—¡Pero si aquí tenemos aspiradoras! —dijo Lenina, asombrada—. No es necesario.

—Ya, ya sé que no es necesario. Pero se pueden ejecutar ciertas bajezas con nobleza. Me gustaría soportar algo con nobleza. ¿Me entiendes?

—Pero si *hay* aspiradoras...

—No, no es esto.

—...y semienanos Epsilones que las manejan —prosiguió Lenina—, ¿por qué...?

—¿Por qué? Pues... ¡por ti! ¡Por ti! Sólo para demostrarte que yo...
—¿Y qué tienen que ver las aspiradoras con los leones...
—Para demostrarte cuánto...
—...o con el hecho de que los leones se alegren de verme?
Lenina se exasperaba progresivamente.
—...para demostrarte cuánto te quiero, Lenina —estalló John, casi desesperadamente.
Como símbolo de la manera ascendente de exaltación interior, la sangre subió a las mejillas de Lenina.
—¿Lo dices de veras, John?
—Pero no quería decirlo —exclamó el Salvaje, uniendo con fuerza las manos en una especie de agonía—. No quería decirlo hasta que... Escucha, Lenina; en Malpaís la gente se casa.
—¿Se *qué*?
De nuevo la irritación se había deslizado en el tono de su voz. ¿Con qué le salía ahora?
—Se unen para siempre. Prometen vivir juntos para siempre.
—¡Qué horrible idea!
Lenina se sentía sinceramente disgustada.
—«Sobreviviendo a la belleza exterior, con un alma que se renueva más rápidamente de lo que la sangre decae...»
—¿Cómo?
—También así lo dice Shakespeare. «Si rompes su nudo virginal antes de que todas las ceremonias santificadoras puedan con pleno y solemne rito...»
—¡Por el amor de Ford, John, no digas cosas raras! No entiendo una palabra de lo que dices. Primero me hablas de aspiradoras; ahora de nudos. Me volverás loca. —Lenina salta sobre sus pies, y, como temiendo que John huyera de ella físicamente, como le huía mentalmente, lo cogió por la muñeca—. Contéstame a esta pregunta: ¿me quieres realmente? ¿Sí o no?
Se hizo un breve silencio; después, en voz muy baja, John dijo:
—Te quiero más que a nada en el mundo.
—Entonces, ¿por qué demonios no me lo decías —exclamó Lenina; y su exasperación era tan intensa que clavó las uñas en la muñeca de John— en lugar de divagar acerca de nudos, aspiradoras y leones y de hacerme desdichada durante semanas enteras?
Le soltó la mano y lo apartó de sí violentamente.

—Si no te quisiera tanto —dijo—, estaría furioso contigo.

Y, de pronto, le rodeó el cuello con los brazos; John sintió sus labios suaves contra los suyos. Tan deliciosamente suaves, cálidos y eléctricos que inevitablemente recordó los besos de *Tres semanas en helicóptero*. «¡Oooh! ¡Oooh!», la estereoscópica rubia, y «¡Aaah, ¡aaah!», el negro super-real. Horror, horror, horror... John intentó zafarse del abrazo, pero Lenina lo estrechó con más fuerza.

—¿Por qué no me lo decías? —susurró, apartando la cara para poder verle.

Sus ojos aparecían llenos de tiernos reproches.

«Ni la mazmorra más lóbrega, ni el lugar más adecuado —tronaba poéticamente la voz de la conciencia—, ni la más poderosa sugestión de nuestro deseo. ¡Jamás, jamás!», decidió John.

—¡Tontuelo! —decía Lenina—. ¡Con lo que yo te deseaba! Y si tú me deseabas también, ¿por qué no...?

—Pero, Lenina... —empezó a protestar John.

Y como inmediatamente Lenina deshizo su abrazo y se apartó de él, John pensó por un momento que había comprendido su muda alusión.

Pero cuando Lenina se desabrochó la cartuchera de charol blanco y la colgó cuidadosamente del respaldo de una silla, John empezó a sospechar que se había equivocado.

—¡Lenina! —repitió, con aprensión.

Lenina se llevó una mano al cuello y dio un fuerte tirón hacia abajo. La blanca blusa de marino se abrió por la costura; la sospecha se transformó en certidumbre.

—Lenina, ¿qué haces?

¡Zas, zas! La respuesta de Lenina fue muda. Emergió de sus pantalones acampanados. En ropa interior, de una sola pieza, era como una leve cáscara rosada. La T de oro del Archichantre Comunal brillaba en su pecho.

«Por esos senos que a través de las rejas de la ventana penetran en los ojos de los hombres...» Las palabras cantarinas, tonantes, mágicas, la hacían aparecer doblemente peligrosa, doblemente seductora. ¡Suaves, suaves, pero cuán penetrantes! Horadando la razón, abriendo túneles en las más firmes decisiones... «Los juramentos más poderosos son como paja ante el fuego de la sangre. Absténte, o de lo contrario...»

¡Zas! La rosada redondez se abrió en dos, como una manzana limpiamente partida. Unos brazos que se agitan, el pie derecho que se levanta; después el izquierdo, y la sutil prenda queda en el suelo, sin vida y como deshinchada.

Con los zapatos y las medias puestas y el gorrito ladeado en la cabeza, Lenina se acercó a él:

—¡Amor mío, si lo hubieses dicho antes!

Lenina abrió los brazos.

Pero en lugar de decir también: «¡Amor mío!» y de abrir los brazos, el Salvaje retrocedió horrorizado, rechazándola con las manos abiertas, agitándolas como para ahuyentar a un animal intruso y peligroso. Cuatro pasos hacia atrás, y se encontró acorralado contra la pared.

—¡Cariño! —dijo Lenina; y, apoyando las manos en sus hombros, se arrimó a él—. Rodéame con tus brazos —le ordenó—. Abrázame hasta drogarme, amor mío. —También ella tenía poesía a su disposición, conocía palabras que cantaban, que eran como fórmulas mágicas y batir de tambores—. Bésame. —Lenina cerró los ojos, y dejó que su voz se convirtiera en un murmullo soñoliento—. Bésame hasta que caiga en coma. Abrázame, amor mío...

El Salvaje la cogió por las muñecas, le arrancó las manos de sus hombros y la apartó de sí a la distancia de un brazo.

—¡Huy, me haces daño, me..., oh!

Lenina calló súbitamente. Al abrir los ojos, había visto el rostro de John; no, no el suyo, sino el de un feroz desconocido, pálido, contraído, retorcido por un furor demente.

—Pero, ¿qué te pasa, John? —susurró Lenina.

El Salvaje no contestó. Se limitó a seguir mirándola a la cara con sus ojos de loco. Las manos que sujetaban las muñecas de Lenina temblaban. John respiraba afanosamente, de manera irregular. Débil, casi imperceptiblemente, pero aterrada, Lenina oyó de pronto su crujir de dientes.

—¿Qué te pasa? —dijo casi en un chillido.

Y, como si su grito lo hubiese despertado, John la cogió por los hombros y empezó a sacudirla.

—¡Ramera! —gritó—. ¡Ramera! ¡Impúdica buscona!

—¡Oh, no, no...! —protestó Lenina, con voz grotescamente entrecortada por las sacudidas.

—¡Ramera!

—¡Por favooor!

—¡Maldita ramera!

—Un graamo es meejor... —empezó Lenina.

El Salvaje la arrojó lejos de sí con tal fuerza que Lenina vaciló y cayó.

—Vete —gritó John, de pie a su lado, amenazadoramente—. Fuera de aquí, si no quieres que te mate.

Y cerró los puños. Lenina levantó un brazo para protegerse la cara.

—No, por favor, no, John...

—¡De prisa! ¡Rápido!

Con un brazo levantado todavía y siguiendo todos los movimientos de John con ojos de terror, Lenina se puso en pie, y semiagachada y protegiéndose la cabeza echó a correr hacia el cuarto de baño.

El ruido de la prodigiosa palmada con que John aceleró su marcha sonó como un disparo de pistola.

—¡Oh! —exclamó Lenina, pegando un salto hacia delante.

Encerrada con llave en el cuarto de baño, y a salvo, Lenina pudo hacer inventario de sus contusiones. De pie, y de espaldas al espejo, volvió la cabeza. Mirando por encima del hombro pudo ver la huella de una mano abierta que destacaba muy clara, en tono escarlata, sobre su piel nacarada. Se frotó cuidadosamente la parte dolorida.

Fuera, en el otro cuarto, el Salvaje medía la estancia a grandes pasos, de un lado para otro, al compás de los tambores y la música de las palabras mágicas. «El reyezuelo se lanza a ella, y la dorada mosquita se comporta impúdicamente ante mis ojos.» Enloquecedoramente, las palabras resonaban en sus oídos. «Ni el vaso ni el sucio caballo se lanzan a ello con apetito más desordenado. De cintura para abajo son centauros, aunque sean mujeres de cintura para arriba. Hasta el ceñidor, son herederas de los dioses. Más abajo, todo es de los diablos. Todo: infierno, tinieblas, abismo sulfuroso, ardiente, hirviente, corrompido, consumido; ¡uf! «Dame una onza de algalia, buen boticario, para endulzar mi imaginación.»

—¡John! —osó decir una vocecilla que quería congraciarse con el Salvaje, desde el baño—. ¡John!

«¡Oh, tú, cizaña, que eres tan bella y hueles tan bien que los sentidos se perecen por ti! ¿Para escribir en él "ramera" fue hecho tan bello libro? El cielo se tapa la nariz ante ella...»

Pero el perfume de Lenina todavía flotaba a su alrededor, y la chaqueta de John aparecía blanca de los polvos que habían perfumado su aterciopelado cuerpo.

«Impúdica zorra, impúdica zorra, impúdica zorra.» El ritmo inexorable seguía martillando por su cuenta. «Impúdica...»

—John, ¿no podrías darme mis ropas?

El Salvaje recogió del suelo los pantalones acampanados, la blusa y la prenda interior.

—¡Abre! —ordenó, pegando un puntapié a la puerta.

—No, no quiero.

La voz sonaba asustada y desconfiada.

—Bueno, pues, ¿cómo podré darte la ropa?

—Pásala por el ventilador que está en lo alto de la puerta.

John así lo hizo, y después reanudó su impaciente paseo por la estancia. «Impúdica zorra, impúdica zorra... El demonio de la Lujuria, con su redondo trasero y su dedo de patata...»

—John.

El Salvaje no contestaba. «Redondo trasero y dedo de patata.»

—John...

—¿Qué pasa? —preguntó John, ceñudo.

—¿Te..., te importaría darme mi cartuchera maltusiana?

Lenina permaneció sentada escuchando el rumor de los pasos en el cuarto contiguo y preguntándose cuánto tiempo podría seguir John andando de un lado para otro, si tendría que esperar a que saliera de su piso, o si, dejándole un tiempo razonable para que se calmara un tanto su locura, podría abrir la puerta del lavabo y salir a toda prisa.

Sus inquietas especulaciones fueron interrumpidas por el sonido del teléfono en el cuarto contiguo. El paseo de John se interrumpió bruscamente. Lenina oyó la voz del Salvaje dialogando con el silencio.

—Diga.

......

—Sí.

......

—Si no me usurpo el título a mí mismo, soy yo.

......

—Sí, ¿no me oyó? Mr. Salvaje al habla.

......

—¿Cómo? ¿Quién está enferma? Claro que me interesa.

......

—Pero, ¿es grave? ¿Está mala de verdad? Iré inmediatamente.

......

—¿Que ya no está en sus habitaciones? ¿Adónde la han llevado?

......

—¡Oh, Dios mío! ¡Deme la dirección!

......

—Park Lane, tres, ¿no es eso? ¿Tres? Gracias.

Lenina oyó el ruido del receptor al ser colgado, y unos pasos apresurados. Una puerta se cerró de golpe. Siguió un silencio. ¿Se habría marchado John?

Con infinitas precauciones, Lenina abrió la puerta medio centímetro y miró por la rendija; la visión del cuarto vacío la tranquilizó un tanto; abrió un poco más y asomó la cabeza; finalmente, entró de puntillas en el cuarto; se quedó escuchando atentamente, con el corazón desbocado; después echó a correr hacia la puerta de salida, la abrió, se deslizó al pasillo, la volvió a cerrar de golpe, y siguió corriendo. Y hasta que se encontró en el ascensor, bajando ya, no empezó a sentirse a salvo.

CAPÍTULO XIV

El Hospital de Moribundos, de Park Lane, era una torre de sesenta plantas, recubierta de azulejos color de prímula. Cuando el Salvaje se apeó del taxicóptero, un convoy de vehículos fúnebres aéreos, pintados de alegres colores, despegó de la azotea y voló en dirección a poniente, rumbo al Crematorio de Slough, cruzando el parque. Ante la puerta del ascensor, el portero principal le dio la información requerida, y John bajó a la sala 81 (la Sala de la senilidad galopante, como le explicó el portero), situada en el piso séptimo.

Era una vasta sala pintada de amarillo y brillantemente iluminada por el sol, que contenía una veintena de camas, todas ellas ocupadas. Linda agonizaba en buena compañía; en buena compañía y con todos los adelantos modernos. El aire se hallaba constantemente agitado por alegres melodías sintéticas. A los pies de la cama, de cara a su moribundo ocupante, había un aparato de televisión. La televisión funcionaba como un grifo abierto, desde la mañana a la noche. Cada cuarto de hora, por un procedimiento automático se variaba el perfume de la sala.

—Procuramos —explicó la enfermera que había recibido al Salvaje en la puerta—, procuramos crear una atmósfera tan agradable como sea posible, algo así como un intercambio entre un hotel de primera clase y una sala de sensorama, ¿comprende lo que quiero decir?

—¿Dónde está Linda? —preguntó el Salvaje, haciendo caso omiso de tan corteses explicaciones.

La enfermera se mostró ofendida.

—Lleva usted mucha prisa —dijo.

—¿Cabe alguna esperanza? —preguntó John.

—¿De que no muera, quiere decir? —John afirmó—. No, claro que no. Cuando envían a alguien aquí, no hay... —Sorprendida ante la expresión de dolor y la palidez del rostro del muchacho, la enfermera se interrumpió—. Bueno, ¿qué le pasa? —preguntó. No estaba acostumbrada a aquellas reacciones en sus visitantes, que, por cierto... eran muy escasos, como es lógico—. No se encontrará mal, ¿verdad?

John denegó con la cabeza.

—Es mi madre —dijo, con voz que apenas era audible.

La enfermera le miró con ojos aterrorizados, llena de sobresalto, e inmediatamente desvió la mirada, sonrojada como un ascua.

—Acompáñeme adonde está Linda —dijo el Salvaje, haciendo un esfuerzo por hablar en tono normal.

Sin perder su sonrojo, la enfermera lo llevó hacia el otro extremo de la sala. Rostros todavía lozanos y sonrosados (porque la senilidad era un proceso tan rápido que no tenía tiempo de marchitar las mejillas, y sólo afectaba al corazón y el cerebro) se volvían a su paso. Su avance era seguido por los ojos impávidos, sin expresión, de unos seres sumidos en la segunda infancia. El Salvaje, al mirar a aquellos agonizantes, se estremeció.

Linda yacía en la última cama de la larga hilera, contigua a la pared. Recostada sobre unas almohadas, contemplaba las semifinales del Campeonato de tenis Riemann Sudamericano que se jugaba en silenciosa y reducida reproducción en la pantalla del aparato de televisión instalado a los pies de la cama. Las pequeñas figuras corrían de un lado a otro del pequeño rectángulo del cristal iluminado, sin hacer ruido, como peces en un acuario: habitantes mudos, pero agitados, de otro mundo.

Linda contemplaba el espectáculo sonriendo vagamente, sin comprender. Su rostro pálido y abotagado, mostraba una expresión de estupidizada felicidad. De vez en cuando sus párpados se cerraban, y parecía adormilarse por unos segundos. Después, con un ligero sobresalto, se despertaba de nuevo, y volvía al acuario de los Campeonatos de Tenis, a la versión que ofrecía la Super-Voz-Wurlitzeriana de «Abrázame hasta drogarme, amor mío», al cálido aliento de verbena que brotaba del ventilador colocado por encima de su cabeza. Despertaba a todo esto, o mejor, a un sueño del cual formaba parte todo esto, transformado y embellecido por el *soma* que circulaba por su sangre, y sonreía con su sonrisa quebrada y descolorida de dicha infantil.

—Bueno, tengo que irme —dijo la enfermera—. Está a punto de llegar el grupo de niños. Además, debo atender al número 3. —Y señaló hacia un punto de la sala—. Morirá de un momento a otro. Bueno, está usted en su casa.

Y se alejó rápidamente.

El Salvaje tomó asiento al lado de la cama.

—Linda —murmuró, cogiéndole una mano.

Al oír su nombre, la anciana se volvió. En sus ojos brilló el conocimiento. Apretó la mano de su hijo, sonrió y movió los labios; después, súbitamente, la cabeza le cayó hacia delante. Se había dormido. John permaneció a su lado, mirándola, buscando a través de aquella piel envejecida —y encontrándola—, aquella cara joven, radiante, que se asomaba sobre su niñez, en Malpaís, recordando (y John cerró los ojos) su voz, sus movimientos, todos los acontecimientos de su vida en común. «Arre, estreptococos, a Banbury-T...» ¡Qué bien cantaba su madre! Y aquellos versos infantiles, ¡cuán mágicos y misteriosos se le antojaban!

Vitamina A, vitamina B, vitamina C,
la grasa está en el hígado y el bacalao en el mar.

Recordando aquellas palabras y la voz de Linda al pronunciarlas, las lágrimas acudían a los ojos de John. Después, las lecciones de lectura: «El crío está en el frasco; el gato duerme.» Y las «Instrucciones Elementales para Obreros Beta en el Almacén de Embriones.» Y las largas veladas cabe el fuego, o, en verano, en la azotea de la casita, cuando ella le contaba aquella historia sobre el Otro Lugar, fuera de la Reserva: aquel hermosísimo Otro Lugar cuyo recuerdo, como el de un cielo, de un paraíso de bondad y de belleza, John conservaba todavía intacto, inmune al contacto de la realidad de aquel Londres real, de aquellos hombres y mujeres civilizados de carne y hueso.

El súbito sonido de unas voces agudas le indujo a abrir los ojos, y, después de secarse rápidamente las lágrimas, miró a su alrededor. Vio entrar en la sala lo que parecía un río interminable de mellizos idénticos de ocho años de edad. Iban acercándose, mellizo tras mellizo, como en una pesadilla. Sus rostros, su rostro repetido —porque entre todos sólo tenían uno— miraban con expresión de perro falderillo, todo orificio de nariz y ojos saltones y descoloridos. El uniforme de los niños era caqui. Todos iban con la boca abierta. Entraron chillando y charlando por los codos. En un momento la sala quedó llena de ellos. Hormigueaban entre las camas, trepaban por ellas, pasaban por debajo de las mismas, a gatas, miraban la televisión o hacían muecas a los pacientes.

Linda los asombró y casi los asustó. Un grupo de chiquillos se formó a los pies de su cama, mirando con la curiosidad estúpida y atemorizada de animales súbitamente enfrentados con lo desconocido.

—¡Oh, mirad, mirad! —Hablaban en voz muy alta, asustados—. ¿Qué le pasa? ¿Por qué está tan gorda?

Nunca hasta entonces habían visto una cara como la de Linda; nunca habían visto más que caras juveniles y de piel tersa, y cuerpos esbeltos y erguidos. Todos aquellos sexagenarios moribundos tenían el aspecto de jovencitas. A los cuarenta y cuatro años, Linda parecía, por contraste, un monstruo de senilidad fláccida y deformada.

—¡Es horrible! —susurraban los pequeños espectadores—. ¡Mirad qué dientes!

De pronto, de debajo de la cama surgió un mellizo de cara de torta, entre la silla de John y la pared, y empezó a mirar de cerca la cara de Linda, sumida en el sueño.

—¡Vaya...! —empezó.

Pero su frase acabó prematuramente en un chillido. El Salvaje lo había agarrado por el cuello, lo había levantado por encima de la silla, y con un buen sopapo en las orejas lo había despedido lejos, aullando.

Sus gritos atrajeron a la enfermera jefe, que acudió corriendo.

—¿Qué le ha hecho usted? —preguntó, enfurecida—. No permitiré que pegue a los niños.

—Pues entonces apártelos de esta cama. —La voz del Salvaje temblaba de indignación—. ¿Qué vienen a hacer esos mocosos aquí? ¡Es vergonzoso!

—¿Vergonzoso? ¿Qué quiere decir? Así les condicionamos ante la muerte. Y le advierto —prosiguió amenazadoramente— que si vuelve usted a poner obstáculos a su condicionamiento, lo haré echar por los porteros.

El Salvaje se levantó y avanzó dos pasos hacia ella. Sus movimientos y la expresión de su rostro eran tan amenazadores que la enfermera, presa de terror, retrocedió. Haciendo un gran esfuerzo, John se dominó, y, sin decir palabra, se volvió en redondo y sentóse de nuevo junto a la cama.

Más tranquila, pero con una dignidad todavía un tanto insegura, la enfermera dijo:

—Ya le he advertido; de modo que ande con cuidado.

Sin embargo, alejó de la cama a los excesivamente curiosos mellizos y los hizo unirse al juego del ratón y el gato que una de sus colegas había organizado al otro extremo de la sala.

La Super-Voz-Wurlitzeriana había aumentado de volumen hasta llegar a un crescendo sollozante, y de pronto la verbena fue sustituida en el sistema de olores canalizados por un intenso perfume de pachulí. Linda se estremeció, despertó, miró unos instantes, con expresión asombrada, a los semifinalistas, levantó el rostro para olfatear una o dos veces el nuevo perfume que llenaba el aire y de pronto sonrió, con una sonrisa de éxtasis infantil.

—¡Popé! —murmuró; y cerró los ojos—. ¡Oh, cuánto me gusta, cuánto me gusta...!

Suspiró y se recostó de nuevo en las almohadas.

—Pero, ¡Linda! —imploró el Salvaje—. ¿No me reconoces?

John sintió una leve presión de la mano en respuesta a la suya. Las lágrimas asomaron a sus ojos. Se inclinó y la besó.

Los labios de Linda se movieron.

—¡Popé! —susurró de nuevo.

Y John sintió como si le hubiese arrojado a la cara una paletada de basura.

La ira hirvió súbitamente en él. Frustrado por segunda vez, la pasión de su dolor había encontrado otra salida, se había transformado en una pasión de furor agónico.

—¡Soy John! —gritó—. ¡Soy John!

Y en la furia dolorida llegó a cogerla por los hombros y a sacudirla.

Lentamente los ojos de Linda se abrieron, y le vio, le vio.

—¡John!

Pero situó aquel rostro real, aquellas manos reales y violentas en un mundo imaginario, entre los equivalentes íntimos y privados del pachulí y la Super-Wurlitzer, entre los recuerdos transfigurados y las sensaciones extrañamente traspuestas que constituían el universo de su sueño. Sabía que era John, su hijo, pero le veía como un intruso en el Malpaís paradisíaco donde ella pasaba sus vacaciones de *soma* con Popé. John estaba enojado porque quería a Popé, la sacudía de aquella manera porque Popé estaba en la cama, con él, como si en ello hubiese algo malo, como si no hiciera lo mismo todo el mundo civilizado.

—Todo el mundo pertenece a...

La voz de Linda murió súbitamente, convirtiéndose en un ronquido casi inaudible: la boca se le abrió, y Linda hizo un esfuerzo desesperado para llenar de aire sus pulmones. Pero era como si hubiese olvidado la técnica de la respiración. Intentó gritar y no brotó sonido alguno de sus labios; sólo el terror impreso en sus ojos abiertos revelaba el grado de su sufrimiento. Se llevó las manos a la garganta, y después clavó las uñas en el aire, aquel aire que ya no podía respirar, aquel aire que, para ella, había cesado de existir.

El Salvaje se hallaba de pie y se inclinó hacia ella.

—¿Qué te pasa, Linda? ¿Qué tienes?

Su voz tenía un tono de imploración, como si John pudiera ser tranquilizado.

La mirada que Linda le lanzó aparecía cargada de un terror indecible; de terror y, así se lo pareció a él, de reproche. Linda intentó incorporarse en la cama, pero cayó sobre las almohadas. Su rostro se deformó horriblemente y sus labios cobraron un intenso color azul.

El Salvaje se volvió y corrió al otro extremo de la sala.

—¡De prisa! ¡De prisa! —gritó—. ¡De prisa!

De pie en el centro del ruedo de mellizos que jugaban al ratón y al gato, la enfermera jefe se volvió. El primer impulso de asombro cedió lugar inmediatamente a la desaprobación.

—¡No grite! ¡Piense en esos niños! —dijo, frunciendo el ceño—. Podría descondicionarles... Pero, ¿qué hace?

John había roto el círculo para penetrar en él.

—¡Cuidado! —gritó la efermera.

Un niño rompió a llorar.

—¡De prisa! ¡Corra! —John cogió a la enfermera por un brazo, arrastrándola consigo—. ¡Corra! Ha ocurrido algo. La he matado.

Cuando llegaron al otro extremo de la sala, Linda ya había muerto.

El Salvaje permaneció un momento en un silencio helado, después cayó de hinojos junto a la cama y, cubriéndose la cara con las manos, sollozó irreprimiblemente.

La enfermera permanecía de pie, indecisa, mirando, ora a la figura arrodillada junto a la cama (¡escandalosa exhibición!), ora a los mellizos (¡pobrecillos!) que habían cesado en su juego y miraban boquiabiertos y con los ojos desorbitados aquella escena repugnante que tenía lugar en torno a la cama número 20. ¿Debía hablar a aquel hombre? ¿Debía intentar inculcarle el sentido de la decencia? ¿Debía recordarle dónde se encontraba y el daño que podía causar a aquellos pobres inocentes? ¡Destruir su condicionamiento ante la muerte con aquella explosión asquerosa de dolor, como si la muerte fuese algo horrible, como si alguien pudiera llegar a importar tanto! Ello podía inculcar a aquellos chiquillos ideas desastrosas sobre la muerte, podía trastornarles e inducirles a reaccionar en forma enteramente errónea, horriblemente antisocial.

La enfermera, avanzando un paso, tocó a John en el hombro.

—¿No puede reportarse? —le dijo en voz baja airada.

Pero, mirando a su alrededor, vio que media docena de mellizos se habían levantado ya y se acercaban a ellos. La enfermera salió apresuradamente al paso de sus alumnos en peligro.

—Vamos, ¿quién quiere una barrita de chocolate? —preguntó en voz alta y alegre.

—¡Yo! —gritó a coro todo el grupo Bokanovsky.

La cama número 20 había sido olvidada.

«¡Oh, Dios mío, Dios mío, Dios mío...!», repetía el Salvaje para sí, una y otra vez.

En el caos del dolor y remordimiento que llenaban su mente, eran las únicas palabras que lograba articular.

—¡Dios mío! —susurró—. ¡Dios...!

—Pero, ¿qué dice? —preguntó, muy cerca, una voz clara y aguda, entre los murmullos de la Super-Wurlitzer.

El Salvaje se sobresaltó violentamente y, descubriendo su rostro, miró a su alrededor. Cinco mellizos caqui, cada uno con una larga barrita de chocolate en la mano derecha, sus cinco rostros idénticos embadurnados de chocolate, formaban círculo a su alrededor, mirándole con ojos saltones y perrunos.

Las miradas de los cinco mellizos coincidieron con la de John, y los cinco sonrieron simultáneamente. Uno de ellos señaló la cama con su barrita de chocolate.

—¿Está muerta? —preguntó.

El Salvaje los miró un momento en silencio. Después, en silencio, se levantó, y en silencio se dirigió lentamente hacia la puerta.

—¿Está muerta? —repitió el mellizo, curioso, trotando a su lado.

El Salvaje lo miró, y sin decir palabra, lo apartó de sí de un empujón. El mellizo cayó al suelo e inmediatamente empezó a chillar. El Salvaje ni siquiera se volvió.

CAPÍTULO XV

El personal del Hospital de Moribundos de Park Lane estaba constituido por ciento sesenta y dos Deltas divididos en dos Grupos Bokanovsky de ochenta y cuatro hembras pelirrojas y setenta y dos mellizos varones, dolicocéfalos y morenos. A las seis de la tarde, cuando terminaban su jornada de trabajo, los dos grupos se reunían en el vestíbulo del hospital y el delegado subadministrador les distribuía su ración de *soma*.

Al salir del ascensor, el Salvaje se encontró en medio de ellos. Pero su mente estaba ausente; se hallaba con la muerte, con su dolor, con su remordimiento; maquinalmente, sin tener consciencia de lo que hacía, empezó a abrirse paso a codazos entre la muchedumbre.

—¡Eh! ¿A quién empujas?

—¿Adónde te figuras que vas?

Aguda, grave, de una multitud de gargantas separadas sólo dos veces chillaban o gruñían. Repetidos indefinidamente, como por una serie de espejos, dos rostros, uno de ellos como una luna barbilampiña, pecosa y aureolada de rojo, y el otro alargado, como una máscara de pico de ave, con barba de dos días, se volvían enojados a su paso. Sus palabras y los codazos que recibía en las costillas lograron devolver a John la consciencia del lugar donde se encontraba. Volvió a despertar a la realidad externa, miró a su alrededor, y reconoció lo que veía; lo reconoció con una sensación profunda de horror y de asco, como el repetido delirio de sus días y sus noches, la pesadilla de aquellas semejanzas perfectas, inidentificables, que pululaban por doquier. Mellizos, mellizos... Como gusanos, habían formado un enjambre profanador sobre el misterio de la muerte de Linda.

—¡Reparto de *soma*! —gritó una voz—. Con orden, por favor. Venga, de prisa.

Se había abierto una puerta, y alguien instalaba una mesa y una silla en el vestíbulo. La voz procedía de un dinámico joven Alfa, que había entrado llevando en brazos una pequeña arca de hierro, negra. Un murmullo de satisfacción brotó de labios de la multitud de mellizos que esperaban. Inmediatamente olvidaron al Salvaje. Su atención se hallaba ahora enteramente concentrada en la caja negra que el joven, tras haberla colocado encima de la mesa, la estaba abriendo. Levantó la tapa.

—¡Oooh...! —exclamaron los ciento sesenta y dos Deltas simultáneamente, como si presenciaran un castillo de fuegos artificiales.

El joven sacó de la caja negra un puñado de cajitas de hojalata.

—Y ahora —dijo el joven, perentoriamente—, acérquense, por favor. Uno por uno, y sin empujar.

Uno por uno, y sin empujar, los mellizos se acercaron a la mesa. Primero dos varones, después una hembra, después otro varón, después tres hembras, después...

El Salvaje seguía mirando. «¡Oh, maravilloso nuevo mundo! ¡Oh, maravilloso nuevo mundo!» En su mente, las rítmicas palabras parecían cambiar de tono. Se habían mofado de él a través de su dolor y su remordimiento, con un horrible matiz de cínica irrisión. Riendo como malos espíritus, las palabras habían insistido en la abyección y la nauseabunda fealdad de aquella pesadilla. Y ahora, de pronto, sonaban como un clarín convocando a las armas. «¡Oh, maravilloso nuevo mundo!»

—¡No empujen! —gritó el delegado del subadministrador, enfurecido. Cerró de golpe la tapa de la caja negra—. Dejaré de repartir *soma* si no se portan bien.

Los Deltas rezongaron, se dieron con el codo unos a otros, y al fin permanecieron inmóviles y en silencio. La amenaza había sido eficaz. A aquellos seres, la sola idea de verse privados del *soma* se les antojaba horrible.

—¡Eso ya está mejor! —dijo el joven.

Y volvió a abrir la caja.

Linda había sido una esclava; Linda había muerto; otros debían vivir en libertad y el mundo debía recobrar su belleza. Como una reparación, como un deber que cumplir. De pronto, el Salvaje vio luminosamente claro lo que debía hacer; fue como si hubiesen abierto de pronto un postigo o corrido una cortina.

—Vamos —dijo el delegado del subadministrador.

Otra mujer caqui dio un paso al frente.

—¡Basta! —gritó el Salvaje, con sonora y potente voz—. ¡Basta!

Se abrió paso a codazos hasta la mesa: los Deltas lo miraban asombrados.

—¡Ford! —dijo el delegado del subadministrador, en voz baja—. ¡Es el Salvaje!

Lo sobrecogió el temor.

—Oídme por favor —gritó el Salvaje, con entusiasmo—. Prestadme oído... —Nunca había hablado en público hasta entonces, y le resultaba difícil expresar lo que quería decir—. No toméis esta sustancia horrible. Es veneno, veneno.

—Bueno, Mr. Salvaje —dijo el delegado del subadministrador, sonriendo amistosamente—. ¿Le importaría que...?

—Es un veneno tanto para el cuerpo como para el alma.

—Está bien, pero tenga la bondad de permitirme que siga con el reparto. Sea buen muchacho.

—¡Jamás! —gritó el Salvaje.

—Pero, oiga, amigo...
—Tire inmediatamente ese horrible veneno.
Las palabras «tire inmediatamente ese veneno» se abrieron paso a través de las capas de incomprensión de los Deltas hasta alcanzar su conciencia. Un murmullo de enojo brotó de la multitud.
—He venido a traeros la paz —dijo el Salvaje, volviéndose hacia los mellizos—. He venido...
El delegado del subadministrador no oyó más; se había deslizado fuera del vestíbulo y buscaba un número de la guía telefónica.

—No está en sus habitaciones —resumió Bernard—. Ni en las mías, ni en las tuyas. Ni en el Aphroditeum; ni en el Centro, ni en la Universidad. ¿Adónde puede haber ido?
Helmholtz se encogió de hombros. Habían vuelto de su trabajo confiando que encontrarían al Salvaje esperándoles en alguno de sus habituales lugares de reunión; y no había ni rastro del muchacho. Lo cual era un fastidio, puesto que tenían el proyecto de llegarse hasta Biarritz en el deporticóptero de cuatro plazas de Helmholtz. Si el Salvaje no aparecía pronto, llegarían tarde a la cena.
—Le concederemos cinco minutos más —dijo Helmholtz—. Y si entonces no aparece...
El timbre del teléfono lo interrumpió. Descolgó el receptor.
—Diga.
Después, tras unos momentos de escucha, soltó un taco.
—¡Ford en su carromato! Voy en seguida.
—¿Qué ocurre? —preguntó Bernard.
—Es un tipo del Hospital de Lane Park, al que conozco —dijo Helmholtz—. Dice que el Salvaje está allá. Al parecer, se ha vuelto loco. En todo caso, es urgente. ¿Me acompañas?
Juntos corrieron por el pasillo hacia el ascensor.

—¿Cómo puede gustaros ser esclavos? —decía el Salvaje en el momento en que sus dos amigos entraron en el Hospital—. ¿Cómo puede gustaros ser niños? Sí, niños. Berreando y haciendo pucheros y vomitando —agregó, insultando, llevado por la exasperación ante su bestial estupidez, a quienes se proponía salvar.

Los Deltas le miraban con resentimiento.

—¡Sí, vomitando! —gritó claramente. El dolor y el remordimiento parecían reabsorbidos en un intenso odio todopoderoso contra aquellos monstruos infrahumanos—. ¿No deseáis ser libres y ser hombres? ¿Acaso no entendéis siquiera lo que son la humanidad y la libertad? —El furor le prestaba elocuencia; las palabras acudían fácilmente a sus labios—. ¿No lo entendéis? —repitió; pero nadie contestó a su pregunta—. Bien, pues entonces —prosiguió sonriendo— yo os lo enseñaré y os liberaré tanto si queréis como si no.

Y abriendo de par en par la ventana que daba al patio interior del Hospital empezó a arrojar a puñados las cajitas de tabletas de *soma.*

Por un momento, la multitud caqui permaneció silenciosa, petrificada, ante el espectáculo de aquel sacrilegio imperdonable, con asombro y horror.

—Está loco —susurró Bernard, con los ojos fuera de las órbitas—. Lo matarán. Lo...

Súbitamente se levantó un clamor de la multitud, y una ola en movimiento avanzó amenazadoramente hacia el Salvaje.

—¡Ford le ayude! —dijo Bernard, y apartó los ojos.

—Ford ayuda a quien se ayuda.

Y, soltando una carcajada, una auténtica carcajada de exaltación, Helmholtz Watson se abrió paso entre la multitud.

—¡Libres, libres! —gritaba el Salvaje.

Y con una mano seguía arrojando *soma* por la ventana, mientras con la otra pegaba puñetazos a las caras gemelas de sus atacantes.

—¡Libres!

Y vio a Helmholtz a su lado —«¡el bueno de Helmholtz!»—, pegando puñetazos también.

—¡Hombres al fin!

Y, en el intervalo, el Salvaje seguía arrojando puñados de cajitas de tabletas por la ventana abierta.

—¡Sí, hombres, hombres!

Hasta que no quedó veneno. Entonces levantó en alto la caja y la mostró, vacía, a la multitud.

—¡Sois libres!

Aullando, los Deltas cargaron con furor redoblado.

Vacilando, Bernard se dijo: «Están perdidos», y llevado por un súbito impulso, corrió hacia delante para ayudarles; luego lo pensó mejor y se detuvo; después, avergonzado, avanzó otro paso, de nuevo cambió de parecer y se detuvo, en una agonía de indecisión humillante. Estaba pensando que sus amigos podían morir asesinados si él no los ayudaba, pero que también él podía morir si los ayudaba, cuando (¡alabado sea Ford!) hizo irrupción la Policía con las máscaras puestas, que les prestaban el aspecto estrafalario y más bien repulsivo de unos cerdos de ojos saltones.

Bernard corrió a su encuentro, agitando los brazos; aquello era actuar, hacer algo. Gritó «¡Socorro!» varias veces, cada vez más fuerte, como para hacerse la ilusión de que ayudaba en algo:

—¡Socorro, socorro, socorro!

Los policías lo apartaron de su paso y se lanzaron a su tarea. Tres agentes, que llevaban sendos aparatos pulverizadores en la espalda, empezaron a esparcir vapores de *soma* por los aires. Otros dos se afanaron en torno del Aparato de Música Sintética portátil. Otros cuatro, armados con sendas pistolas de agua cargada con un poderoso anestésico, se habían abierto paso entre la multitud, y derribaban metódicamente, a jeringazos, a los luchadores más encarnizados.

—¡Rápido, rápido! —chillaba Bernard—. ¡Les matarán si no se dan prisa! Les... ¡Oh!

Irritado por sus chillidos, uno de los policías le lanzó un disparo de su pistola de agua. Bernard permaneció unos segundos tambaleándose sobre unas piernas que parecían haber perdido los huesos, los tendones y los músculos para convertirse en simples columnas de gelatina y al fin agua pura, y se desplomó en el suelo como un fardo.

Súbitamente del Aparato de Música Sintética surgió una Voz que empezó a hablar. La Voz de la Razón, la Voz de los Buenos Sentimientos. El rollo de pista sonora soltaba su Discurso Sintético Anti-Algazaras número 2 (segundo grado). Desde lo más profundo de un corazón no existente, la Voz clamaba: «¡Amigos míos, amigos míos!», tan patéticamente, con tal entonación de tierno reproche que, detrás de sus máscaras antigás, hasta a los policías se les llenaron de lágrimas los ojos.

—¿Qué significa eso? —proseguía la Voz—. ¿Por qué no sois felices y no sois buenos los unos para con los otros, todos juntos? Felices y buenos —repetía la Voz—. En paz, en paz. —Tembló, descendió hasta convertirse en un susurro y expiró momentáneamente—. ¡Oh, cuánto deseo veros felices! —empezó de nuevo, con ardor—. ¡Cómo deseo que seáis buenos! Por favor, sed buenos y...

Dos minutos después, la Voz y el vapor de *soma* habían producido su efecto. Con los ojos anegados en lágrimas, los Deltas se besaban y abrazaban mutuamente, media docena de mellizos en un solo abrazo. Hasta Helmholtz y el Salvaje estaban a punto de llorar. De la Administración llegó una nueva carga de cajitas de *soma*; a toda prisa se procedió a repartirlas, y al son de las bendiciones cariñosas, abaritonadas, de la Voz, los mellizos se dispersaron, berreando, como si el corazón fuera a hacérseles pedazos.

—¡Adiós, adiós, mis queridísimos amigos! ¡Ford os salve! Adiós, adiós, mis queridísimos...

Cuando el último Delta hubo salido el policía desconectó el aparato, y la Voz angélica enmudeció.

—¿Seguirán ustedes sin ofrecer resistencia? —preguntó el sargento—. ¿O tendré que anestesiarles?

Y levantó amenazadoramente su pistola de agua.

—No ofreceremos resistencia —contestó el Salvaje, secándose alternativamente la sangre que brotaba de un corte que tenía en los labios, de un arañazo en el cuello y de un mordisco en la mano izquierda.

Sin retirar el pañuelo de la nariz, que sangraba en abundancia, Helmholtz asintió con la cabeza.

Bernard acababa de despertar, y, tras comprobar que había recobrado el movimiento de las piernas, eligió aquel momento para intentar escabullirse sin llamar la atención.

—¡Eh, usted! —gritó el sargento.

Y un policía, con su máscara porcina, cruzó corriendo la sala y puso una mano en el hombro del joven.

Bernard se volvió, procurando asumir una expresión de inocencia indignada. ¿Que él escapaba? Ni siquiera lo había soñado.

—Aunque no acierto a imaginar qué puede desear de *mí* —dijo al sargento.

—Usted es amigo de los prisioneros, ¿no es cierto?

—Bueno... —dijo Bernard; y vaciló. No, no podía negarlo—. ¿Por qué no había de serlo? —preguntó.

—Pues sígame —dijo el sargento.

Y abrió la marcha hacia la puerta y hacia el coche celular que esperaba ante la misma.

CAPÍTULO XVI

Los hicieron entrar en el despacho del Interventor.

—Su Fordería bajará en seguida —dijo el mayordomo Gamma.

Y los dejó solos.

Helmholtz se echó a reír.

—Esto parece más una recepción social que un juicio —dijo. Y se dejó caer en el más confortable de los sillones neumáticos—. Ánimo, Bernard —agregó, al advertir el rostro preocupado de su amigo.

Pero Bernard no quería animarse; sin contestar, sin mirar siquiera a Helmholtz, se sentó en la silla más incómoda de la estancia, elegida cuidadosamente con la oscura esperanza de aplacar así las iras de los altos poderes.

Entretanto, el Salvaje no cesaba de agitarse; iba de un lado para otro del despacho, curioseándolo todo sin demasiado interés: los libros de los estantes, los rollos de cinta sonora y las bobinas de las máquinas de leer colocadas en sus orificios numerados. Encima de la mesa, junto a la ventana, había un grueso volumen encuadernado en sucedáneo de piel negra, en cuya tapa aparecía una T muy grande estampada en oro. John lo cogió y lo abrió. *Mi vida y mi obra,* por Nuestro Ford. El libro había sido publicado en Detroit por la Sociedad para la Propagación del Conocimiento Fordiano. Distraídamente, lo hojeó, leyendo una frase acá y un párrafo acullá, y apenas había llegado a la conclusión de que el libro no le interesaba cuando la puerta se abrió, y el Interventor Mundial Residente para la Europa Occidental entró en la estancia con paso vivo.

Mustafá Mond estrechó la mano a los tres hombres; pero se dirigió al Salvaje:

—De modo que nuestra civilización no le gusta mucho, Mr. Salvaje —dijo.

El Salvaje lo miró. Previamente, había tomado la decisión de mentir, de bravuconear o de guardar un silencio obstinado. Pero, tranquilizado por la expresión comprensiva y de buen humor del Interventor, decidió decir la verdad, honradamente:

—No.

Y movió la cabeza.

Bernard se sobresaltó y lo miró, horrorizado. ¿Qué pensaría el Interventor? Ser etiquetado como amigo de un hombre que decía que no le gustaba la civilización —que lo decía abiertamente y nada menos que al propio Interventor— era algo terrible.

—Pero, John... —empezó.

Una mirada de Mustafá Mond lo redujo a un silencio abyecto.

—Desde luego —prosiguió el Salvaje—, admito que hay algunas cosas excelentes. Toda esta música en el aire, por ejemplo...

—«A veces un millar de instrumentos sonoros zumban en mis oídos; otras veces son voces...»

El rostro del Salvaje se iluminó con profundo y súbito placer.

—¿También usted lo ha leído? —preguntó—. Yo creía que aquí, en Inglaterra nadie conocía este libro.

—Casi nadie. Yo soy uno de los poquísimos. Está prohibido, ¿comprende? Pero como yo soy quien hace las leyes, también puedo quebrantarlas. Con impunidad, Mr. Marx —agregó, volviéndose hacia Bernard—, cosa que me temo usted no pueda hacer.

Bernard se hundió todavía más en su desdicha.

—Pero, ¿por qué está prohibido? —preguntó el Salvaje.

En la excitación que le producía el hecho de conocer a un hombre que había leído a Shakespeare, había olvidado momentáneamente todo lo demás.

El Interventor se encogió de hombros.

—Porque es antiguo; ésta es la razón principal. Aquí las cosas antiguas no nos son útiles.

—¿Aunque sean bellas?

—Especialmente cuando son bellas. La belleza ejerce una atracción, y nosotros no queremos que la gente se sienta atraída por cosas antiguas. Queremos que les gusten las nuevas.

—¡Pero si las nuevas son horribles, estúpidas! ¡Esas películas en las que sólo salen helicópteros y el público *siente* cómo los actores se besan! —John hizo una mueca—. «¡Cabrones y monos!»

Sólo en estas palabras de Otelo encontraba el vehículo adecuado para expresar su desprecio y su odio.

—En todo caso, animales inofensivos —murmuró el Interventor a modo de paréntesis.

—¿Por qué, en lugar de esto, no les permite leer *Otelo*?

—Ya se lo he dicho; es antiguo. Además, no lo entenderían.

Sí, esto era cierto. John recordó cómo se había estado riendo Helmholtz ante la lectura de *Romeo y Julieta.*

—Bueno, pues entonces —dijo tras una pausa—, algo nuevo que sea por el estilo de *Otelo* y que ellos puedan comprender.

—Esto es lo que todos hemos estado deseando escribir —dijo Helmholtz, rompiendo su prolongado silencio.

—Y esto es lo que ustedes nunca escribirán —dijo el Interventor—. Porque si fuera algo parecido a *Otelo,* nadie lo entendería, por más nuevo que fuese. Y si fuese nuevo, no podría parecerse a *Otelo.*

—¿Por qué no?

—Sí, ¿por qué no? —repitió Helmholtz. También él olvidaba las desagradables realidades de la situación. Lívido de ansiedad y de miedo, sólo Bernard las recordaba; pero los demás las ignoraban.

—¿Por qué no?

—Porque nuestro mundo no es el mundo de *Otelo.* No se pueden fabricar coches sin acero; y no se pueden crear tragedias sin inestabilidad social. Actualmente el mundo es estable. La gente es feliz; tiene lo que desea, y nunca desea lo que no puede obtener. Está a gusto; está a salvo; nunca está enferma; no teme a la muerte; ignora la pasión y la vejez; no hay padres ni madres que estorben; no hay esposas, ni hijos, ni amores excesivamente fuertes. Nuestros hombres están condicionados de modo que apenas pueden obrar de otro modo que como deben obrar. Y si algo marcha mal, siempre queda el *soma.* El *soma* que usted arroja por la ventana en nombre de la libertad, Mr. Salvaje. ¡La libertad! —El Interventor soltó una carcajada—. ¡Suponer que los Deltas pueden saber lo que es la libertad! ¡Y que puedan entender *Otelo*! Pero, ¡muchacho!

El Salvaje guardó silencio un momento.

—Sin embargo —insistió obstinadamente—, *Otelo* es bueno, *Otelo* es mejor que esos filmes del sensorama.

—Claro que sí —convino el Interventor—. Pero éste es el precio que debemos pagar por la estabilidad. Hay que elegir entre la felicidad y lo que la gente llamaba arte puro. Nosotros hemos sacrificado el arte puro. Y en su lugar hemos puesto el sensorama y el órgano de perfumes.

—Pero no tienen ningún mensaje.

—El mensaje de lo que son; el mensaje de una gran cantidad de sensaciones agradables para el público.

—Los argumentos han sido escritos por algún idiota.

El Interventor se echó a reír.

—No es usted muy amable con su amigo Mr. Watson, uno de nuestros más distinguidos ingenieros de emociones.

—Tiene toda la razón —dijo Helmholtz, sombríamente—. Porque todo esto son idioteces. Escribir cuando no se tiene nada que decir...

—Exacto. Pero ello exige un ingenio enorme. Usted logra fabricar coches con un mínimo de acero, obras de arte a base de poco más que puras sensaciones.

El Salvaje movió la cabeza.

—A mí todo esto me parece horrendo.

—Claro que lo es. La felicidad real siempre aparece escuálida por comparación con las compensaciones que ofrece la desdicha. Y, naturalmente, la estabilidad no es, ni con mucho, tan espectacular como la inestabilidad. Y estar satisfecho de todo no posee el hechizo de una buena lucha contra la desventura, ni el pintoresquismo del combate contra la tentación o contra una pasión fatal o una duda. La felicidad nunca tiene grandeza.

—Supongo que no —dijo el Salvaje, después de un silencio—. Pero, ¿es preciso llegar a cosas tan horribles como esos mellizos? ¡Son horribles!

—Pero muy útiles. Ya veo que no le gustan nuestros Grupos de Bokanovsky; pero le aseguro que son los cimientos sobre los cuales descansa todo lo demás. Son el giróscopo que estabiliza el avión cohete del Estado en su incontenible carrera.

—Más de una vez me he preguntado —dijo el Salvaje— por qué producen seres como éstos, siendo así que pueden fabricarlos a su gusto en esos espantosos frascos. ¿Por qué, si se puede conseguir, no se limitan a fabricar Alfas-Doble-Más?

Mustafá Mond se echó a reír.

—Porque no queremos que nos rebanen el pescuezo —contestó—. Nosotros creemos en la felicidad y la estabilidad. Una sociedad de Alfas no podría menos de ser inestable y desdichada. Imagine una fábrica cuyo personal estuviese constituido íntegramente por Alfas, es decir, por seres individuales no relacionados de modo que sean capaces, dentro de ciertos límites, de elegir y asumir responsabilidad. ¡Imagíneselo! —repitió.

El Salvaje intentó imaginarlo, pero no pudo conseguirlo.

—Es un absurdo. Un hombre decantado como Alfa, condicionado como Alfa, se volvería loco si tuviera que hacer el trabajo de un semienano Epsilon; o se volvería loco o empezaría a destrozarlo todo. Los Alfas pueden ser socializados totalmente, pero sólo a condición de que se les confíe un trabajo propio de los Alfas. Sólo de un Epsilon puede esperarse que haga sacrificios Epsilon, por la sencilla razón de que para él no son sacrificios; se hallan en la línea de menor resistencia. Su condicionamiento ha tendido unos raíles por los cuales debe correr. No puede evitarlo; está condenado a ello de antemano. Aun después de su decantación permanece dentro de un frasco; un frasco invisible, de fijaciones infantites y embrionarias. Claro que todos nosotros —prosiguió el Interventor, meditabundo— vivimos en el interior de un frasco. Mas para los Alfas, los frascos, relativamente hablando, son enormes. Nosotros sufriríamos horriblemente, si fuésemos confinados en un espacio más estrecho. No se puede verter sucedáneo de champaña de las clases altas en los frascos de las castas bajas. Ello es evidente, ya en teoría. Pero, además, fue comprobado en la práctica. El resultado del experimento de Chipre fue concluyente.

—¿En qué consistió? —preguntó el Salvaje.

Mustafá Mond sonrió.

—Bueno, si usted quiere, puede llamarlo un experimento de reenvasado. Se inició en el año 73 d. F. Los Interventores limpiaron la isla de Chipre de todos los habitantes anteriores y la colonizaron de nuevo con una hornada especialmente preparada de veintidós mil Alfas. Se les otorgó toda clase de utillaje agrícola e industrial y se les dejó que se las arreglaran por sí mismos. El resultado cumplió exactamente todas las previsiones teóricas. La tierra no fue trabajada como se debía; había huelgas en las fábricas, las leyes no se cumplían, las órdenes no se obedecían; las personas destinadas a trabajos inferiores intrigaban constantemente por conseguir altos empleos, y las que ocupaban estos cargos intrigaban a su vez para mantenerse en ellos a toda costa. Al cabo de seis años se enzarzaron en una auténtica guerra civil. Cuando ya habían muerto diecinueve mil de los veintidós mil habitantes, los supervivientes, unánimemente, pidieron a los Interventores Mundiales que volvieran a asumir el gobierno de la isla, cosa que éstos hicieron. Y así acabó la única sociedad de Alfas que ha existido en el mundo.

El Salvaje suspiró profundamente.

—La población óptima —dijo Mustafá Mond— es la que se parece a los icebergs; ocho novenas partes por debajo de la línea de flotación, y una novena parte por encima.

—¿Y son felices los que se encuentran por debajo de la línea de flotación?

—Más felices que los que se encuentran por encima de ella. Más felices que sus dos amigos, por ejemplo.

Y señaló a Helmholtz y a Bernard.

—¿A pesar de su horrible trabajo?

—¿Horrible? A ellos no se lo parece. Al contrario, les gusta. Es ligero, sencillo, infantil. Siete horas y media de trabajo suave, que no agota, y después de la ración de *soma*, los juegos, la copulación sin restricciones y el sensorama. ¿Qué más pueden pedir? Sí, ciertamente —agregó—, pueden pedir menos horas de trabajo. Y, desde luego, podríamos concedérselo. Técnicamente, sería muy fácil reducir la jornada de los trabajadores de castas inferiores a tres o cuatro horas. Pero, ¿serían más felices así? No, no lo serían. El experimento se llevó a cabo hace más de siglo y medio. En toda Irlanda se implantó la jornada de cuatro horas. ¿Cuál fue el resultado? Inquietud y un gran aumento en el consumo de *soma*; nada más. Aquellas tres horas y media extras de ocio no resultaron, ni mucho menos, una fuente de felicidad; la gente se sentía inducida a tomarse vacaciones para librarse de ellas. La Oficina de Inventos está atestada de planes para implantar métodos de reducción y ahorro de trabajo. Miles de ellos. —Mustafá hizo un amplio ademán—. ¿Por qué no los ponemos en obra? Por el bien de los trabajadores; sería una crueldad atormentarles con más horas de asueto. Lo mismo ocurre con la agricultura. Si quisiéramos, podríamos producir sintéticamente todos los comestibles. Pero no queremos. Preferimos mantener a un tercio de la población a base de lo que producen los campos. Por su propio bien, porque ocupa más tiempo extraer productos comestibles del campo que de una fábrica.

Además, debemos pensar en nuestra estabilidad. No deseamos cambios. Todo cambio constituye una amenaza para la estabilidad. Ésta es otra razón por la cual somos tan remisos en aplicar nuevos inventos. Todo descubrimiento de las ciencias puras es potencialmente subversivo; incluso hasta a la ciencia debemos tratar a veces como un enemigo. Sí, hasta a la ciencia.

—¿Cómo? —dijo Helmholtz, asombrado—. ¡Pero si constantemente decimos que la ciencia lo es todo! ¡Si es un axioma hipnopédico!

—Tres veces por semana entre los trece años y los diecisiete —dijo Bernard.

—Y toda la propaganda en favor de la ciencia que hacemos en la Escuela...

—Sí, pero, ¿qué clase de ciencia? —preguntó Mustafá Mond, con sarcasmo—. Ustedes no tienen una formación científica, y, por consiguiente, no pueden juzgar. Yo, en mis tiempos, fui un físico muy bueno. Demasiado bueno: lo bastante para comprender que toda nuestra ciencia no es más que un libro de cocina, con una teoría ortodoxa sobre el arte de cocinar que nadie puede poner en duda y una lista de recetas a la cual no debe añadirse ni una sola sin un permiso especial del jefe de cocina. Yo soy actualmente el jefe de cocina. Pero antes fui un joven e inquisitivo pinche de cocina. Y empecé a hacer algunos guisados por mi propia cuenta. Cocina heterodoxa, cocina ilícita. En realidad, un poco de auténtica ciencia.

Mustafá Mond guardó silencio.

—¿Y qué pasó? —preguntó Helmholtz Watson.

El Interventor suspiró.

—Casi me ocurrió lo que va a ocurrirles a ustedes, jovencitos. Poco faltó para que me enviaran a una isla.

Estas palabras galvanizaron a Bernard, quien entró súbitamente en violenta actividad.

—¿Que van a enviarme a *mí* a una isla?

Saltó de su asiento, cruzó el despacho a toda prisa y se detuvo, gesticulando, ante el Interventor.

—Usted no puede desterrarme a *mí*. Yo no he hecho nada. Fueron los otros. Juro que fueron los otros —y señaló acusadoramente a Helmholtz y al Salvaje—. ¡Por favor, no me envíe a Islandia! Prometo que haré todo lo que quieran. Deme otra oportunidad. —Empezó a llorar—: Le digo que la culpa es de ellos —sollozó—. ¡A Islandia, no! Por favor, Su Fordería, por favor...

Y en un paroxismo de abyección cayó de rodillas ante el Interventor.

Mustafá Mond intentó obligarle a levantarse; pero Bernard insistía en su actitud rastrera; el flujo de sus palabras manaba, inagotable. Al fin, el Interventor tuvo que llamar a su cuarto secretario.

—Trae tres hombres —ordenó—, y que lleven a Mr. Marx a un dormitorio. Que le administren una buena vaporización de *soma* y luego lo acuesten y le dejen solo.

El cuarto secretario salió y volvió con tres criados mellizos, de uniforme verde. Gritando y sollozando todavía, Bernard fue sacado del despacho.

—Cualquiera diría que van a degollarle —dijo el Interventor, cuando la puerta se hubo cerrado—. En realidad, si tuviera un poco de sentido común, comprendería que este castigo es más bien una recompensa. Le enviarán a una isla. Es decir, le enviarán a un lugar donde conocerá al grupo de hombres y mujeres más interesante que cabe encontrar en el mundo. Todos ellos personas que, por una razón u otra, han adquirido excesiva conciencia de su propia individualidad para poder vivir en comunidad. Todas las personas que no se conforman con la ortodoxia, que tienen ideas propias. En una palabra, personas que son alguien. Casi le envidio, Mr. Watson.

Helmholtz se echó a reír.

—Entonces, ¿por qué no está también usted en una isla?

—Porque, a fin de cuentas, preferí esto —contestó el Interventor—. Me dieron a elegir: o me enviaban a una isla, donde hubiese podido seguir con mi ciencia pura o me incorporaban al Consejo del Interventor, con la perspectiva de llegar en su día a ocupar el cargo de tal. Me decidí por esto último, y abandoné la ciencia. —Tras un breve silencio agregó—: De vez en cuando echo mucho de menos la ciencia. La felicidad es un patrón muy duro, especialmente la felicidad de los demás. Un patrón mucho más severo, si uno no ha sido condicionado para aceptarla, que la verdad. —Suspiró, recayó en el silencio y después prosiguió, en tono más vivaz—: Bueno, el deber es el deber. No cabe prestar oído a las propias preferencias. Me interesa la verdad. Amo la ciencia. Pero la verdad es una amenaza, y la ciencia un peligro público. Tan peligroso como benéfico ha sido. Nos ha proporcionado el equilibrio más estable de la Historia. El equilibrio de China fue ridículamente inseguro en comparación con el nuestro; ni siquiera el de los antiguos matriarcados fue tan firme como el nuestro. Gracias, repito, a la ciencia. Pero no podemos permitir que la ciencia destruya su propia obra. Por esto limitamos tan escrupulosamente el alcance de sus investigaciones; por esto estuve a punto de ser enviado a una isla. Sólo le permitimos tratar de los problemas más inmediatos del momento. Todas las demás investigaciones son condenadas a morir en cierne. Es curioso —prosiguió tras breve pausa— leer lo que la gente que vivía en los tiempos de Nuestro Ford escribía acerca del progreso científico. Al parecer, creían que se podía permitir que siguiera desarrollándose indefinidamente, sin tener en cuenta nada más. El conocimiento era el bien supremo, la verdad el máximo valor; todo lo demás era secundario y subordinado. Cierto que las ideas ya empezaban a cambiar aun entonces. Nuestro Ford mismo hizo mucho por trasladar el énfasis de la verdad y la belleza a la comodidad y la felicidad. La producción en masa exigía este cambio fundamental de ideas. La felicidad universal mantiene en marcha constante las ruedas, los engranajes; la verdad y la belleza, no. Y, desde luego, siempre que las masas alcanzaban el poder político, lo que importaba era más la felicidad que la verdad y la belleza. A pesar de todo, todavía se permitía la investigación científica sin restricciones. La gente seguía hablando de la verdad y la belleza como si fueran los bienes supremos. Hasta que llegó la Guerra de los Nueve Años. Esto les hizo cambiar de estribillo. ¿De qué sirven la verdad, la belleza o el conocimiento cuando las bombas de ántrax llueven del cielo? Después de la Guerra de los Nueve Años se empezó a poner coto a la ciencia. A la sazón, la gente ya estaba dispuesta hasta a que pusieran coto y regularan sus apetitos. Cualquier cosa con tal de tener paz. Y desde entonces no ha cesado el control. La verdad ha salido perjudicada, desde luego. Pero no la felicidad. Las cosas hay que pagarlas. La felicidad tenía su precio. Y usted tendrá que pagarlo, Mr. Watson; tendrá que pagar porque le interesaba demasiado la belleza. A mí me interesaba demasiado la verdad; y tuve que pagar también.

—Pero usted no fue a una isla —dijo el Salvaje, rompiendo un largo silencio.

—Así es como pagué yo. Eligiendo servir a la felicidad. La de los demás, no la mía. Es una suerte —agregó tras una pausa— que haya tantas islas en el mundo. No sé cómo nos las arreglaríamos sin ellas. Supongo que los llevaríamos a la cámara letal. A propósito, Mr. Watson, ¿le gustaría un clima tropical? ¿Las Marquesas, por ejemplo? ¿O Samoa? ¿Acaso algo más tónico?

Helmholtz se levantó de su sillón neumático.

—Me gustaría un clima pésimo —contestó—. Creo que se debe de escribir mejor si el clima es malo. Si hay mucho viento y tormentas, por ejemplo...

El Interventor asintió con la cabeza.

—Me gusta su espíritu, Mr. Watson. Me gusta muchísimo, de verdad. Tanto como lo desapruebo oficialmente. —Sonrió—. ¿Qué le parecen las islas Falkland?

—Sí, creo que me servirán —contestó Helmholtz—. Y ahora, si no le importa, iré a ver qué tal sigue el pobre Bernard.

CAPÍTULO XVII

—Arte, ciencia... Creo que han pagado ustedes un precio muy elevado por su felicidad —dijo el Salvaje, cuando quedaron solos—. ¿Algo más, acaso?

—Pues... la religión, desde luego —contestó el Interventor—. Antes de la Guerra de los Nueve Años había uno cosa llamada... Dios. Perdón, se me olvidaba: usted está perfectamente informado acerca de Dios, supongo.

—Bueno...

El Salvaje vaciló. Le hubiese gustado decir algo de la soledad, de la noche, de la altiplanicie extendiéndose, pálida, bajo la luna, del precipicio, de la zambullida en la oscuridad, de la muerte. Le hubiese gustado hablar de todo ello; pero no existían palabras adecuadas. Ni siquiera en Shakespeare.

El Interventor, entretanto, habíase dirigido al otro extremo de la estancia, y abría una enorme caja de caudales empotrada en la pared, entre los estantes de libros. La pesada puerta se abrió. Buscando en la penumbra de su interior, el Interventor dijo:

—Es un tema que siempre me ha interesado mucho. —Sacó de la caja un grueso volumen negro—. Supongo que usted no ha leído esto, por ejemplo.

El Salvaje cogió el libro.

—*La Sagrada Biblia, con el Antiguo y el Nuevo Testamento* —leyó en voz alta.

—Ni esto.

Era un libro pequeño, sin tapas.

—*La imitación de Cristo.*

—Ni esto.

Y le ofreció otro volumen.

—*Las variedades de la Experiencia Religiosa,* de William James.

—Y aún tengo muchos más —prosiguió Mustafá Mond, volviendo a sentarse—. Toda una colección de antiguos libros pornográficos. Dios en el arca y Ford en los estantes.

Y señaló, riendo, su biblioteca oficial, los estantes llenos de libros, las hileras de carretes y rollos de cintas sonoras.

—Pero si usted conoce a Dios, ¿por qué no se lo dice a los demás? —preguntó el Salvaje, indignado—. ¿Por qué no les da a leer estos libros que tratan de Dios?

—Por la misma razón por la que no les dejo leer *Otelo*: son antiguos; tratan del Dios de hace cientos de años. No del Dios de ahora.

—Pero Dios no cambia.

—Los hombres sí.

—Y ello, ¿produce alguna diferencia?

—Una diferencia fundamental —dijo Mustafá Mond. Volvió a levantarse y se acercó al arca—. Existió un hombre que se llamaba cardenal Newman —dijo—. Un cardenal —explicó a modo de paréntesis— era una especie de Archichantre Comunal.

—«Yo, Pandulfo, cardenal de la bella Milán.» He leído acerca de ellos en Shakespeare.

—Desde luego. Dien, como le decía, existió un hombre que se llamaba cardenal Newman. ¡Ah, aquí está el libro! —Lo sacó del arca—. Y puesto que me viene a mano, sacaré también este otro. Es de un hombre que se llamó Maine de Biran. Fue un filósofo, suponiendo que usted sepa qué era un filósofo.

—Un hombre que sueña en menos cosas de las que hay en los cielos y en la tierra —dijo el Salvaje inmediatamente.

—Exacto. Después, leeré una de las cosas en que este filósofo soñó. De momento, escuche lo que decía ese antiguo Archichantre Comunal. —Abrió el libro por el punto marcado con un trozo de papel y empezó a leer—. «No somos más nuestros de lo que es nuestro lo que poseemos. No nos hicimos a nosotros mismos, no podemos ser superiores de nosotros mismos. No somos nuestros propios dueños. Somos propiedad de Dios. ¿No consiste nuestra felicidad en ver así las cosas? ¿Existe alguna felicidad o algún consuelo en creer que somos nosotros? Es posible que los jóvenes y los prósperos piensen así. Es posible que éstos piensen que es una gran cosa hacerlo según su voluntad, como ellos suponen, no depender de nadie, no tener que pensar en nada invisible, ahorrarse el fastidio de tener que reconocer continuamente, de tener que rezar continuamente, de tener que referir continuamente todo lo que hacen a la voluntad de otro. Pero a medida que pase el tiempo, éstos, como todos los hombres, descubrirán que la independencia no fue hecha para el hombre, que es un estado antinatural, que puede sostenerse por un momento, pero no puede llevarnos a salvo hasta el fin...» —Mustafá Mond hizo una pausa, dejó el primer libro y, cogiendo el otro, volvió unas páginas del mismo—. Vea esto, por ejemplo —dijo; y con su voz profunda empezó a leer de nuevo—. «Un hombre envejece; siente en sí mismo esa sensación radical de debilidad, de fatiga, de malestar, que acompaña a la edad avanzada; y, sintiendo esto, imagina que, simplemente, está enfermo, engaña sus temores con la idea de que su desagradable estado obedece a alguna causa particular, de la cual, como de una enfermedad, espera rehacerse. ¡Vaya imaginación! Esta enfermedad es la vejez; y es una enfermedad terrible. Dicen que el temor a la muerte y a lo que sigue a la muerte es lo que induce a los hombres a entregarse a la religión cuando envejecen. Pero mi propia experiencia me ha convencido de que, aparte tales terrores e imaginaciones, el sentimiento religioso tiende a desarrollarse a medida que la imaginación y los sentidos se excitan menos y son menos excitables, nuestra razón halla menos obstáculos en su labor, se ve menos ofuscada por las lágrimas; los deseos y las distracciones en que solía absorberse; por lo cual Dios emerge como desde detrás de una nube; nuestra alma siente, ve, se vuelve hacia el manantial de toda luz; se vuelve, natural e inevitablemente, hacia ella; porque ahora que todo lo que daba al mundo de las sensaciones su vida y su encanto ha empezado a alejarse de nosotros, ahora que la existencia fenoménica ha dejado de apoyarse en impresiones interiores o exteriores, sentimos la necesidad de apoyarnos en algo permanente, en algo que nunca puede fallarnos, en una realidad, en una verdad absoluta e imperecedera. Sí, inevitablemente nos volvemos hacia Dios; porque este sentimiento religioso es por naturaleza tan puro, tan delicioso para el alma que lo experimenta, que nos compensa de todas las demás pérdidas.» —Mustafá Mond cerró el libro y se arrellanó en su asiento—. Una de tantas cosas del cielo y de la tierra en las que esos filósofos no soñaron fue esto —e hizo un amplio ademán con la mano—: nosotros, el mundo moderno. «Sólo podéis ser independientes de Dios mientras conservéis la juventud y la prosperidad; la independencia no os llevará a salvo hasta el fin.» Bien, el caso es que actualmente podemos conservar y conservamos la juventud y la prosperidad hasta el final. ¿Qué se sigue de ello? Evidentemente, que podemos ser independientes de Dios. «El sentimiento religioso nos compensa de todas las demás pérdidas.» Pero es que nosotros no sufrimos pérdida alguna que debamos compensar; por tanto, el sentimiento religioso resulta superfluo. ¿Por qué deberíamos correr en busca de un sucedáneo para los deseos juveniles, si los deseos juveniles nunca cejan? ¿Para qué un sucedáneo para las diversiones, si seguimos gozando de las viejas tonterías hasta el último momento? ¿Qué necesidad tenemos de reposo cuando nuestras mentes y nuestros cuerpos siguen deleitándose en la actividad? ¿Qué consuelo necesitamos, puesto que tenemos *soma*? ¿Para qué buscar algo inamovible, si ya tenemos el orden social?

—Entonces, ¿usted cree que Dios no existe? —preguntó el Salvaje.

—No, yo creo que probablemente existe un dios.

—Entonces, ¿por qué...?

Mustafá Mond le interrumpió.

—Pero un dios que se manifiesta de manera diferente a hombres diferentes. En los tiempos premodernos se manifestó como el ser descrito en estos libros. Actualmente...

—¿Cómo se manifiesta actualmente? —preguntó el Salvaje.

—Bueno, se manifiesta como una ausencia; como si no existiera en absoluto.

—Esto es culpa de ustedes.

—Llámelo culpa de la civilización. Dios no es compatible con el maquinismo, la medicina científica y la felicidad universal. Es preciso elegir. Nuestra civilización ha elegido el maquinismo, la medicina y la felicidad. Por eso tengo que guardar estos libros encerrados en el arca de seguridad. Resultan indecentes. La gente quedaría asqueada si...

El Salvaje le interrumpió.

—Pero, ¿no es *natural* sentir que hay un Dios?

—Pero la gente ahora nunca está sola —dijo Mustafá Mond—. La inducimos a odiar la soledad; disponemos sus vidas de modo que casi les es imposible estar solos alguna vez.

El Salvaje asintió sombríamente. En Malpaís había sufrido porque lo habían aislado de las actividades comunales del pueblo; en el Londres civilizado sufría porque nunca lograba escapar a las actividades comunales, nunca podía estar completamente solo.

—¿Recuerda aquel fragmento de *El Rey Lear*? —dijo el Salvaje, al fin—: «Los dioses son justos, y convierten nuestros vicios de placer en instrumentos con que castigarnos; el lugar abyecto y sombrío donde te concibió te costó los ojos», y Edmundo contesta, recuérdelo, cuando está herido, agonizante: «Has dicho la verdad; es cierto. La rueda ha dado la vuelta entera; aquí estoy.» ¿Qué me dice de esto? ¿No parece que exista un Dios que dispone las cosas, que castiga, que premia?

—¿Sí? —preguntó el Interventor a su vez—. Puede usted permitirse todos los pecados agradables que quiera con una neutra sin correr el riesgo de que le saque los ojos la amante de su hijo. «La rueda ha dado una vuelta entera; aquí estoy.» Pero, ¿dónde estaría Edmundo actualmente? Estaría sentado en una butaca neumática, ciñendo con un brazo la cintura de una chica, mascando un chicle de hormonas sexuales y contemplando el sensorama. Los dioses son justos. Sin duda. Pero su código legal es dictado, en última instancia, por las personas que organizan la sociedad. La Providencia recibe órdenes de los hombres.

—¿Está seguro de ello? —preguntó el Salvaje—. ¿Está completamente seguro de que Edmundo, en su butaca neumática, no ha sido castigado tan duramente como el herido que se desangra hasta morir? Los dioses son justos. ¿Acaso no han empleado estos vicios de placer como instrumento para degradarle?

—¿Degradarle de qué posición? En su calidad de ciudadano feliz, trabajador y consumidor de bienes, es perfecto. Desde luego, si usted elige como punto de referencia otro distinto del nuestro, tal vez pueda decir que ha sido degradado. Pero debe usted seguir fiel a un mismo juego de postulados. No puede jugar al Golf Electromagnético siguiendo el reglamento de Pelota Centrífuga.

—Pero el valor no reside en la voluntad particular —dijo el Salvaje—. Conservar su estima y su dignidad en cuanto que es tan preciso en sí mismo como a los ojos del tasador.

—Vamos, vamos —protestó Mustafá Mond—. ¿No le parece que esto es ya ir demasiado lejos?

—Si ustedes se permitieran pensar en Dios, no se permitirían a sí mismos dejarse degradar por los vicios agradables. Tendrían una razón para soportar las cosas con paciencia, y para realizar muchas cosas de valor. He podido verlo así en los indios.

—No lo dudo —dijo Mustafá Mond—. Pero nosotros no somos indios. Un hombre civilizado no tiene ninguna necesidad de soportar nada que sea seriamente desagradable. En cuanto a realizar cosas, Ford no quiere que tal idea penetre en la mente del hombre civilizado. Si los hombres empezaran a obrar por su cuenta, todo el orden social sería trastornado.

—¿Y en qué queda, entonces, la autonegación? Si ustedes tuvieran un Dios, tendrían una razón para la autonegación.

—Pero la civilización industrial sólo es posible cuanno no existe autonegación. Es preciso la autosatisfacción hasta los límites impuestos por la higiene y la economía. De otro modo las ruedas dejarían de girar.

—¡Tendrían ustedes una razón para la castidad! —dijo el Salvaje, sonrojándose ligeramente al pronunciar estas palabras.

—Pero la castidad entraña la pasión, la castidad entraña la neurastenia. Y la pasión y la neurastenia entrañan la inestabilidad. Y la inestabilidad, a su vez, el fin de la civilización. Una civilización no puede ser duradera sin gran cantidad de vicios agradables.

—Pero Dios es la razón que justifica todo lo que es noble, bello y heroico. Si ustedes tuvieran un Dios...

—Mi joven y querido amigo —dijo Mustafá Mond—, la civilización no tiene ninguna necesidad de nobleza ni de heroísmo. Ambas cosas son síntomas de ineficacia política. En una sociedad debidamente organizada como la nuestra, nadie tiene la menor oportunidad de comportarse noble y heroicamente. Las condiciones deben hacerse del todo inestables antes de que surja tal oportunidad. Donde hay guerras, donde hay una dualidad de lealtades, donde hay tentaciones que resistir, objetos de amor por los cuales luchar o que defender, allá, es evidente, la nobleza y el heroísmo tienen algún sentido. Pero actualmente no hay guerras. Se toman todas las precauciones posibles para evitar que cualquiera pueda amar demasiado a otra persona.

»No existe la posibilidad de elegir entre dos lealtades o fidelidades; todos están condicionados de modo que no pueden hacer otra cosa más que lo que deben hacer. Y lo que uno debe hacer resulta tan agradable, se permite el libre juego de tantos impulsos naturales, que realmente no existen tentaciones que uno deba resistir. Y si alguna vez, por algún desafortunado azar, ocurriera algo desagradable, bueno, siempre hay el *soma*, que puede ofrecernos unas vacaciones de la realidad. Y siempre hay el *soma* para calmar nuestra ira, para reconciliarnos con nuestros enemigos, para hacernos pacientes y sufridos. En el pasado, tales cosas sólo podían conseguirse haciendo un gran esfuerzo y al cabo de muchos años de duro entrenamiento moral. Ahora, usted se zampa dos o tres tabletas de medio gramo, y listo. Actualmente, cualquiera puede ser virtuoso. Uno puede llevar al menos la mitad de su moralidad en el bolsillo, dentro de un frasco. El cristianismo sin lágrimas: esto es el *soma*.

—Pero las lágrimas son necesarias. ¿No recuerda lo que dice Otelo? «Si después de cada tormenta vienen tales calmas, ojalá los vientos soplen hasta despertar a la muerte.» Hay una historia, que uno de los ancianos indios solía contarnos, acerca de la Doncella de Mátsaki. Los jóvenes que aspiraban a casarse con ella tenían que pasarse una mañana cavando en su huerto. Parecía fácil; pero en aquel huerto había moscas y mosquitos mágicos. La mayoría de los jóvenes simplemente, no podían resistir las picaduras y el escozor. Pero el que logró soportar la prueba, se casó con la muchacha.

—Muy hermoso. Pero en los países civilizados —dijo el Interventor— se puede conseguir a las muchachas sin tener que cavar para ellas; y no hay moscas ni mosquitos que le piquen a uno. Hace siglos que nos libramos de ellos.

El Salvaje asintió, ceñudo.

—Se libraron de ellos. Sí, muy propio de ustedes. Librarse de todo lo desagradable en lugar de aprender a soportarlo. «Si es más noble soportar en el alma las pedradas o las flechas de la mala fortuna, o bien alzarse en armas contra un piélago de pesares y acabar con ellos enfrentándose a los mismos...» Pero ustedes no hacen ni una cosa ni otra. Ni soportan ni resisten. Se limitan a abolir las pedradas y las flechas. Es demasiado fácil.

El Salvaje enmudeció súbitamente, pensando en su madre. En su habitación del piso treinta y siete, Linda había flotado en un mar de luces cantarinas y caricias perfumadas, había flotado lejos, fuera del espacio, fuera del tiempo, fuera de la prisión de sus recuerdos, de sus hábitos, de su cuerpo envejecido y abotagado. Y Tomakin, ex director de Incubadoras y Condicionamiento, Tomakin seguía todavía de vacaciones, de vacaciones de la humillación y el dolor, en un mundo donde no pudiera ver aquel rostro horrible ni sentir aquellos brazos húmedos y fofos alrededor de su cuello, en un mundo hermoso...

—Lo que ustedes necesitan —prosiguió el Salvaje— es algo *con* lágrimas, para variar. Aquí nada cuesta lo bastante.

»Atreverse a exponer lo que es mortal e inseguro al azar, la muerte y el peligro, aunque sólo sea por una cáscara de huevo... ¿No hay algo en esto? —preguntó el Salvaje, mirando a Mustafá Mond—. Dejando aparte a Dios, aunque, desde luego, Dios sería una razón para obrar así. ¿No tiene su hechizo el vivir peligrosamente?

—Ya lo creo —contestó el Interventor—. De vez en cuando hay que estimular las glándulas suprarrenales de hombres y mujeres.

—¿Cómo? —preguntó el Salvaje, sin llegar a comprender.

—Es una de las condiciones para la salud perfecta. Por esto hemos impuesto como obligatorio los tratamientos de S.P.V.

—¿S.P.V.?

—Sucedáneo de Pasión Violenta. Regularmente una vez al mes. Inundamos el organismo con adrenalina. Es un equivalente fisiológico completo del temor y la ira. Todos los efectos tónicos que produce asesinar a Desdémona o ser asesinado por Otelo, sin ninguno de sus inconvenientes.

—Es que a mí me gustan los inconvenientes.

—A nosotros, no —dijo el Interventor—. Preferimos hacer las cosas con comodidad.

—Pues yo no quiero comodidad. Yo quiero a Dios, quiero poesía, quiero peligro real, quero libertad, quiero bondad, quiero pecado.

—En suma —dijo Mustafá Mond—, usted reclama el derecho a ser desgraciado.
—Muy bien, de acuerdo —dijo el Salvaje, en tono de reto—. Reclamo el derecho a ser desgraciado.
—Esto, sin hablar del derecho a envejecer, a volverse feo e impotente, el derecho a tener sífilis y cáncer, el derecho a pasar hambre, el derecho a ser piojoso, el derecho a vivir en el temor constante de lo que pueda ocurrir mañana; el derecho a pillar un tifus; el derecho a ser atormentado.
Siguió un largo silencio.
—Reclamo todos estos derechos —concluyó el Salvaje.
Mustafá Mond se encogió de hombros.
—Están a su disposición —dijo.

CAPÍTULO XVIII

La puerta estaba entreabierta. Entraron.
—¡John!
Del cuarto de baño llegó un ruido desagradable y característico.
—¿Ocurre algo? —preguntó Helmholtz.
No hubo respuesta. El desagradable sonido se repitió dos veces; siguió un silencio. Después, con un chasquido, la puerta del cuarto de baño se abrió y apareció, muy pálido, el Salvaje.
—¡Oye! —exclamó Helmholtz, solícito—. Tú no te encuentras bien, John.
—¿Te sentó mal algo que comiste? —preguntó Bernard.
El Salvaje asintió.
—Sí. Comí civilización.
—¿Cómo?
—Y me sentó mal; me enfermó. Y después —agregó en un tono de voz más bajo—, comí mi propia maldad.
—Pero, ¿qué te pasa exactamente...? Ahora mismo estabas...
—Ya estoy purificado —dijo el Salvaje—. Tomé un poco de mostaza con agua caliente.
Los otros dos le miraron asombrados.
—¿Quieres sugerir que..., que lo has hecho a propósito? —preguntó Bernard.

—Así es como se purifican los indios. —John se sentó, y, suspirando, se pasó una mano por la frente—. Descansaré unos minutos —dijo—. Estoy muy cansado.

—Claro, no me extraña —dijo Helmholtz. Y, tras una pausa, agregó en otro tono—: Hemos venido a despedirnos. Nos marchamos mañana por la mañana.

—Sí, salimos mañana —dijo Bernard, en cuyo rostro el Salvaje observó una nueva expresión de resignación decidida—. Y, a propósito, John —prosiguió, inclinándose hacia delante y apoyando una mano en la rodilla del Salvaje—, quería decirte cuánto siento lo que ocurrió ayer. —Se sonrojó—. Estoy avergonzado —siguió, a pesar de la inseguridad de su voz—, realmente avergonzado...

El Salvaje le obligó a callar y, cogiéndole la mano, se la estrechó con afecto.

—Helmholtz se ha portado maravillosamente conmigo —siguió Bernard, después de un silencio—. De no haber sido por él, yo no hubiese podido...

—Vamos, vamos —protestó Helmholtz.

—Esta mañana fui a ver al Interventor —dijo el Salvaje al fin.

—¿Para qué?

—Para pedirle que me enviara a las islas con vosotros.

—¿Y qué dijo? —preguntó Helmholtz.

El Salvaje movió la cabeza.

—No quiso.

—¿Por qué no?

—Dijo que quería proseguir el experimento. Pero que me aspen —agregó el Salvaje con súbito furor—, que me aspen si sigo siendo objeto de experimentación. No quiero, ni por todos los Interventores del mundo entero. Me marcharé mañana, también.

—Pero, ¿adónde? —preguntaron a coro sus dos amigos.

El Salvaje se encogió de hombros.

—A cualquier sitio. No me importa. Con tal de poder estar solo.

Desde Guildford, la línea descendente seguía el valle de Wey hasta Godalming, y después, pasando por encima de Midford y Widey, seguía hacia Haslemere y Portsmouth a través de Petersfield. Casi paralela a la misma, la línea ascendente pasaba por encima de Worplesdon, Tongham Puttenham, Elstead y Grayshott. Entre Hog's Back y Hindhead había puntos en que la distancia entre ambas líneas no era superior a los cinco o seis kilómetros. La distancia no era suficiente para los pilotos poco cuidadosos, sobre todo de noche y cuando habían tomado medio gramo de más. Se habían producido accidentes. Y graves. En consecuencia, había decidido desplazar la línea ascendente unos pocos kilómetros hacia el Oeste. Entre Grayshott y Tongham, cuatro faros de aviación abandonados señalaban el curso de la antigua ruta Portsmouth-Londres.

El Salvaje había elegido como ermita el viejo faro situado en la cima de la colina entre Puttenham y Elstead. El edificio era de cemento armado y se hallaba en excelentes condiciones; casi demasiado cómodo, había pensado el Salvaje cuando había explorado el lugar por primera vez, casi demasiado lujoso y civilizado. Tranquilizó su conciencia prometiéndose compensar tales inconvenientes con una autodisciplina más dura, con purificaciones más complejas y totales. Pasó su primera noche en el eremitorio sin conciliar el sueño, a propósito. Permaneció horas enteras rezando, ora al Cielo al que el culpable Claudio había pedido perdón, ora a Awonawilona, en zuñí, ora a Jesús y Poukong, ora a su propio animal guardián, el águila. De vez en cuando abría los brazos en cruz, y los mantenía así largo rato, soportando un dolor que gradualmente aumentaba hasta convertirse en una agonía trémula y atormentadora; los mantenía así, en crucifixión voluntaria, mientras con los dientes apretados, y el rostro empapado en sudor, repetía: «¡Oh, perdóname! ¡Hazme puro! ¡Ayúdame a ser bueno!», una y otra vez, hasta que estaba a punto de desmayarse de dolor.

Cuando llegó la mañana, el Salvaje sintió que se había ganado el derecho a habitar el faro; sí, a pesar de que todavía había cristales en la mayoría de las ventanas, y a pesar de que la vista desde la plataforma era preciosa. Porque la misma razón por la cual había elegido el faro se había trocado casi inmediatamente en una razón para marcharse a otra parte. John había decidido vivir allá porque la vista eran tan hermosa, porque, desde su punto de observación tan ventajoso, le parecía contemplar la encarnación de un ser divino. Pero, ¿quién era él para gozarse con la visión cotidiana, constante, de la belleza? ¿Quién era él para vivir en la visible presencia de Dios? Él merecía vivir en una sucia pocilga, en un sombrío agujero bajo tierra. Con los miembros rígidos y doloridos todavía por la pasada noche de sufrimiento, y fortalecido interiormente por esta misma razón, el Salvaje subió a la plataforma de su torre y contempló el brillante mundo del amanecer en el que volvía a habitar por derecho propio, recién reconquistado.

En el valle que separaba Hog's Back de la colina arenosa en la cima de la cual se levantaba el faro, se hallaba Puttenham, un modesto edificio de nueve pisos, con silos, una granja avícola, y una pequeña fábrica de Vitamina D. Al otro lado del faro, al Sur, el terreno descendía en largas pendientes cubiertas de brezales en dirección a un rosario de lagunas.

Más allá de estas lagunas, por encima de los bosques, se levantaba la torre de catorce pisos de Elstead. Borrosas, en el brumoso aire inglés, Hindhead y Selborne atraían las miradas hacia la azulada y romántica distancia. Pero no sólo lo que se veía a distancia había atraído al Salvaje a su faro; lo que lo rodeaba de cerca resultaba igualmente seductor. Los bosques, las extensiones abiertas de brezos y amarilla aliaga, los grupos de pinos silvestres, las lagunas y albercas relucientes, con sus abedules y sauces llorones, sus lirios de agua y sus alfombras de junco, poseían una intensa belleza y, para unos ojos acostumbrados a la aridez del desierto americano, resultaban asombrosos. Y, además, ¡la soledad! El Salvaje pasaba días enteros sin ver a un solo hombre. El faro se hallaba sólo a un cuarto de hora de vuelo de la Torre de Charing-T; pero las colinas de Malpaís apenas eran más deshabitadas que aquel brezal de Surrey. Las multitudes que diariamente salían de Londres, lo hacían sólo para jugar al Golf Electromagnético o al tenis.

La mayor parte del dinero que, a su llegada, John había recibido para sus gastos personales, había sido empleado en la adquisición del equipo necesario. Antes de salir de Londres el Salvaje se había comprado cuatro mantas de lana de viscosa, cuerdas, alambres, clavos, cola, unas pocas herramientas, cerillas (aunque pensaba construirse en su día un parahúso para hacer fuego), algo de batería de cocina, dos docenas de paquetes de semilla y diez kilos de harina de trigo.

—No, no quiero almidón sintético ni sucedáneo de harina de desperdicios de algodón —había insistido—. Aunque sean muy nutritivos.

En cuanto a las galletas panglandulares y el sucedáneo vitaminizado de buey, no había podido resistir a las dotes persuasivas del tendero. Ahora, mirando las latas que tenía en su poder, se reprochaba amargamente su debilidad. ¡Odiosos productos de la civilización! Decidió que jamás los comería, aunque se muriera de hambre. «Les daré una lección», pensó vengativamente. Y de paso se la daría a sí mismo.

John contó su dinero. Esperaba que lo poco que le quedaba le bastaría para pasar el invierno. Cuando llegara la primavera, su huerto produciría lo suficiente para permitirle vivir con independencia del mundo exterior. Entretanto, siempre quedaba el recurso de la caza. Había visto muchos conejos, y en las lagunas había aves acuáticas. Inmediatamente se puso a construir un arco y las correspondientes flechas.

Cerca del faro crecían fresnos, y para las varas de las flechas no faltaban avellanos llenos de serpollos rectos y hermosos. Empezó por abatir un fresno joven, cortó un trozo de tronco liso, sin ramas, de casi dos metros de longitud, lo despojó de la corteza, y, capa por capa, fue quitándole la madera blanca, tal como le había enseñado a hacer el viejo Mitsima, hasta que obtuvo una vara de su misma altura, rígida y gruesa en el centro, ágil y flexible en los ahusados extremos. Aquel trabajo le produjo un placer muy intenso. Tras aquellas semanas de ocio en Londres, durante las cuales, cuando deseaba algo, le bastaba pulsar un botón o girar una manija, fue para él una delicia hacer algo que exigía habilidad y paciencia.

Casi había terminado de dar forma al arco cuando se dio cuenta, con un sobresalto, de que estaba cantando. ¡Cantando! Fue como si, tropezando consigo mismo desde fuera, se hubiese descubierto de pronto en flagrante delito. Se sonrojó, abochornado. Al fin y al cabo, no había ido allá para cantar y divertirse, sino para escapar al contagio de la vida civilizada, para purificarse y mejorarse, para enmendarse de una manera activa. Comprendió, decepcionado, que, absorto en la confección de su arco, había olvidado lo que se había jurado a sí mismo recordar siempre: la pobre Linda, su propia asesina violencia para con ella, los odiosos mellizos que pululaban como gusanos alrededor de su lecho de muerte, profanando con su sola presencia, no sólo el dolor y el remordimiento del propio John, sino a los mismos dioses. Había jurado recordar, había jurado reparar incesantemente. Y allá estaba, trabajando en su arco, y cantando, así, tal como suena, cantando... Entró en el faro, abrió el bote de mostaza y puso a hervir agua en el fuego.

Media hora después, tres campesinos Delta-Menos de uno de los Grupos de Bokanovsky de Puttenham se dirigían en camión hacia Elstead, y, desde lo alto de la colina, quedaron asombrados al ver a un joven de pie en el exterior del faro abandonado, desnudo hasta la cintura y azotándose a sí mismo con un látigo de cuerdas de nudos. La espalda del joven aparecía cruzada horizontalmente por rayas escarlata, y entre surco y surco discurrían hilillos de sangre. El conductor del camión detuvo el vehículo a un lado de la carretera, y, junto con sus dos compañeros, se quedó mirando boquiabierto aquel espectáculo extraordinario. Uno, dos, tres... Contaron los azotes. Después del octavo latigazo, el joven interrumpió su castigo, corrió hacia el borde del bosque y allá vomitó violentamente. Luego volvió a coger el látigo y siguió azotándose: nueve, diez, once, doce...

—¡Ford! —murmuró el conductor.

Y los mellizos fueron de la misma opinión.

—¡Reford! —dijeron.

Tres días más tarde, como los búhos a la vista de una carroña, llegaron los periodistas.

Secado y endurecido al fuego lento de leña verde, el arco ya estaba listo. El Salvaje trabajaba afanosamente en sus flechas. Había cortado y secado treinta varas de avellano, y las había guarnecido en la punta con agudos clavos firmemente sujetos. Una noche había efectuado una incursión a la granja avícola de Puttenham y ahora tenía plumas suficientes para equipar a todo un ejército. Estaba empeñado en la tarea de acoplar las plumas a las flechas cuando el primer periodista lo encontró. Silenciosamente, calzado con sus zapatos neumáticos, el hombre se le acercó por detrás.

—Buenos días, Mr. Salvaje —dijo—. Soy el enviado de *El Radio Horario.*

Como mordido por una serpiente, el Salvaje saltó sobre sus pies, desparramando en todas direcciones las plumas, el bote de cola y el pincel.

—Perdón —dijo el periodista, sinceramente compungido—. No tenía intención... —se tocó el sombrero, el sombrero de copa de aluminio en el que llevaba el receptor y el transmisor telegráfico—. Perdone que no me descubra —dijo—. Este sombrero es un poco pesado. Bien, como le decía, me envía *El Radio*...

—¿Qué quiere? —preguntó el Salvaje, ceñudo.

—Bueno, como es natural, a nuestros lectores les interesaría muchísimo... —Ladeó la cabeza y su sonrisa adquirió un matiz, casi, de coquetería—. Sólo unas pocas palabras de usted, Mr. Salvaje.

Y rápidamente, con una serie de ademanes rituales, desenrolló dos cables conectados a la batería que llevaba en torno de la cintura; los enchufó simultáneamente a ambos lados de su sombrero de aluminio; tocó un resorte de la cúspide del mismo y una antena se disparó en el aire; tocó otro resorte del borde del ala, y, como un muñeco de muelles, saltó un pequeño micrófono que se quedó colgando estremeciéndose, a unos quince centímetros de su nariz; bajóse hasta las orejas un par de auriculares, pulsó un botón situado en el lado izquierdo del sombrero, que produjo un débil zumbido, hizo girar otro botón de la derecha, y el zumbido fue interrumpido por una serie de silbidos y chasquidos estetoscópicos.

—Al habla —dijo, por el micrófono—, al habla, al habla...

Súbitamente sonó un timbre en el interior de su sombrero.

—¿Eres tú, Edzel? Primo Mellon al habla. Sí, lo he pescado. Ahora Mr. Salvaje cogerá el micrófono y pronunciará unas palabras. Por favor, Mr. Salvaje. —Miró a John y le dirigió otra de sus melifluas sonrisas—. Diga solamente a nuestros lectores por qué ha venido aquí. Qué le indujo a marcharse de Londres (¡al habla, Edzel!) tan precipitadamente. Y dígales también algo, naturalmente, del látigo. —El Salvaje tuvo un sobresalto. ¿Cómo se habían enterado de lo del látigo?—. Todos estamos deseosos de saber algo de ese látigo. Díganos también algo acerca de la Civilización. Ya sabe. «Lo que yo opino de la muchacha civilizada.» Sólo unas palabras...

El Salvaje obedeció con desconcertante exactitud. Sólo pronunció cinco palabras, ni una sola más; cinco palabras, las mismas que había dicho a Bernard a propósito del Archichantre Comunal de Canterbury.

—*Háni! sons éso tse-ná!*

Y agarrando al periodista por los hombros, le hizo dar media vuelta (el joven se reveló apetitosamente provisto de materia carnosa en el trasero), tomó puntería y, con toda la fuerza y la precisión de un campeón de fútbol, soltó un puntapié prodigioso.

Ocho minutos más tarle, una nueva edición de *El*

Radio Horario aparecía en las calles de Londres. «Un periodista de *El Radio Horario*, recibe de Mr. Salvaje un puntapié en el coxis», decía el titular de la primera página. «Sensación en Surrey.»

«Y sensación en Londres, también», pensó el periodista a su vuelta, cuando leyó estas palabras. Y, lo que era peor, una sensación muy dolorosa. Tuvo que tomar asiento con mucha cautela, a la hora de almorzar.

Sin dejarse amedrentar por la contusión preventiva en el coxis de su colega, otros cuatro periodistas, enviados por el *Times* de Nueva York, *El Continuo de Cuatro Dimensiones* de Frankfort, *El Monitor Científico Fordiano* y *El Espejo Delta* visitaron aquella tarde el faro y fueron recibidos con progresiva violencia.

Desde una distancia prudencial, y frotándose todavía las dolidas nalgas, el periodista de *El Monitor Científico Fordiano* gritó:

—¡Pedazo de tonto! ¿Por qué no toma un poco de *soma*?

—¡Fuera de aquí! —contestó el Salvaje.

El otro se alejó unos pasos, y se volvió.

—El mal se convierte en algo irreal con un par de gramos.

—*Kohakwa iyathtokyai!*

—El dolor es una ilusión.

—¿Ah, sí? —dijo el Salvaje.

Y agarrando una gruesa vara avanzó un paso.

El enviado de *El Monitor Científico Fordiano* echó a correr hacia su helicóptero.

A partir de aquel momento el Salvaje gozó de paz por un tiempo. Llegaron unos cuantos helicópteros que volaron por encima de la torre, inquisitivamente. John disparó una flecha contra el que más se había acercado. La flecha traspasó el suelo de aluminio de la cabina; se oyó un agudo gemido, y el aparato ascendió como un cohete con toda la rapidez que el motor logró imprimirle. Los demás, desde aquel momento, mantuvieron respetuosamente las distancias. Sin hacer caso de su molesto zumbido (el Salvaje se veía a sí mismo como uno de los pretendientes de la Doncella de Mátsaki, tenaz y resistente entre los alados insectos), el Salvaje trabajaba en su futuro huerto. Al cabo de un tiempo los insectos, por lo visto, se cansaron, y se alejaron volando; durante unas horas, el cielo, sobre su cabeza, permaneció desierto, y, excepto por las alondras, silencioso.

Hacía un calor asfixiante, y había aires de tormenta. John se había pasado la mañana cavando y ahora descansaba tendido en el suelo. De pronto, el recuerdo de Lenina se transformó en una presencia real, desnuda y tangible, que le decía «¡Cariño!» y «¡Abrázame!», con sólo las medias y los zapatos puestos, perfumada... ¡Impúdica zorra! Pero... ¡oh, oh...! Sus brazos en torno de su cuello, los senos erguidos, sus labios... «La eternidad estaba en nuestros labios y en nuestros ojos.» Lenina... ¡No, no, no, no! El Salvaje saltó sobre sus pies, y, desnudo como iba, salió corriendo de la casa. Junto al límite donde empezaban los brezales crecían unas matas de enebro espinoso. John se arrojó a las matas, y estrechó, en lugar del sedoso cuerpo de sus deseos, una brazada de espinas verdes. Agudas, con un millar de puntas, lo pincharon cruelmente. John se esforzó por pensar en la pobre Linda, sin palabra ni aliento, estrujándose las manos, y en el terror indecible que aparecía en sus ojos. La pobre Linda, que había jurado no olvidar. Pero la presencia de Lenina seguía acosándole. Lenina, a quien había jurado olvidar. Aun en medio de las heridas y los pinchazos de las agujas de los enebros, su carne recalcitrante seguía consciente de ella, inevitablemente real. «Cariño, cariño... si también tú me deseabas, ¿por qué no me lo decías?»

El látigo estaba colgado de un clavo, detrás de la puerta, siempre a mano ante la posible llegada de periodistas. En un acceso de furor, el Salvaje volvió corriendo a la casa, lo cogió y lo levantó en el aire. Las cuerdas de nudos mordieron su carne.

—¡Zorra! ¡Zorra! —gritaba, a cada latigazo, como si fuese a Lenina (¡y con qué frecuencia, aun sin saberlo, deseaba que lo fuera!), blanca, cálida, perfumada, infame, a quien así azotaba—. ¡Zorra! —Y después, con voz de desentonación—: ¡Oh, Linda, perdóname! ¡Perdóname, Dios mío! Soy malo. Soy pérfido. Soy... ¡No, no, zorra, zorra!

Desde su escondrijo cuidadosamente construido en el bosque, a trescientos metros de distancia, Darwin Bonaparte, el fotógrafo de caza mayor más experto de la Sociedad Productora de Filmes para los sensoramas, había observado todos los movimientos del Salvaje. La paciencia y la habilidad habían obtenido su recompensa. Darwin Bonaparte se había pasado tres días sentado en el interior del tronco de un roble artificial, tres noches reptando sobre el vientre a través de los brezos, ocultando micrófonos en las matas de aliaga, enterrando cables en la blanda arena gris. Setenta y dos horas de suprema incomodidad. Pero ahora había llegado el gran momento, el más grande desde que había tomado las espeluznantes vistas estereoscópicas de la boda de unos gorilas. «Espléndido —se dijo, cuando el Salvaje empezó su número—. ¡Espléndido!»

Mantuvo sus cámaras telescópicas cuidadosamente enfocadas, como pegadas con cola a su móvil objetivo; le aplicó un telescopio más potente para captar un primer plano del rostro frenético y contorsionado (¡admirable!); filmó unos instantes a cámara lenta (un efecto cómico exquisito, se prometió a sí mismo); y, entretanto, escuchó con deleite los golpes, los gruñidos y las palabras furiosas que iban grabándose en la pista sonora del filme; probó el efecto de una ligera amplificación (así, decididamente, resultaba mejor); le encantó oír, en un breve momento de pausa, el agudo canto de una alondra; deseó que el Salvaje se volviera para poder tomar un buen primer plano de la sangre en su espalda... y casi inmediatamente (¡vaya suerte!) el complaciente muchacho se volvió, y el fotógrafo pudo tomar a la perfección la vista que deseaba.

«¡Bueno, ha sido estupendo! —se dijo, cuando todo hubo acabado—. ¡De primera calidad!» Se secó el rostro empapado en sudor. Cuando en los estudios le hubiesen añadido los efectos táctiles, resultaría una película perfecta. Casi tan buena, pensó Darwin Bonaparte, como *La vida amorosa del cachalote*. ¡Lo cual, por Ford, no era poco decir!

Doce días más tarde, *El Salvaje de Surrey* se había estrenado ya y podía verse, oírse y palparse en todos los palacios de sensorama de primera categoría de la Europa Occidental.

El efecto del filme de Darwin Bonaparte fue inmediato y enorme. La tarde que siguió a la noche del estreno, la rústica soledad de John fue interrumpida bruscamente por la llegada de un vasto enjambre de helicópteros.

John estaba cavando en su huerto; y cavando también en su propia mente, revolviendo la sustancia de sus pensamientos. La muerte... Él hincaba su azada una y otra vez... «Y todos nuestros ayeres han iluminado a los necios el camino hacia la polvorienta muerte.» Un trueno convincente rugía a través de estas palabras. John levantó una palada de tierra. ¿Por qué había muerto Linda? ¿Por qué le había dejado perder progresivamente su condición humana, y al fin...? El Salvaje sintió un escalofrío... Y al fin se había convertido en... «una buena carroña para besar...». Apoyó el pie en el borde de la pala y la hincó profundamente en el suelo. «Somos para los dioses como moscas en manos de chiquillos caprichosos; nos matan como en un juego.» Otro trueno; palabras que por sí mismas se proclamaban verdaderas; más verdaderas, en cierto modo, que la misma verdad. Y, sin embargo, el mismo Gloucester los había llamado «dioses eternamente amables». Además, «el mejor de los descansos es el sueño; y tú a menudo lo buscas; sin embargo, temes torpemente la muerte, que es la misma cosa».

Lo que había sido un zumbido por encima de su cabeza convirtióse en un rugido; y de pronto, John se encontró a la sombra. Algo se había interpuesto entre el sol y él. Sobresaltado, levantó los ojos de su tarea y de sus pensamientos; levantó los ojos como deslumbrado, con la mente vagando todavía por aquel otro mundo de palabras más verdaderas que la misma verdad, concentrada todavía en las inmensidades de la muerte y la divinidad; levantó los ojos y vio, encima de él, muy cerca, el enjambre de aparatos voladores. Llegaron como una plaga de langostas, permaneciendo suspendidos en el aire y, al fin, se posaron sobre los brezales, a su alrededor. De los vientres de aquellas langostas gigantescas surgían hombres con pantalones blancos de franela de viscosa, y mujeres (porque hacía calor) en pijama de shantung de acetato, o pantalones cortos de velvetón y blusas sin mangas, muy escotadas. Una pareja de cada aparato. En pocos minutos había docenas de ellos, de pie, formando un espacioso círculo alrededor del faro, mirando, riendo, disparando sus cámaras fotográficas, arrojándole (como a un mono) cacahuetes, paquetes de goma de mascar de hormona sexual, galletitas panglandulares. Y constantemente —porque ahora la corriente de tráfico fluía incesante por encima de Hog's Back— su número iba en aumento. Como en una pesadilla, las docenas se convirtieron en veintenas, y las veintenas en centenares.

El Salvaje se había retirado buscando cobijo, y ahora, en la actitud de un animal acorralado, permanecía de pie, de espaldas al muro del faro, mirando aquellas caras con expresión de mudo horror, como un hombre que hubiese perdido el juicio.

El impacto en su mejilla de un paquete de chicle bien dirigido lo sacó de su estupor para devolverle a la realidad. Un dolor agudo, y despertó del todo, en una explosión de ira.

—¡Fuera! —gritó.

El mono había hablado; estallaron risas.

—¡Viva el buen Salvaje! ¡Viva! ¡Viva!

Y entre aquella babel de gritos, John oyó:

—¡El látigo, el látigo, el látigo!

Obedeciendo a la sugestión de la palabra, John descolgó el látigo de cuerdas de nudos de su clavo, detrás de la puerta, y lo agitó, como amenazando a sus verdugos.

Brotó un clamor de irónico entusiasmo.

John avanzó amenazadoramente hacia ellos. Una mujer chilló asustada. La línea de mirones osciló en el punto amenazado más inmediatamente, pero recobró la rigidez y aguantó firme. La consciencia de contar con la superioridad numérica prestaba a aquellos mirones un valor que Salvaje no se había supuesto.

—¿Por qué no me dejáis en paz?

En su ira había un leve matiz quejumbroso.

—¿Quieres unas almendras saladas al magnesio? —dijo el hombre que, caso de que el Salvaje siguiera avanzando, había de ser el primero en ser atacado. Y agitó una bolsita—. Son estupendas, ¿sabes? —agregó, con una sonrisa propiciatoria y algo nerviosa—. Y las sales de magnesio te mantendrán joven.

—¿Qué queréis de mí? —preguntó, volviéndose de un rostro sonriente a otro—. ¿Qué queréis de mí?

—¡El látigo! —contestó un centenar de voces, confusamente—. Haz el número del látigo. Queremos ver el número del látigo.

Entonces un grupo situado a un extremo de la línea empezó a gritar al unísono y rítmicamente:

—¡El lá-ti-go! ¡El lá-ti-go! ¡El lá-ti-go!

—¡El lá-ti-go! ¡El lá-ti-go!

Gritaban todos a la vez; y, embriagados por el ruido, por unanimidad, por la sensación de comunión rítmica, daban la impresión de que hubiesen podido seguir gritando así durante horas enteras, casi indefinidamente. Pero a la vigésima quinta repetición se produjo una súbita interrupción. Otro helicóptero procedente de la dirección de Hog's Back permaneció unos segundos inmóvil sobre la multitud y luego aterrizó a pocos metros de donde se encontraba de pie el Salvaje, en el espacio abierto entre la hilera de mirones y el faro. El rugido de las hélices ahogó momentáneamente el griterío; después, cuando el aparato tocó tierra y los motores enmudecieron, los gritos de: «¡El látigo! ¡El látigo!» se reanudaron, fuertes, insistentes, monótonos.

La puerta del helicóptero se abrió, y de él se apearon un joven rubio, de rostro atezado, y después una muchacha que llevaba pantalones cortos de pana verde, blusa blanca y gorrito de jockey.

Al ver a la muchacha, el Salvaje se sobresaltó, retrocedió y su rostro se cubrió de súbita palidez.

La muchacha se quedó mirándole, sonriéndole con una sonrisa incierta, implorante, casi abyecta. Pasaron unos segundos. Los labios de la muchacha se movieron; debía de decir algo; pero el sonido de su voz era ahogado por los gritos rítmicos de los curiosos, que seguían vociferando su estribillo.

—¡El lá-ti-go! ¡El lá-ti-go!

La muchacha se llevó ambas manos al costado izquierdo, y en su rostro de muñeca, aterciopelado como un melocotón, apareció una extraña expresión de dolor y ansiedad. Sus ojos azules parecieron aumentar de tamaño y brillar más intensamente; y, de pronto, dos lágrimas rodaron por sus mejillas. Volvió a hablar, inaudiblemente; después, con un gesto rápido y apasionado, tendió los brazos hacia el Salvaje y avanzó un paso.

—¡El lá-ti-go! ¡El lá-ti-go!

Y, de pronto, los curiosos consiguieron lo que tanto deseaban.

—¡Ramera!

El Salvaje había corrido al encuentro de la muchacha como un loco. «¡Zorra!», había gritado, como un loco, y empezó a azotarla con su látigo de cuerdas de nudos.

Aterrorizada, la joven se había vuelto, disponiéndose a huir, pero había tropezado y caído al suelo.

—¡Henry, Henry! —gritó.

Pero su atezado compañero se había ocultado detrás del helicóptero, poniéndose a salvo.

Con un rugido de excitación y delicia, la línea se quebró y se produjo una carrera convergente hacia el centro magnético de atracción. El dolor es un horror que fascina.

—¡Quema, lujuria, quema!

—¡Oh, la carne!

El Salvaje rechinó los dientes. Esta vez el látigo cayó sobre sus propios hombros.

—¡Muera! ¡Muera!

Arrastrados por la fascinación del horror que produce el espectáculo del dolor, e impelidos íntimamente por el hábito de cooperación, por el deseo de unanimidad y comunión que su condicionamiento había hecho arraigar en ellos, los curiosos empezaron a imitar el frenesí de los gestos del Salvaje, golpeándose unos a otros cada vez que éste azotaba su propia carne rebelde o aquella regordeta encarnación de la torpeza carnal que se retorcía sobre la maleza, a sus pies.

—¡Muera, muera, muera! —seguía gritando el Salvaje.

Después, de pronto, alguien empezó a cantar: «Orgía-Porfía», y al cabo de un instante todos repetían el estribillo y, cantando, habían empezado a bailar. Orgía-Porfía, vueltas y más vueltas, pegándose unos a otros al compás de seis por ocho. Orgía-Porfía...

Era más de medianoche cuando el último helicóptero despegó. Obnubilado por el *soma*, y agotado por el prolongado frenesí de sensualidad, el Salvaje yacía durmiendo sobre los brezos. El sol estaba muy alto cuando despertó. Permaneció echado un momento, parpadeando a la luz, como un mochuelo, sin comprender; después, de pronto, lo recordó todo.

Se cubrió los ojos con una mano.

Aquella tarde, el enjambre de helicópteros que llegó zumbando a través de Hog's Back formaba una densa nube de diez kilómetros de longitud.

—¡Salvaje! —llamaron los primeros en llegar—. ¡Mr. Salvaje!

No hubo respuesta.

La puerta del faro estaba abierta. La empujaron y penetraron en la penumbra del interior. A través de un arco que se abría en el otro extremo de la estancia podían ver el arranque de la escalera que conducía a las plantas superiores. Exactamente bajo la clave del arco se balanceaban unos pies.

—¡Mr. Salvaje!

Lentamente, muy lentamente, como dos agujas de brújula, los pies giraban hacia la derecha; Norte, Nordeste, Este, Sudeste, Sur, Sudsudoeste; después se detuvieron, y, al cabo de pocos segundos, giraron, con idéntica calma, hacia la izquierda: Sudsudoeste, Sur, Sudeste, Este...

FIN

EL AVE FÉNIX

Modernas obras maestras de la literatura en edición de bolsillo.

42101-2 001. **VALLE DEL ISSA, EL. Milosz, Czeslaw.**
42102-0 002. **DULCE JUEVES. Steinbeck, J.**
42103-9 003. **HOMBRE DE KIEV, EL. Malamud. Bernard.**
42104-7 004. **DOCTOR FAUSTUS. Mann, Thomas.**
42105-5 005. **PIEL, LA. Malaparte, Curzio.**
42106-0 006. **CRISTO SE PARÓ EN ÉBOLI. Levi, Carlo.**
42107-1 007. **AÑOS DE PERRO. Grass, Günter.**
42108-X 008. **DIARIO. Frank, Ana.**
42109-8 009. **AUTO DE FE. Canetti, Elías.**
42110-1 010. **FAHRENHEIT 451. Bradbury, Ray.**
42111-X 011. **RODABALLO, EL. Grass, Günter.**
42112-8 012. **MUERTE EN VENECIA, LA - TABLAS DE LA LEY, LAS. Mann, Thomas.**
42113-6 013. **MUNDO FELIZ, UN. Huxley, Aldous.**
42114-4 014. **EN UNA PENSIÓN ALEMANA. Mansfield, Katherine.**
42115-2 015. **SHOSHA. Bashevis Singer, Isaac.**
42116-0 016. **SUAVE ES LA NOCHE. Fitzgerald, F. Scott.**
42117-9 017. **ENCUENTRO EN TELGTE. Grass, Günter.**
42118-7 018. **VAGABUNDO DE LAS ISLAS, UN. Conrad, Joseph.**
42119-5 019. **ÁNGEL AZUL, EL. Mann, Heinrich.**
42120-9 020. **CAMPESINA, LA. Moravia, Alberto.**
42121-7 021. **RECUERDOS. Tagore, Rabindranath.**
42122-5 022. **2001. UNA ODISEA ESPACIAL. Clarke, Arthur C.**

ISBN: 84-01-		EL AVE FÉNIX
42123-3	023.	**HISTORIAS DEL BUEN DIOS. Rilke, Rainer Maria.**
42124-1	024.	**MONTAÑA MÁGICA, LA. Mann, Thomas.**
42125-X	025.	**HERMANN LAUSCHER-VIAJE AL ORIENTE. Hesse, Hermann.**
42126-8	026.	**DICIEMBRE DEL DECANO, EL. Bellow, Saul.**
42127-6	027.	**ENTREVISIONES DE BENGALA. Tagore, Rabindranath.**
42128-4	028.	**ESCARABAJO, EL. Mujica Lainez, Manuel.**
42129-2	029.	**DESPRECIO, EL. Moravia, Alberto.**
42130-6	030.	**INGENUA LIBERTINA, LA. Colette.**
42131-4	031.	**TOROTUMBO - LA AUDIENCIA DE LOS CONFINES - MENSAJES INDIOS. Asturias, Miguel Ángel.**
42132-2	032.	**LEGADO DE HUMBOLDT, EL. Bellow, Saul.**
42133-0	033.	**MI TÍO SPENCER. Huxley, Aldous.**
42134-9	034.	**VEINTICUATRO HORAS DE LA VIDA DE UNA MUJER - AMOK. Zweig, Stefan.**
42135-7	035.	**CHÉRI/EL FIN DE CHÉRI. Colette.**
42136-5	036.	**MAGO DE LUBLIN, EL. Bashevis Singer, Isaac.**
42137-3	037.	**SEÑOR Y PERRO/TONIO KRÖGER. Mann, Thomas.**
42138-1	038.	**TIETA DE AGRESTE. Amado, Jorge.**
42139-X	039.	**LIBRO DE ARENA, EL. Borges, Jorge Luis.**
42140-3	040.	**ESCLAVO, EL. Bashevis Singer, Isaac.**
42141-1	041.	**GRAN GATSBY, EL. Fitzgerald, F. Scott.**
42142-X	042.	**DÍA EN LA VIDA DE IVÁN DENÍSOVICH, UN. Soljenitsin, Alexandr.**
42143-8	043.	**BARRA SINIESTRA. Nabokov, Vladimir.**
42144-6	044.	**VILLORRIO, EL. Faulkner, William.**
42145-4	045.	**VUELO NOCTURNO. Saint-Exupéry, Antoine de.**
42146-2	046.	**EN LA CIUDAD. Faulkner, William.**
42147-0	047.	**MANSIÓN, LA. Faulkner, William.**
42148-9	048.	**CUADERNOS DE UN VATE VAGO, LOS. Torrente Ballester, Gonzalo.**
42149-7	049.	**HUASIPUNGO. Icaza, Jorge.**
42150-0	050.	**POEMAS. Hernández, Miguel.**
42151-9	051.	**JARDÍN DE ACLIMATACIÓN. Navarre, Yves.**
42152-7	052.	**INFORME DE BRODIE, EL - HISTORIA UNIVERSAL DE LA INFAMIA. Borges, Jorge Luis.**
42153-5	053.	**PERSONA NON GRATA. Edwards, Jorge.**
42154-3	054.	**PLÁCIDA, LA JOVEN. Quiroga, Elena.**
42155-1	055.	**TRESCIENTOS POEMAS. Jiménez, Juan Ramón.**
42156-X	056.	**CON FLORES A MARÍA. Grosso, Alfonso.**
42157-8	057.	**CASA DE LAS MIL VÍRGENES, LA. Azuela, Arturo.**
42158-6	058.	**CONVIDADOS DE PIEDRA, LOS. Edwards, Jorge.**
42159-4	059.	**ALTEZA REAL. Mann, Thomas.**
42160-8	060.	**CAMALEÓN SOBRE LA ALFOMBRA, EL. Armas Marcelo, J. J.**
42161-6	061.	**VIDA DE JESÚS. Mauriac, François.**
42162-4	062.	**SATÁN EN GORAY. Bashevis Singer, Isaac.**
42163-2	063.	**MARIO Y EL MAGO/SANGRE DE WELSAS. Mann, Thomas.**
42164-0	064.	**MÁQUINA DE LEER LOS PENSAMIENTOS, LA. Maurois, André.**
42165-9	065.	**ANTOLOGÍA POÉTICA. Pavese, Cesare.**
42166-7	066.	**HISTORIAS EXTRAORDINARIAS. Poe, Edgar Allan.**

42167-5 067. **ANTOLOGÍA POÉTICA. García Lorca, Federico.**
42168-3 068. **PAZ EN LA GUERRA. Unamuno, Miguel de.**
42169-1 069. **PODER Y LA GLORIA, EL. Greene, Graham.**
42170-5 070. **TRES SOLDADOS. Dos Passos, John.**
42171-3 071. **HORA VIOLETA, LA. Roig, Montserrat.**
42172-1 072. **HOMBRECILLO DE LOS GANSOS, EL. Wassermann, Jakob.**
42173-X 073. **DIÁLOGOS DEL CONOCIMIENTO. Aleixandre, Vicente.**
42174-8 074. **DRÁCULA. Stoker, Bram.**
42175-6 075. **MUNDO PARA JULIUS, UN. Bryce Echenique, Alfredo.**
42176-4 076. **CONFESIONES DEL ESTAFADOR FELIX KRULL. Mann, Thomas.**
42177-2 077. **CUATRO PLUMAS, LAS. Mason, E.A.W.**
42178-0 078. **ENAMORADO DE LA OSA MAYOR, EL. Piasecki, Sergiusz.**
42179-9 079. **TIEMPO DE CEREZAS. Roig, Montserrat.**
42180-2 080. **CABEZAS TROCADAS, LAS. Mann, Thomas.**
42181-0 081. **MANHATTAN TRANSFER. Dos Passos, John.**
42182-9 082. **HERMOSOS Y MALDITOS. Scott Fitzgerald, F.**
42183-7 083. **PESO DE LA NOCHE, EL. Edwards, Jorge.**
42184-5 084. **TANTAS VECES PEDRO. Bryce Echenique, Alfredo.**
42185-3 085. **DEL COLOR DEL VIENTO. Zaragoza, Cristóbal.**
42186-1 086. **TRÓPICO DE CÁNCER. Miller, Henry.**
42187-X 087. **ALICIA EN EL PAÍS DE LAS MARAVILLAS/ALICIA A TRAVÉS DEL ESPEJO/LA CAZA DEL SNARK. Carroll, Lewis.**
42188-8 088. **CONSAGRACIÓN DE LA PRIMAVERA, LA. Carpentier, Alejo.**
42189-6 089. **TRÓPICO DE CAPRICORNIO. Miller, Henry.**
42190-X 090. **QUIZÁ NOS LLEVE EL VIENTO AL INFINITO. Torrente Ballester, Gonzalo.**
42191-8 091. **DECAMERÓN, EL. Boccaccio, Giovanni.**
42192-6 092. **CARETA, LA. Quiroga, Elena.**
42193-4 093. **GENERACIÓN POÉTICA DE 1936, LA. Jiménez Martos, Luis.**
42194-2 094. **RECURSO DEL MÉTODO, EL. Carpentier, Alejo.**
42195-0 095. **SELLO DE ANTIGUA, EL. Graves, Robert.**
42196-9 096. **EN MEDIO DEL CAMINO. Crespo, Ángel.**
42197-7 097. **SEXUS. Miller, Henry.**
42198-5 098. **PLEXUS. Miller, Henry.**
42199-3 099. **NEXUS. Miller, Henry.**
42901-3 100/1. **PETER CAMENZIND. Hesse, Hermann.**
42902-1 100/2. **EN EL BALNEARIO. Hesse, Hermann.**
42903-X 100/3. **CAMINANTE, EL. Hesse, Hermann.**
42904-8 100/4. **LEYENDAS MEDIEVALES. Hesse, Hermann.**
42921-8 101/1. **DIARIO I (1931-1934). Nin, Anaïs.**
42922-6 101/2. **DIARIO II (1934-1939). Nin, Anaïs.**
42923-4 101/3. **DIARIO III (1939-1944). Nin, Anaïs.**
42924-2 101/4. **DIARIO IV (1944-1947). Nin, Anaïs.**
42202-7 102. **LEYENDA DEL LOBO CANTOR, LA. Stone, George.**
42203-5 103. **ÚLTIMO MAGNATE, EL. Scott Fitzgerald, F.**
42204-3 104. **PARALELO 42. Dos Passos, John.**
42205-1 105. **GARITO DE HOSPICIANOS. Cela, Camilo José.**

CLÁSICOS PLAZA & JANÉS

Biblioteca crítica de autores españoles, con textos fundamentales para el estudio de nuestra literatura.

ISBN: 84-01-

90520-6	001.	**RIMAS Y LEYENDAS. Bécquer, Gustavo Adolfo. Edición de Enrique Rull Fernández.**
90521-4	002.	**ANTOLOGÍA. Jovellanos, Gaspar Melchor de. Edición de Ana Freire López.**
90522-2	003.	**OBRAS COMPLETAS. Vega, Garcilaso de la. Edición de José Rico Verdú.**
90523-0	004.	**CARTAS MARRUECAS. Cadalso, José. Edición de Juan José Amate Blanco.**
90524-9	005.	**FUENTE OVEJUNA. Vega, Lope de. Edición de Jesús Cañas Murillo.**
90525-7	006.	**CELESTINA, LA. Rojas, Fernando de. Edición de Joaquín Benito de Lucas.**
90526-5	007.	**TEATRITO DE DON RAMÓN, EL / COMO LAS SECAS CAÑAS DEL CAMINO. Martín Recuerda, José. Edición de Gerardo Velázquez Cueto.**
90527-3	008.	**DON ÁLVARO, O LA FUERZA DEL SINO / DESENGAÑO EN UN SUEÑO, EL. Saavedra, Ángel de, Duque de Rivas. Edición de José García Templado.**
90528-1	009.	**POEMA DE MIO CID. Anónimo. Edición de Emilia Enríquez Carrasco.**
90529-X	010.	**CUENTOS Y NOVELAS CORTAS. Alarcón, Pedro Antonio de. Edición de Ángel Basanta Folgueira.**
90530-3	011.	**FIGURAS DE LA PASIÓN DEL SEÑOR. Miró, Gabriel. Edición de Juan Luis Suárez Granda.**

ISBN: 84-01-

90531-1	012.	**POESÍA CANCIONERIL. AA.VV. Edición de José María Azáceta y García de Albéniz.**
90532-X	013.	**ANTOLOGÍA POÉTICA. Quevedo, Francisco de. Edición de Ana Suárez Miramón.**
90533-8	014.	**PEÑAS ARRIBA. Pereda, José María de. Edición de Demetrio Estébanez Calderón.**
90534-6	015.	**ANTOLOGÍA POÉTICA. Zorrilla, José. Edición de Gregorio Torres Nebreda.**
90535-4	016.	**SUEÑOS. Quevedo, Francisco de. Edición de Mercedes Etreros Mena.**
90536-2	017.	**POESÍA. Vega, Lope de. Edición de Miguel García-Posada Huelva.**
90537-0	018.	**DIÁLOGO DE LA LENGUA. Valdés, Juan de. Edición de Antonio Quilis Morales.**
90538-9	019.	**CASA CON DOS PUERTAS, MALA ES DE GUARDAR / GALÁN FANTASMA, EL. Calderón de la Barca, Pedro. Edición de José Romera Castillo.**
90539-7	020.	**TROVADOR, EL. García Gutiérrez, Antonio. Edición de Antonio Rey Hazas.**
90540-0	021.	**BARÓN, EL / SÍ DE LAS NIÑAS, EL. Fernández de Moratín, Leandro. Edición de Manuel Camarero Gea.**
90541-9	022.	**BURLADOR DE SEVILLA Y CONVIDADO DE PIEDRA, EL/PRUDENCIA EN LA MUJER, LA. Molina, Tirso de. Edición de Juan Manuel Oliver Cabañes.**
90542-7	023.	**LIBRO DE BUEN AMOR. Ruiz, Juan, Arcipreste de Hita. Edición de Jesús Cañas Murillo.**
90543-5	024.	**MORSAMOR. Valera, Juan. Edición de Leonardo Romero Tobar.**
90544-3	025.	**VIDA DE LAZARILLO DE TORMES, LA. Anónimo. Edición de Florencio Sevilla Arroyo.**
90545-1	026.	**GENERAL ESTORIA (ANTOLOGÍA). Alfonso X. Edición de Milagros Villar Rubio.**
90546-X	027.	**CONDE LUCANOR, EL. Don Juan Manuel. Edición de José Manuel Fradejas Rueda.**
90547-8	028.	**POESÍA. Herrera, Fernando de. Edición de Santiago Fortuño Llorens.**
90548-6	029.	**POESÍAS / ESTUDIANTE DE SALAMANCA, EL. Espronceda, José de. Edición de Juan María Díez Taboada.**
90549-4	030.	**ZAPATERA PRODIGIOSA, LA. García Lorca, Federico. Edición de Arturo del Hoyo Martínez.**
90551-6	031.	**DON QUIJOTE DE LA MANCHA (tomo I). Cervantes, Miguel de. Edición de Ángel Basanta Folgueira.**
90552-4	032.	**DON QUIJOTE DE LA MANCHA (tomo II). Cervantes, Miguel de. Edición de Ángel Basanta Folgueira.**
90554-0	033.	**NOVELA CORTA DEL SIGLO XVI (tomo I). AA.VV. Edición de José Fradejas Lebrero.**
90555-9	034.	**NOVELA CORTA DEL SIGLO XVI (tomo II). AA.VV. Edición de José Fradejas Lebrero.**
90556-7	035.	**EN LAS ORILLAS DEL SAR. Castro, Rosalía de. Edición de Mauro Armiño.**

90557-5 036. **ANTOLOGÍA DE SU OBRA EN PROSA Y VERSO.** López de Mendoza, Íñigo, marqués de Santillana. Edición de José María Azáceta y García de Albéniz.

90558-3 037. **MUERTE DE DAMA / LA HEREDERA DE DOÑA OBDULIA O LAS TENTACIONES.** Villalonga, Lorenzo. Edición de Jaime Vidal Alcover.

90559-1 038. **SEÑOR DE BEMBIBRE, EL.** Gil y Carrasco, Enrique. Edición de Francisco Gallego Díaz.

90560-5 039. **REPÚBLICA LITERARIA.** Saavedra Fajardo, Diego de. Edición de José Carlos de Torres Martínez.

90561-3 040. **ARTÍCULOS LITERARIOS.** Larra, Mariano José de. Edición de Juan José Ortiz de Mendívil.

90562-1 041. **ANTOLOGÍA DEL ENTREMÉS BARROCO.** AA.VV. Edición de Celsa Carmen García Valdés.

90563-X 042. **PICARESCA FEMENINA (LA HIJA DE CELESTINA. TERESA DE MANZANARES).** Salas Barbadillo y Castillo Solórzano. Edición de Antonio Rey Hazas.

90564-8 043. **ANTOLOGÍA DE LA LÍRICA RENACENTISTA.** Varios autores. Edición de Susan Espíe.

90565-6 044. **NIEBLA.** Unamuno, Miguel de. Edición de Isabel Paraíso.

90566-4 045. **AUTOS SACRAMENTALES DEL SIGLO DE ORO.** Varios autores. Edición de Enrique Ruil Fernández.

90567-2 046. **MUDARSE POR MEJORARSE/LA VERDAD SOSPECHOSA.** Ruiz de Alarcón, Juan. Edición de Manuel Sito Alba.

90568-0 047. **ROMANCERO.** Varios autores. Edición de Amelia García-Valdecasas.

90569-9 048. **MILAGROS DE NUESTRA SEÑORA.** Berceo, Gonzalo de. Edición de Juan Manuel Rozas López.

90570-2 049. **SONATA DE PRIMAVERA/LA CORTE DE LOS MILAGROS/CUENTO DE ABRIL.** Valle-Inclán, Ramón del. Edición de Mercedes Etreros.

90571-0 050. **SIRENA VARADA, LA/BARCA SIN PESCADOR, LA.** Casona, Alejandro. Edición de Juan María Díez Taboada.

90572-9 051. **CASTILLA.** Martínez Ruiz «Azorín», José. Edición de Ana Suárez Miramón.

90573-7 052. **VERDES CAMPOS DEL EDÉN, LOS/CEMENTERIO DE LOS PÁJAROS, EL.** Gala, Antonio. Edición de José Romero Castillo.

90574-5 053. **MUNDO ES ANSÍ, EL.** Baroja, Pío. Edición de Leonardo Romera Tobar.

90575-3 054. **HÉROE, EL/POLÍTICO, EL/DISCRETO, EL/ORÁCULO MANUAL Y ARTE DE PRUDENCIA.** Gracián, Baltasar. Edición de Arturo del Hoyo Martínez.

90576-1 055. **ANTOLOGÍA DE SU OBRA POÉTICA.** Mena, Juan de. Edición de José María Azáceta.

90577-X 056. **SUEÑO DE LA RAZÓN, EL.** Buero Vallejo, Antonio. Edición de José García Templado.

90578-8 057. **CUENTOS.** Alas «Clarín», Leopoldo. Edición de José María Martínez Cachero.

90579-6 058. **TEATRO RENACENTISTA.** Varios autores. Edición de Miguel Ángel Pérez Pliego.